有爱的青春陪伴者

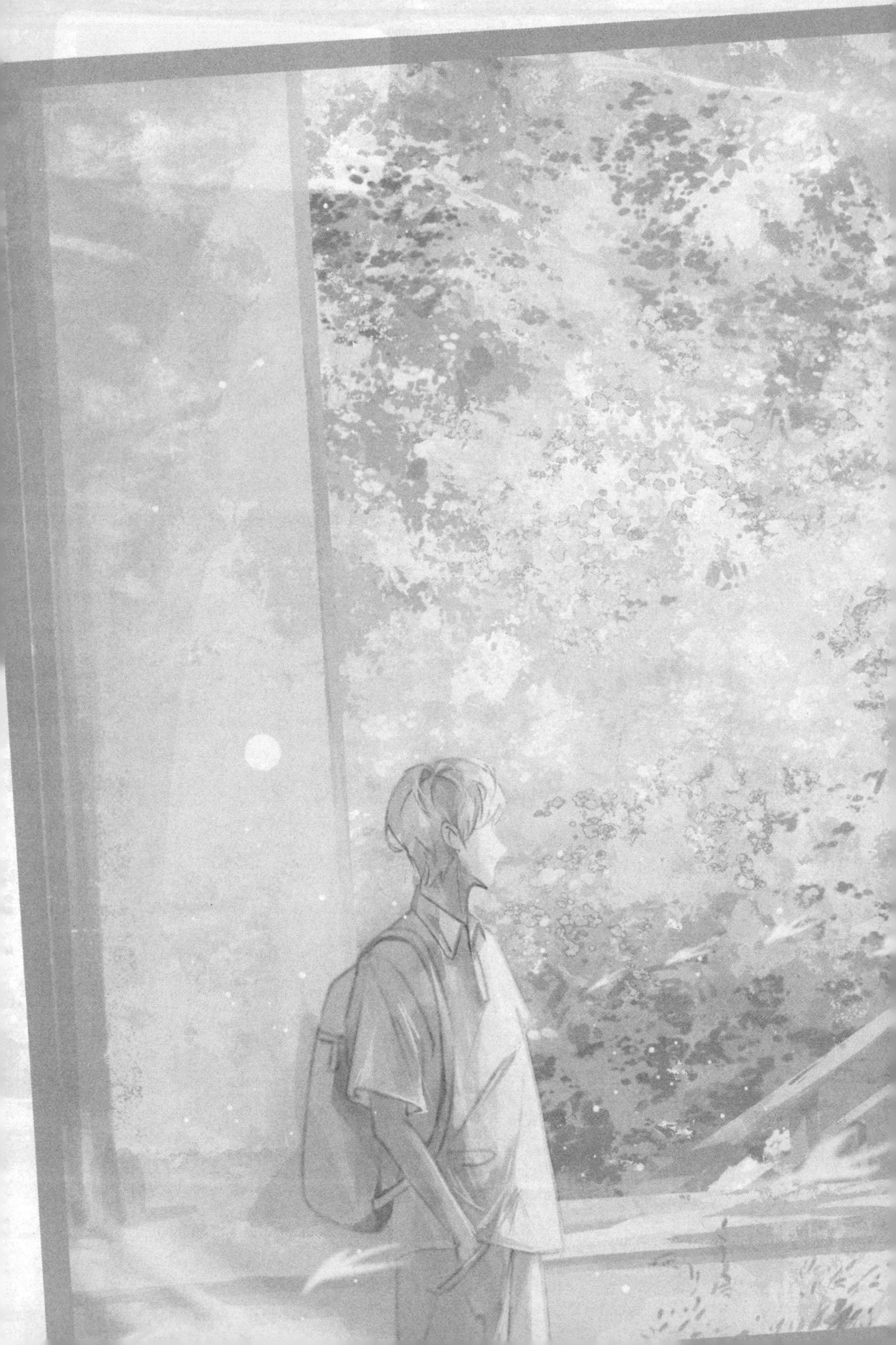

偏爱月亮

绘糖 著

中国致公出版社·北京

图书在版编目（CIP）数据

偏爱月亮 / 绘糖著 . -- 北京：中国致公出版社，2024.9

ISBN 978-7-5145-2219-8

Ⅰ.①偏… Ⅱ.①绘… Ⅲ.①长篇小说-中国-当代 Ⅳ.① I247.5

中国国家版本馆 CIP 数据核字 (2024) 第 000014 号

偏爱月亮 / 绘糖 著

出　　版	中国致公出版社	
	（北京市朝阳区八里庄西里 100 号住邦 2000 大厦 1 号楼西区 21 层）	
出　　品	大鱼文化	
发　　行	中国致公出版社（010-66121708）	
作品企划	大鱼文化	
责任编辑	李　薇	
特约编辑	周　贝	
装帧设计	刘　艳　姜　苗	
责任校对	魏志军	
印　　刷	天津睿和印艺科技有限公司	
版　　次	2024 年 9 月第 1 版	
印　　次	2024 年 9 月第 1 次印刷	
开　　本	880mm×1230mm 1/32	
印　　张	9	
字　　数	250 千字	
书　　号	ISBN 978-7-5145-2219-8	
定　　价	39.80 元	

版权所有，盗版必究（举报电话：85071418）
（如发现印装质量问题，请寄本公司调换，电话：85071418）

目 录
CONTENTS

001
楔子·又见陈昭

006
第一章·邂逅昭月

040
第二章·悄然心动

073
第三章·偏爱月亮

100
第四章·生日快乐

目 录
CONTENTS

126 第五章·好好告别

152 第六章·最好的陈昭

177 第七章·又见明月

209 第八章·明月入我怀

242 第九章·明月昭昭

276 **番外**

楔子 又见陈昭

暮色渐浓，城市里的霓虹灯亮起来，一簇一簇的，串成绵延不绝的线，与皎洁的月光交织在一起，流光溢彩。

A市公安局。

熬了两个通宵，刚处理完一起绑架案的年轻刑警们没有急着下班回家补觉，他们聚在食堂里，小声议论着新上任还没露面的队长。

"也不知道今天还能不能见到我们的新队长。"

"新队长有点惨啊，一来就被卢局喊到办公室里谈话，这都三个小时了，耳朵都得听出茧子来了吧？"

"估计新队长此刻内心有点崩溃，说不定已经后悔没有留在B市了。"

"你以为B市是什么地方？想留就能留？"

"你还别说，他想留还真的能留，我哥们儿就在B市公安系统里，他跟我说，是新队长主动要求调来我们市的，那边领导拖了大半年才肯放人。"

"厉害了，咱新队长到底什么来历？"

"去年年初，云城警方在 B 市警方的协助下破获的那起特大刑事案记得吗？剿灭了在我国西南边境活动了二十余年的跨国犯罪集团，还抓获了集团中潜逃九年的'7·22 云城机场案'的犯罪嫌疑人……据可靠消息，那个案子，我们新队长是第一功臣。"

"去年的案子谁不记得，不是还上新闻头条了吗？倒是'7·22 云城机场案'是什么案子，我怎么一点印象也没有？"

"你当然没印象了，你 2012 年才多大，上初中了吗？我也是听……"话还没说完，他突然看向了食堂门口，声音也随之戛然而止。

众人顺着他的目光看过去，发现他们那比自家长辈还能唠叨的局长带着一个身形颀长的年轻男人，正朝这里走过来。

他们纷纷放下筷子，站起来，身体笔直地敬了个礼："卢局！"

卢明森颔首走近，轻轻地拍了两下身边男人的肩膀："认识一下，你们陈队。"

年轻的刑警们面面相觑，眼睛里都是讶异。

这是他们的新队长？确定不是哪个男明星吗？

卢明森说："本来陈队知道你们这几天加班加点用最快的速度破了案后，想要犒劳犒劳你们，给你们办个庆功宴。"

卢明森的视线往几人面前快要被扫空的餐盘上一瞥："既然你们都吃得差不多了，那今天就算了，而且你们陈队今天刚从 B 市过来，路上折腾了那么久，人也累了……"

卢明森这话说得很慢，于是，刑警支队的一众榆木疙瘩里终于有人反应过来，知道卢局还是想趁今天这个机会拉近一下新队长跟他们之间的关系，立刻笑嘻嘻地说道："别呀，卢局，我们就是先吃点东西垫垫肚子，其实都在等着给陈队接风呢。再说了，我们大家伙都还在长身体，晚上多吃点也没关系。"

卢明森笑着说："少跟我贫，这得看你们陈队同不同意。"

陈队名叫陈昭，他顿了下，淡淡地开口："我没问题。"

A市第一人民医院。

今天的第二台手术顺利结束，陈明月从手术室里出来后直接进了更衣室。

她摘下染了血的手套丢进垃圾桶，洗手消毒之后，简单地冲了个澡就换回了自己的衣服，外面套上了白大褂。

她回到心血管病区时，几个实习医生已经在护士站等着跟她去查房了。

病区查完，天已经完全黑了，陈明月让他们先回学校，自己则去ICU看今天刚做完手术的两个病人。看到各项监测指标平稳，她抬起手腕看了眼时间，快晚上七点了。

回办公室收拾好东西，她一边在脑海里过了一遍今晚的计划，一边拎着包往医院外走。

刚出住院部的大门，她正要往停车场走时，旁边有人叫住了她。

"陈老师。"

见她看过来，江远笑起来，露出一颗尖尖的小虎牙。

陈明月带的这批实习生里，眼前的这个男生是最聪明也是最勤奋的那一个。她对他印象还不错，笑了下，问道："你怎么还没回学校？"

江远鼓起勇气问道："陈老师，你现在有时间吗？我可以请你吃晚饭吗？"

陈明月愣了愣，下意识地想要拒绝。没等她开口，江远抬手抓了抓后脑勺的头发，不好意思地说道："今天观看了手术，有一些操作上的问题想请教您。"

陈明月意识到自己想歪了，轻咳了一声："我们年纪相差也不算大，你不用这么拘束，以后喊我师姐就行，有什么问题你随时可以问，我有时间一定会解答，请吃饭就不用了。"

江远听完她的话，眸光暗了一下，随即又笑道："那师姐，不请吃饭的话，一起吃顿饭总没问题吧？说实话，实习这段时间，我攒了不少

003

问题，我怕问完，师姐今天的晚饭就要变夜宵了。"

陈明月失笑，她想着就是一起吃顿饭，便也没再矫情，点点头："你想吃什么？"

江远其实早就跟心外科的护士们打听到了陈明月的喜好，不过他不想表现得太明显，拿出手机翻了翻后，问道："师姐，有一家江浙菜的评分很高，要不我们去试试？"

陈明月有点饿了，没有多想，便回道："好。"

那家名叫"江南烟"的江浙菜最近的一家分店在1912街区，那片是一条酒吧街，有各种酒吧，也有各种美食，是Ａ市人民聚餐玩乐的首选之地。

陈明月将车开到街区附近，找了个好停车的地方停下，跟江远并肩一起往街区方向走。

这个时间点还没多少人，街区还算是安静，能听见远处夏蝉的低鸣声。

两人都没说话，江远时不时地偷看一眼身边的陈明月。

她身形高挑，肤色雪白，眉眼干净漂亮，身上穿着浅黄色短款小香风针织衫，搭一条黑色直筒牛仔裤，长发不像工作时那样扎成一个马尾，而是慵懒地披在肩上，发丝乌黑而柔软，衬得她整个人的气质更加温柔婉约。

江远心跳漏了一拍，那些压在心底早就想问的话瞬间脱口而出："师姐，你有喜欢的人吗？"

陈明月的脚顿了一下，但依旧垂着眼，让人难以捕捉她此刻的情绪。

这个问题像是打开了她身体某处的开关，那个被她刻意遗忘的少年突然浮现在脑海里。

江远问完就后悔了，尤其是看到她的反应不太对，他想自己不该这么冲动的。

他正要将这个话题带过去，陈明月开口了："有。"

她的声音很轻，话刚说出口就被晚风吹散了。

江远没有听清，刚想再问，不远处，他们要去的那家江浙菜馆门口有道无比清晰的雄厚男声传了过来："陈队，你看什么呢？"

陈昭眉眼沉重，眸光压抑，片刻后，他淡淡地回道："没什么。"

这个低沉的嗓音猝不及防地落入陈明月耳朵里，在大脑做出反应之前，她已经抬眼看了过去。

印着"江南烟"三个字的灯牌发着光，男人沉默地站在那里，神情冷淡，周身却像是被镀了一层碎金似的，整个人在夜色里熠熠生辉。

他身形挺拔，脊背清瘦，肩线流畅，好看的面庞像是被精心雕琢的冷玉，经过漫长岁月的打磨，轮廓更加分明。

陈明月脑海里刚刚出现的那个肆意张扬的少年一瞬间就褪去了所有的戾气，只留下内敛的孤傲和淡漠，就像是带着锋锐光芒的刀刃，终隐于坚毅的刀鞘。

她的心脏重重抽搐了一下，下一秒，眼泪没有预兆地掉了下来。

原来一眨眼的工夫，十年就这么过去了。

第一章 邂逅昭月

2010年的七月下旬,十六岁的陈明月刚升高二,这时的她还跟着母亲姓,叫"明月",距离母女两人从B市搬到云城这个偏远落后的小县城刚好十个年头。

明月还记得六岁那年的盛夏,妈妈明向虞带着她坐了一天一夜的火车,她们挤在一张硬卧上面,明向虞将小小的她搂在怀里,轻轻地拍着她的背哄她睡觉。

车厢外人声嘈杂,车厢里没有空调,潮湿又闷热,明月好不容易睡着了,中途又被热醒好几次。

最后一次醒来,她看到明向虞低头坐在窗边,不停地用手帕抹着眼泪,瘦弱的肩膀剧烈抖动着,沉默又悲痛。

那时的她尚不能理解生离死别的含义,更没办法对母亲巨大的悲伤感同身受。她看了很久,才小声问:"妈妈,你是不是想爸爸了呀?"

明向虞发现她醒了,立刻止住眼泪,起身走过来,又将睡得一身汗的她紧紧抱在怀里:"月月,妈妈只有你了,你以后一定要听妈妈的话,一定要好好读书,长大了找一份好工作,让爸爸为你感到骄傲,知道吗?"

明向虞像是溺水的人用力地抓住了一根浮木,明月被她抱得快要喘不过来气,艰难地点了点头。

陈父因公牺牲,明向虞拿到了一笔抚恤金,她打算攒着这笔钱供明月读书,自己找份工作贴补家用。

B市虽然工作机会多,但明向虞只有小学文化,她这些年又一直待在家里相夫教子,找工作的时候四处碰壁,去饭馆应聘服务员都会被嫌年龄太大,手脚不如二十出头的年轻人利索,最后好不容易找到一份清洁屠宰场的工作,每天累得半死,工资还少得可怜。

明向虞跟陈父是在孤儿院里认识的,考虑到自己留在B市没有其他亲人可以依靠,她很快就辞了职,退租后带着明月来到生活成本很低的小城市云城。

陈父生前的愿望是希望他们唯一的女儿考上大学,将来不求能够出人头地,但求做一个对社会有贡献的人。

明月刚来云城的时候很不适应,这里看不到林立的高楼大厦,夜晚也没有明亮的霓虹灯,只有错落的矮房,狭窄的巷子,拥挤的人群,以及吵闹的清晨与傍晚。

出巷子往公交车站去的一条路一直在修,一下雨,路面就会变得泥泞不堪,为了不弄脏鞋子,明月只能绕很远的路去坐车。

好在她读初中的时候,那条路终于修好了,而她也终于能完全听懂这里的方言,知道每天傍晚坐在巷子口闲聊的阿姨们说的是什么。

中考前一天下午,明月放学回来,像往常一样跟阿姨们打了招呼之后进了巷子里,没等她走远,她们又聊了起来。

"你家延延明天要中考了吧?准备得怎么样啊?能考上一中吗?"

"那当然是没问题,我家延延多聪明,哪像这个小丫头哦,又木又呆,怎么看以后都不可能有出息。"

"是啊,我看这不讨喜的性格随了她死去的爸爸。"

"说起来,向虞也是死心眼,这么多年也不再找一个。"

……

这不是她们第一次谈论明向虞和明月。

明月好几次都想上去跟她们大吵一架,然而明向虞告诉她要忍耐,这些阿姨没有恶意的,她们偶尔会送点自家种的蔬菜过来,过年还会喊母女俩到她们家吃饭。

明向虞平时遇到什么事情,比如厨房漏水、卫生间下水道堵了,也都是她们帮忙解决的。

经常照顾她们母女的人是这些阿姨,背后用伤人的话议论她们母女的人也是这些阿姨。

明月一直想不明白,为什么人能这么矛盾?

明月想了整整一晚上,第二天考试的时候,她看试卷上的字都有些模糊。

不久,中考成绩出来,明月因为没有发挥好,与云城最好的高中云城一中失之交臂,进了云城四中。

一流一中,三流四中,在这个教育资源有限的小县城,一中作为师资力量最强的高中,好几年都不一定能有人考上全国最好的高等学府Q大。

但如果有人考上了Q大,那一定是一中的学生。

大概也就是从这个时候开始,明向虞每次看向明月,眼睛里流露出的更多的是失望。

明向虞不再关心明月在学校里有没有交到朋友,有没有遇到什么困难,她很少和明月聊天,只有每次考完试成绩出来,她才会问明月考得怎么样。

昨天晚上晚饭快吃完的时候,明向虞问明月高二开学摸底考的成绩出来没有,明月起身去房间里拿了成绩单出来。

她这次考得还不错,总分621分,在整个年级排第十一名,比上学期期末分班考试进步了二十名。

虽然明月觉得可能是暑假其他人懈怠了,但有了进步,她还是打心底觉得高兴。

明向虞接过她的成绩单看了眼,没说话,洗了碗筷,将厨房收拾好就出门了。

明月用抹布将饭桌擦干净,回到房间把书包拿出来,将下午写完的各科作业检查了一遍之后,又看了会儿书,人渐渐地犯起困来。

她看了眼墙上的钟,七点二十分。她想了想,打开电视,准备看一会儿新闻联播和天气预报。

明向虞回来的时候,7寸的黑白电视里,天气预报的播音员刚好播报到云城,声音柔美而动听:"云城,明日天气晴……"

明月一边想着明天终于不用带伞了,一边开口:"妈妈,你回来……"

没等她说完,明向虞就歇斯底里地冲了过来,将饭桌上明月拿出来还没收进书包里的几本书还有作业全都挥到地上:"你以后什么也别学了,就看你的电视!"

明向虞手里还拿着一张纸,上面是一中摸底考理科前一百名的成绩和排名,是程北延妈妈给她的。

云城很小,高中学校少得可怜,除了平时的周考和月考,几所高中用的都是同一套卷子。

明向虞的心情终于平复了一些,她将那张纸摊在桌上:"你自己看看,你考那么一点分对得起你爸爸吗?"

明月想说些什么,可看到上面的名字和成绩时,就什么话也说不出来了。

第一名,程北延,689分。

第二名,江晚意,688分。

……

第一百名,姜岁岁,645分。

……

"明月,你已经高二了,你再这么下去可怎么办啊?"明向虞问完,就转身进了自己的房间,用力带上了房门。

老旧的房门咯吱咯吱响,在被关上的那一刻又发出"砰"的一声。

明月蹲在地上,将书一本一本捡起来抱在怀里。

许久,她红着眼睛,低声说了一句:"对不起。"

今天周一,下午十七班有一节体育课,明月一个人躲在体育馆二楼的器材室里,手上拿着一本《高中语文必背课文》的口袋书。

窗外的篮球场上人声鼎沸。

穿1号球衣的黑方主力像是一柄出鞘的宝剑,带着无人能比的锋芒碾压全场。

很多女生尖叫着喊他的名字为他加油:"陈昭,加油!"

明月靠着窗在背书,数次听到这个名字,眼睛无意识地看向了外面。

她看到处于人群焦点中的少年丝毫不惧敌方的防守,随意地运着球,轻松避开一个又一个阻碍。

他奔跑的时候,黑色的球衣被风灌满,迎着光,整个人像一团燃烧着的热烈火焰。

云城多雨,从开学到现在,已经淅淅沥沥地下了一周雨,今日终于骄阳高悬。他身后的天空湛蓝如洗,一群白鸟飞快地掠过,振翅奔向自由的远方。

明月脑海里不受控制地想起昨晚明向虞问她的话,她收回视线,转过身继续背书。

她背着背着,眼泪扑簌簌地落下,声音也逐渐哽咽,身体慢慢往下滑。最后,她屈膝坐在地上,脸埋在胳膊里。是啊,她该怎么办?她什么时候才能从这个她一点也不喜欢的地方离开?

外面的篮球赛很快接近尾声,欢呼声一浪高过一浪,最后在令人满意的结果中结束。

又过了一会儿,下课铃响起。清脆响亮的铃声持续了近三十秒。

明月没动,忽然,一个低沉的嗓音在头顶响起来:"下课了。"

她抬起头。

光线忽然涌入，还有少年近在咫尺英俊的脸，明月被吓得不轻。

她抽泣着，躬着的背伸直，紧紧贴着墙壁，像只受惊了的小动物。

陈昭弯腰，将手里的篮球放入她身旁的木筐里。

而后，他敛眸盯着少女红肿的眼圈看了一会儿，才漫不经心道："我有这么可怕？"

夏日燥热的风从窗外吹进来，明月看着他的眼睛，眼睫微颤，然后轻轻摇了摇头。

陈昭轻嗤一声，直起身。

孙浩宇在楼梯口左等右等也不见陈昭出来，走到门口就看到他居高临下地站在一个女生面前，女生被他吓得跌坐在地上一动不敢动。

"阿昭，都跟你说过多少遍了，女孩子胆子小，你跟她们说话的时候一定要温柔一点，不要凶人家。"

他走进去，仔细一瞧明月的模样："怎么哭成这样？"他又扭头开始谴责陈昭，"你瞧瞧，你把人家吓的。"

明月站起身，抿了抿唇，嗓音轻而软："我……不是因为他。"

孙浩宇没听清她的话，又说道："同学，你别看阿昭外表冷冰冰的，其实他内心很善良……"

陈昭已经抬脚走到了门口，闻言，他眯了眯双眸："孙浩宇，不想死的话就赶紧给我滚出来。"

孙浩宇一脸真诚："真的，同学，你相信我，他平时在路上看到没人要的小猫小狗都要捡回来的，不过他不会养，只能丢给我妈，到现在我们家已经有五只猫三只狗了，我妈差点拿扫帚把我赶出家门。"

明月被他的话逗得笑了起来，然后偏头看向门口的少年。

陈昭懒洋洋地掀起眼皮，也朝她看了过来。

视线对上不到两秒，明月就低下头来，从器材室小跑着出去了。

周五晚自习结束，明月回到家的时候快晚上十点半了。

平时这个时间明向虞已经睡觉了,但今天明月打开门,就看到她正坐在客厅的椅子上发呆。

听到开门的动静,明向虞先看了眼墙上的钟,再朝明月看了过来:"怎么才回来?"

四中晚自习下课的时间是九点十分,明月坐公交车回来也只需要半个小时,一般十点前就能到家。

明月怔了一下,关了门,回道:"卷子没写完,多留了一会儿。"

从上周日晚上明向虞知道她的摸底考成绩第一次发了脾气后,这个星期她们一直没有说话。

明月今天也是故意晚了一会儿才回来。

"我熬了粥,你吃完再回房间看书吧。"

明向虞说完,起身去厨房端了一碗燕麦牛奶粥过来,瓷白的碗内壁印着红色的樱桃,粥正源源不断往外冒着热气:"我今天糖加得多了一点,你尝尝看好不好吃。"

"谢谢妈妈。"

明月拿开自己放在椅子上的书包,让明向虞坐在她旁边。

明向虞抬手摸了摸她的头发:"妈妈下午去找过徐阿姨,她答应让延延周末有空的时候帮你补习,明天延延刚好有空。"

明月手指用力地握住了勺子,很快又放开,低低地"嗯"了一声。

明向虞柔声开口:"月月,前几天是妈妈太着急了,没有控制好自己的情绪,你别生妈妈的气好不好?"

明月看了明向虞一眼,摇摇头:"我没有生你的气。"

她其实一直在生自己的气,为什么中考要分心让自己进了四中?为什么要让明向虞感到失望?

她越是怪自己,就越想要从这个地方逃离。

翌日凌晨三点多,明月醒了过来,她打开灯看了眼时间,还早,准备继续睡,但她突然想到今天要去徐阿姨家找程北延补课,就怎么也睡不着了。

她和程北延上同一个小学、同一个初中，初一的时候还在一个班，但他俩一直没有什么交集，平时在路上碰到了，两人也不会打招呼。

明月对程北延的印象还仅限于个子很高、成绩很好、长得也很好这三点。

她抿了抿唇，不让自己再想这些乱七八糟的事情浪费时间，迅速从床上爬起来准备写作业。

上午明月出门的时候，明向虞给了她一百块钱，让她路过水果店的时候买些水果带给徐阿姨。

明月拎着一袋沉甸甸的水果到程北延家的时候，徐秉惠已经拿着钱包出去打麻将了，程北延给她开的门。

从高一入学到现在，明月还没主动和同龄人接触过，一时紧张到有点结巴，她用力攥着塑料袋子："这……这是我妈让我给你们带的水果。"

程北延顿了一下，看到她白皙的掌心被勒红了，马上伸手接过来："进来。"

明月带了自己这次摸底考试的各科卷子，程北延大概地浏览了一遍，替她总结出来一些问题。

她数学基础不扎实，解题思路不清晰，语文阅读理解能力薄弱，作文写得也一般，英语和理综倒是很稳，就是粗心。

这些问题其实明月自己也知道，但她就是不知道该从哪里下手解决。

程北延将他的数学笔记本递到明月面前："我们先从数学开始。这是我总结好的知识点，你先看，有什么不懂的地方再问我。"

明月看着笔记本封面上少年清秀的字，轻声开口："谢谢。"

程北延想了想，又说："笔记你今天看不完可以拿回去，下周六再还我。"

他说完就回自己房间了，留明月一人在客厅看笔记、抄笔记。

明月翻开笔记本，上面整理了高中数学最重要的知识点，知识点后面还罗列了两三道很典型的例题。

程北延没有写上答案，但提供了多种解题思路，每一种解题思路的逻辑都很清晰，让人一目了然。

明月从书包里拿出草稿纸，遮住他的解题思路，看完一个知识点，她会先自己在草稿纸上演算，然后和程北延的思路对比，看自己欠缺或者遗漏了什么。

时间不知不觉地过去，明月是早上七点半过来的，等她再看时间的时候，已经十点多了。

她揉了揉发酸的肩膀，起身将东西收拾好，走到程北延房间门口，正要敲门跟他说自己先回家了，这时半掩着的大门被人从外面推开，一个女生从外面走了进来。

女生穿着黑色的吊带衫和牛仔短裤，露出一对纤细的胳膊和笔直的长腿，鸦羽似的睫毛很长很密，五官精致，整个人有种张扬的漂亮。

明月看着她，有些茫然。

倒是林听眨了眨眼："咦？这不是我们班的学霸吗？"

"你是叫明月吧？我也是四中的，咱俩一个班，你记得我吗？"

明月对林听完全没有印象，朝她走了几步后，才不好意思地开口："开学才两周，我人还没有认全。"

林听轻嗤一声："我们高一入学就是一个班。"

明月抿了抿唇："抱歉。"

明月的好脾气让林听觉得自己有点咄咄逼人了，林听忙说道："哎呀，这有什么的，我知道你们好学生都一心扑在学习上，不像我们这些学渣，多看一眼书都觉得是在浪费青春。"

说完，她看了一眼从房间里走出来的程北延："不过你们好学生都这么高冷，在学校都不需要交朋友的吗？"

林听对明月印象很深，不仅因为她成绩好，还有就是高一一整年，林听发现她除了交作业和上课回答老师的提问，没有主动和谁说过一句话。无论何时，她都是一个人，安静而孤僻。

程北延没接话,他去楼下的小卖部买了两瓶可乐回来。

他将其中一瓶递给明月。

林听很自然地从他手里接过另一瓶,蹙眉:"怎么不是冰的?"

明月感受到手心传来的冰凉触感:"我跟你换吧。"

林听摆了摆手:"不用,你喝你的。"

明月垂眸,看着凝结出来的水珠沿着透明的玻璃壁往下滑落,将小城夏天的滋味全部融入里面。

林听喝了一口常温的可乐,没好气地说:"程北延,你说你抠不抠,省我这五毛钱你能发财吗?"

程北延语气没有任何波澜:"不想喝可以退。"

林听立刻瞪了他一眼,咬着吸管喝了小半瓶,才得意扬扬地回道:"你想得美,老娘才不要给你省钱呢。"

程北延对上少女清亮的视线,余光扫过她嫣红唇瓣上的水珠,下意识地转开了眼。

林听觉得他一定是心虚了,刚要乘胜追击,手机响了。

她翻开手机盖,孙浩宇的声音从听筒里传了出来:"林大小姐,你喊个人怎么喊了这么久?你跟老程再不来,我跟老何两个人就要被昭爷虐得体无完肤了。"

林听很嫌弃地将手机拿远了一点,说:"你俩可真没用,我们马上就来。"

孙浩宇催促:"赶紧啊!"

林听合上手机盖:"好学生,打台球去?"

明月摇了摇头。

"陈昭也在。"林听劝道。

明月觉得这个名字有点耳熟,但想不起来是在哪里听过了。

林听忽然笑了起来:"对不起,我忘了你们这种好学生是两耳不闻窗外事的了。"

放眼云城这几所规模不大的高中,知道陈昭的女生不说全部,至少也在半数以上。

一中的校花江晚意就是最出名的那一个。她是少数民族的,与其他女生有着不一样的漂亮,成绩也很好,身边不缺朋友,却偏偏也想跟陈昭这样的差生做朋友。

林听想了想,又对明月说:"你看你和阿延这么熟,我跟他又是好朋友,那咱们也算是朋友了,就一起去呗。"

程北延蹙眉,她是怎么看出来他和明月熟了?

明月耳根子软,最后还是被林听挽着胳膊带到了附近一片老旧居民楼下的台球室。

这是一个由地下室改成的休闲场所,灯光昏暗,通风也不好,空气里烟味有点重。

明月站在门口没有进去。

台球室内,身形挺拔瘦削的少年被人众星捧月般地围在中间。

离他最近的那个女生化着精致妆容,身上是一件质感很好的粉色抹胸连衣裙,她正缠着少年撒娇让他教她打球。

陈昭偏着头,一副似笑非笑的模样,眼底却带着微不可察的寒意。

台球室昏暗的灯光照在他轮廓硬朗的侧脸上,轮廓分明的眉眼透着几分野性和不羁。

周围的女生都在看着他,眼神或是害羞,或是着迷。

明月不甚在意地看着,对周围的一切有些麻木。因为她知道,就在不远的未来,她会离开这里,然后再也不会回来。随着时间的推移,这里的人或事物最后都会湮灭在她的记忆深处。然而正当她要收回视线的时候,陈昭突然朝她看了过来。

视线相撞的一刹那,明月想起上周那个阳光明媚的下午,篮球场上少年矫健的身影,还有昏暗空荡的器材室里,少年近在咫尺的英俊脸庞。

孙浩宇顺着陈昭的目光,先看到了林听和程北延,立刻嚷嚷道:"都散了啊都散了,我们的人来了。"

围在陈昭身边的一众男男女女纷纷往外走,只有那个穿粉色连衣裙的女孩不甘心地咬了咬下唇,还想留下。

陈昭却收了笑,眉眼间的痞气也收敛住,只剩下几分不耐烦,语调冰冷:"让开。"

女生没得到想要的结果,心中有气,将手中的台球杆重重地往台球桌上一扔,然后朝门口走去。

看到门口杵着的三个人,她还狠狠地瞪了一眼站在最外边的明月,愤愤离开了。

明月愣了愣:我好像什么也没做吧?

等人走完了,就剩下他们几个,孙浩宇才注意到明月:"这妹妹有点眼熟啊。"

他像发现新大陆似的凑到明月眼前:"妹子,我们是不是在哪儿见过?"

听着他老套的搭讪方式,林听笑骂道:"你少来,她是我们班的好学生,你敢带坏她试试?看我不打断你的腿。"

孙浩宇没说话,又悄悄打量了一眼明月,总觉得在哪里见过她。

何舟笑着走了过来,将一只胳膊搭在程北延肩膀上:"老程,我们今天中午吃什么就看你和听听的了。"

孙浩宇立刻接话:"对,昭爷可是说了,今天只要输一次,就请咱们吃一个月的法餐。"

明月以前没碰过台球,林听手把手教了她一些击球的技巧和常见的几个玩法之后,就迫不及待地找陈昭比赛去了。

他们玩的是美式8球,七局四胜制,不到十分钟,陈昭已经连赢了林听三局。

第四局开始前,林听默默地放下手中的球杆:"不打了,我认输。"

孙浩宇"啧"了一声:"老程刚刚好歹在昭爷手下坚持了半个多小时呢,你怎么这么快就认输了?"

林听白他一眼:"我今天状态不好不行吗?我要去看看我的小徒弟

练得怎么样了。"

闻言，几个人相继走过去，围在明月正在练习的那张台球桌旁边，看明月拿着球杆，俯身将腰抵在桌面上。

被他们盯着，明月没来由地有点紧张。她深吸一口气，果断地将杆推出去。

一杆清台，球全部进袋。

孙浩宇目瞪口呆："妹妹你好厉害，以后多练练，说不准我们打败阿昭的希望就在你身上了啊。"

明月也有点惊讶，她站直身体，腼腆地笑了笑："这次运气比较好。"

昏暗的台球室内，少女眼睛里有光，整个人柔软而明亮，清澈的瞳仁像是夜晚倒映着皎洁月亮的美丽湖泊。

陈昭看了一眼就收回视线，嘴角扬起一抹浅淡的弧度，转瞬即逝。

出了台球室，一行人往程北延家走。

明月和陈昭落在最后面，她步子迈得很小，不动声色地将两人之间的距离拉开。

谁料，前面的少年突然停下脚步，转过身，低眸，没什么情绪地看着她："这么怕我，我是能吃了你咋的？"

明月抿了抿唇，她倒不是怕他，就是不太想和他扯上关系。

两次见他，他都是人群的焦点，跟她这种随时都能淹没在人群里的平凡的人有着天壤之别。

刚刚她就被那个女生的怒火牵连到了——她明明什么都没有做，就莫名其妙被人瞪了一眼。

陈昭又向她逼近一步，低声问道："嗯？"

明月下意识后退一步，轻轻摇了摇头。

看她一副拒人于千里之外的模样，陈昭没来由地有点烦躁："叫什么名字？"

明月察觉出他有点不高兴了，这次答得很快："明月，明月几时有的明月。"

虽然他问完她的名字就没再跟她搭话了,但她这一路上神经还是绷得紧紧的,一直到拿了书包离开程北延家,她才松了一口气。

周末很快过去,明月看完了程北延借给她的数学笔记,打算趁今天自习课的时候全部抄下来,晚上回家的时候就把笔记本还给他。

林听一走进教室,就看到坐在第四组中间靠墙位置的明月正在奋笔疾书。

她走过去,刚想打趣明月原来好学生也会补作业,下一秒就认出了程北延的字迹。

明月的同桌冯舒雅还没来,林听拉开椅子坐下,手掌撑着下巴,问道:"听程北延说你家和他家离得挺近的,你们俩是不是从小就认识啊?"

明月还以为是同桌来了,听到林听的声音愣了一下,抬起头来:"认识,但是我跟他其实不算熟,怎么啦?"

"没事,我就随便问问。"

林听说完,从校服外套口袋里摸出根棒棒糖递给明月后就回到自己位子上。

冯舒雅刚好看到这一幕,吃惊地瞪大了眼睛。她同桌和林听的关系什么时候变得这么好了?要知道林听不仅家境很好,还是大家公认的校花,高一的时候就跟四中风云人物陈昭走得很近,却一直没什么特别要好的女性朋友。

冯舒雅又看了明月一眼,本来开学的时候她想着要跟新同桌搞好关系,但她发现明月基本不说话,看上去不是一副很好相处的样子,所以就放弃了。

她走到位子上,鼓起勇气打招呼:"明月,早上好啊。"

明月又是一愣,弯了弯嘴角,软声回道:"早上好。"

冯舒雅再次瞪大眼睛,原来同桌笑起来这么甜,难道同桌平时生人勿近的高冷学霸形象都是装出来的？

没给她继续胡思乱想的时间，早自习的铃声响了，语文老师也走进了教室，很快，各班的读书声交织在一起。

明月背了一会儿书，继续悄悄地抄笔记。

冯舒雅看了一眼坐在讲台上批改试卷的老师，歪着身子凑到明月耳边，好奇地问道："你和林听关系是不是挺好的？她有没有把你介绍给她的好朋友哇？"

明月的注意力全在笔记上，随口接了一句："什么好朋友？"

冯舒雅说："就陈昭他们啊。"

明月皱了下眉，没接话。

"你别看他们成绩都全校倒数，但他们可都有成绩不好的资本。家喻户晓的华盛电器创始人陈卫森你听说过吧？那就是陈昭的父亲，而陈昭的母亲更厉害，她出身于军人家庭，父亲和哥哥都是部队里的一把手。

"我们四中又不像一中那么厉害，咱们的第一名拼死拼活考个985都够呛，能考上个211就已经算不错的了，但要是能和他们交上朋友，那以后的路就不一样啦。"

明月忽然想起一中那张摸底考前一百名的成绩单，最后一名姜岁岁足足高出了她24分……她下意识地攥紧了手里的笔。

冯舒雅轻轻地戳了戳她的胳膊："喂，你还在听吗？"

明月却兀自下定了决心，点头道："所以我们要更努力呀，好好上自习吧。"

冯舒雅撇了撇嘴，觉得简直是对牛弹琴。

明月晚上将笔记本还给程北延时，他又给她推荐了两本辅导书，她将书名记下来，打算周五晚自习结束就去书店买。

云城只有一家新华书店，在城中心，离一中很近，来买书的学生很多，明月结完账已经快晚上十点了。

去最近的公交车站台需要穿过一条老巷子，明月刚拐进去，迎面就走过来一对男女。

看到明月，两人对视了一眼，女人上前笑眯眯地问："小姑娘，你知道必胜百货怎么走吗？"

"不知道。"

明月压根儿没有听过这个地方，余光看到女人身后的男人手里拿了个什么尖锐的物品，寒光乍现。

明月的脊背和手心瞬间沁出了冷汗，心脏几乎要跳出胸腔，她下意识地后退了两步。

就在这时，身后有人喊她的名字，带着少年感的嗓音，低沉动听。

"明月。"

明月转过身。

少年穿着黑色短袖衬衣，肤色被夜色衬得冷白，锁骨瘦削，脖颈修长，下颌线利落流畅，眉眼精致好看。

视线对上的那一瞬，明月眼圈一红，软糯的嗓音带上了哭腔："程北延他们买完书了吗？"

陈昭冷冷地看了一眼她身后的人："嗯，他们马上就过来。"

"那我等一下他们。"

她快速走到陈昭身边，紧紧挨着他的胳膊。

陈昭眼睫低垂，看到她正在发抖的手，向前一步，身体完全将她挡住。

这个距离，明月能闻到他身上清冽的味道，像是沐浴露的清香，里面夹杂着一点淡淡的薄荷味道。

女人看着男人说了一句"我们再找找吧"，两人就原路折回，很快消失在黑夜里。

陈昭将明月送到公交车站台，陪她一起等车。他的手插在兜里，明亮的双眸看着远处，不知道在想什么。

明月这会儿彻底缓过来了，轻轻拽了下他的衣角："今天谢谢你。"

陈昭沉默了几秒，忽然俯身平视她的眼睛，嘴角勾起，笑容有些坏："一句谢谢就完了？你以为我这么好打发？"

明月的鼻翼和胸腔里灌满了少年身上的气息，像是冰凉的薄荷驱散

021

了小城夏夜的燥热和烦闷。

明月和他对视着,看到他漆黑的发梢还有些湿,应该是刚洗完澡。

她脸颊逐渐发烫,好不容易平息下来的心又乱成一团。半晌,她才找回自己的声音:"你……"

陈昭抬了抬眉:"我什么?"

明月迟疑了一会儿,终于慢吞吞地从书包口袋里摸出一根棒棒糖。

她眼睫颤了颤:"你要吃糖吗?"

陈昭直起身,懒洋洋地看了一眼她手里的糖,没有接。

明月咬了咬唇,有些不知道该怎么办了。她所有的情绪都明明白白写在清澈的眼睛里,无措、慌乱,还有些羞恼。她眼角还带着红,像一只努力讨好他,想要跟他走却遭到拒绝的流浪猫,可怜兮兮的。

陈昭"啧"了一声,在明月要收回手去的前一秒将糖接过来。

明月松了口气,正要侧过身去,陈昭忽然问道:"你知道我叫什么吗?"

"嗯。"明月点点头。

"会写吗?"

明月想了想,不确定地问道:"耳东陈,朝阳的朝?"

陈昭垂眸,嗓音低沉:"手伸出来。"

明月乖巧照做。

下一秒,白色的细棍轻轻划过她的掌心,一笔一画书写着他的名字。

少年的手很好看,手指修长,骨节分明,手背肌肤很白,青色的血管清晰可见。

明月看得有些出神,直到陈昭写完,她才抿了下唇,飞快地收回手。

余光看到自己要坐的公交车即将到站,她又冲陈昭挥了挥手,嗓音柔软:"陈昭同学,再见。"

陈昭看着她上了公交车靠窗坐下来,车门缓缓合上,她从书包里拿出一本辅导书,低头看了起来。

少女垂着眼,神情安静专注,没再看外面一眼。

车很快驶远。

陈昭想起他第一次看到明月的时候，当时的她一个人躲在黑黢黢的屋子里，像是被全世界抛弃了一样，他恍惚间看到了幼年时的自己。

陈昭有些烦躁，舌尖抵了抵后牙，看了眼手里的糖，正要丢进垃圾桶时，脑海里却浮现出少女刚刚的神情，手一顿。

他三两下将包装纸拆开，将糖塞进嘴里，立马皱了下眉。

这玩意儿怎么能那么甜？

陈昭将糖咬碎，囫囵吞了下去。

明月到家已经很晚了，明向虞仍然坐在客厅里等她。

推开门的一刹那，屋里温暖明亮的灯光倾泻开来，明月的眼圈又红了。

她突然想抱一抱明向虞。

她刚要跑到明向虞身边，就被明向虞的话定在原地："你徐阿姨今天晚上特地过来了一趟，她说一中办了一个物理竞赛辅导班，其他高中的学生也可以参加，不过报名费要三千块钱。钱的事情你别担心，妈妈已经准备好了。明天延延上午有时间，你去他家的时候记得找他拿一张报名表，填好后和报名费一起交给他。"

安静地听明向虞说完后，明月低头，眨了眨眼睛，语气听起来有些委屈："妈妈，今天晚上我好像碰到坏……"

没等她说完，明向虞再次开口："延延妈妈还跟我说，省级物理竞赛一等奖和国家级竞赛一、二、三等奖高考都有加分政策，妈妈不指望你能拿全国一等奖回来，但省级一等奖和全国二、三等奖加分是一样的，你成绩本来就不好，高考万一发挥失常，到时候别说一本都上不了。这次竞赛班上课的老师全是一中的老师，你一定要好好学，知道了吗？"

明月点点头，轻声说："我知道了。"

明向虞走过来摸了摸她的头发："不早了，你赶紧洗漱，睡觉前还能再学一会儿。"

"嗯，好。"

回到房间，明月在书桌前坐下来，从抽屉里拿出一本蓝色封皮的日记本，打开来，写下了今天的日期就开始发呆。

等明月回过神来时，她发现写着"2010.09.10"这一页纸已经被她画得不成样子了。不过要是仔细辨认的话，能看出来纸上写满了某个人的名字。

明月皱眉，快速将日记本合上塞进抽屉里，继续看新买的辅导书。

这天晚上，她再一次失眠了，她做了整整一晚上的题目，写完了好几张数学卷子。

一中组织的竞赛辅导班不是报名就能参加的，如果报名人数太多，一中的老师还会进行筛选，最后选出上课的学生名单。

周三晚上明月回家的时候，徐秉惠已经来过了，并告诉了明向虞明月通过了筛选的好消息。

辅导班的上课时间是每周日上午八点到十一点半，大部分都是一中自己的学生，少数是其他高中的尖子生。

徐秉惠来的时候特地带了一盒进口巧克力，她和明向虞说程北延从这周日开始要上辅导班，现在他自己的时间都不够用，恐怕不能再帮明月补习了。

明向虞觉得十分可惜，跟明月说的时候一直唉声叹气的。

明月听了之后倒是没多大反应，这件事情上周六她去程北延家的时候，他就跟她说过了。

不过程北延说她随时可以借他的笔记看，有什么不懂的知识点或者难题都可以等周日上辅导班的时候问他，或者问辅导班里其他同学都行。

明向虞不爱吃甜食，明月打算明天上学的时候带一点巧克力分给林听和冯舒雅。她们俩算是明月在四中最熟悉的人了。

说起来，上周林听还只是偶尔跑来跟明月搭话，这周开始，林听不再和陈昭他们一起吃饭了，而是自来熟地拉着明月一起去食堂。

就连晚上放学的时候，林听还会问明月有没有想去的地方，她可以陪着一起去。

明月有点羡慕林听,她像是没有烦恼,什么事情从来都是想做就做,也不怕被拒绝,永远热烈真诚且坦然自信。

第二天上学路上,明月有点倒霉,公交车半路上出了问题,售票员给总部打了个电话之后,就将所有乘客赶下了车,让他们等下一趟车。

明月跟在众人后面下了车,从口袋里摸出电子表刚要看一眼时间,余光就看到身后不远处非机动车道上有个瘦削熟悉的身影。

陈昭大刺刺地坐在马路牙子上,两条长腿屈着,面前是一辆粉红色女式自行车,他手里拿着根树枝正在捣鼓链条。

他仍然穿的是黑色短袖衬衣和黑色长裤,头发很短,脖颈修长,肤色冷白,侧脸弧度分明,眉眼精致。

他旁边蹲着一个背着书包的短发女孩子,穿着初中的校服,眼睛红红的,眼圈有点肿,像是刚哭过。

陈昭捣鼓了一会儿,脱落的链条终于重新回到轨道上。

他利落起身:"好了。"

"谢谢哥哥。"

女孩急着上学,道过谢后就匆匆骑车离开了。

陈昭走到垃圾桶旁边,将树枝折成几段丢了进去之后拍了拍手上的灰,抬眸的时候,就注意到前方公交车站台上有个人正朝他这边看。

像是有心灵感应一般,明月在他看过来的前两秒,就飞快地收回视线,侧过身去。

下一趟公交车很快到来,明月排在队伍前面上车,找了个靠窗的位子坐下来。

车门缓缓关上时,一道阴影猝不及防地罩下来,陈昭掌心撑在车窗前,清瘦挺拔的身体将明月完全圈在座位上。

明月闻到了很熟悉的味道。

清清凉凉的薄荷气息,带着点温暖的阳光味,她的心跳不受控制地加速。

她咽了下口水，视线里少年的手臂线条流畅，结实有力，而来自头顶的目光也越发热烈，格外有压迫感。

明月不得不抬头，软声开口："好巧。"

"巧？"陈昭轻嗤一声，狭长的双眸直勾勾地盯着她的脸，"你刚刚没看到我？"

明月目光躲闪："看到了。"

她顿了下，又小声补了一句："所以好巧。"

陈昭眯了眯眼，嗓音低沉："看到了你也不打招呼？"

第二次见面的时候，陈昭就发现了，她好像真的不太喜欢他。

明月迟疑了一下，再次小声开口："我们……不熟。"

陈昭舌尖抵了抵下颌，冷声回道："是不熟。"

明月意识到她可能又惹他不高兴了，抿了抿唇："对不起。"

陈昭皱眉："没凶你，不用道歉。"

明月没说话，她手指无意识地攥紧了书包带子。

片刻后，她像是终于下定了决心一般，软声说道："我下次一定会打招呼。"

陈昭敛眸，似笑非笑地看向她的眼睛："现在这么快就熟了？"

明月对上他戏谑的眼神，脸颊和耳朵根开始发烫。她装作没听见，扭头看向窗外。

尽管这样，少年的存在感仍然不容忽视，像是盛夏最热烈的季风，吹得人无处可躲。

明月脊背绷直，一直保持着看风景的姿势，一动不动。

公交车很快抵达四中附近的站点，明月跟在陈昭身后下了车，她安静地走在他身旁，心底却有些紧张。

陈昭在其他高中都很有名，更别提在四中了，哪怕他成绩倒数，也因为显赫的家世和出众的相貌，永远是人群中的焦点。

正在四中校门口等人的孙浩宇和何舟远远看到陈昭从公交车上下

来，觉得十分稀奇。

孙浩宇走过来，从手里拎着的热饮里挑了一杯纯牛奶递给陈昭："啧，昭爷今天怎么想起来坐公交车了？"

陈昭懒得解释，随口回道："没打到车。"

何舟打开手机看了一眼时间："离上课还有一个小时，咱们还能打几局游戏。"

他俩一开始没有注意到明月的存在。

明月正犹豫着要不要直接走进学校，孙浩宇突然认出了她，笑眯眯地问道："早啊，好学生，能帮我们把这杯热可可带给林听吗？"

明月"嗯"了一声，接过纸袋就要走。

陈昭突然伸手将他的那杯饮料递到明月面前，道："给你的。"

孙浩宇和何舟对视了一眼，两人都从对方眼里看到了惊讶。

明月眼睫颤了颤："谢谢。"

少年哼笑出声，懒洋洋地说道："谢什么，我们都这么熟了。"

明月脸上还未完全褪去的红晕再次加深，她逃跑似的拎着两杯饮料小跑进了学校。

孙浩宇将手臂搭在陈昭肩膀上，脸上露出复杂的表情："你小子什么时候跟人妹子这么熟了？快给哥哥我……"

他话还没说完，陈昭已经侧身抬手，迅速反扣住他的手腕，轻而易举地将他掉了个方向，俯身背对着自己。

整个过程中，孙浩宇不断发出杀猪般的叫声："疼疼疼，昭爷，我错了……老何，快救我！"

何舟不仅没救他，还幸灾乐祸地补刀："叫你嘴欠，该。"

竞赛辅导班的上课地点在一中的实验楼。

一中很大，一进校门，青灰色砖瓦小道两旁栽满了高大的银杏树，临近秋天，树叶已经隐隐有了泛黄的迹象。

明月根据门卫大叔的指引，绕过升旗台和喷泉后，一眼看到了实验楼。她到教室的时候，只剩后面几排还有空位，前面的位子几乎都被坐满了。

程北延解完一道竞赛题，抬眸刚好看到她，咳嗽一声："这边。"

他进校以来成绩一直稳居年级第一，又因为颜值高，是一中名副其实的风云人物，他这动作引起了不少一中学生的注意。

"这女生是谁啊？看起来跟我们一中的高岭之花很熟啊。"

"以前没见过啊，不是我们学校的吧？"

"是四中的林听吗？我听人说程北延跟她走得很近。"

"不是说林听长得很漂亮，是标准的大美女，跟江晚意有得一拼吗？这长相也太普通了吧？"

明月不太适应被众人注目，她快速走过去坐下，轻声说："谢谢。"

程北延微微点了下头，就拿起笔继续做题。

明月从书包里拿出今天刚买的物理竞赛指定教材，正要翻开，身后传来一个语气不确定的女声："明月？"

她回头，看到了姜岁岁和一个很漂亮的女生。

姜岁岁一脸惊喜："真的是你啊！"

她们俩初中时当了两年同桌，当时明月成绩比她好，各科笔记做得十分漂亮，她经常借明月的笔记抄，做什么也都会喊明月陪着，久而久之两人就熟了，上学的时候几乎形影不离。

不过自从她考上一中，明月进了四中，她们就再也没有联系过了。

姜岁岁没有想到能在辅导班遇到明月。

姜岁岁忽然想起了什么，好奇地问道："你怎么会在这儿？报名费不是很贵……"

江晚意蹙了蹙眉，直接出声打断了姜岁岁："岁岁，这就是你的好朋友明月吧？"

之前姜岁岁跟江晚意说起过明月，知道明月在单亲家庭长大，母亲没有稳定的工作。

她看向明月，五官精致的脸上露出笑容，嗓音清脆："你好，我是江晚意。"

明月笑着点头:"你好。"

姜岁岁笑盈盈地说:"不过你算是来对啦,教这个班的物理老师是我们一中的金字招牌,他真的超级厉害,以前带的学生里面有拿过全国物理竞赛第一名的,后来直接保送了 Q 大物理系。"

她说话的语气里带着一点显而易见的优越感。

明月没有什么反应。

江晚意却再次蹙眉,朝姜岁岁轻轻摇了摇头,示意她不要乱说话。

姜岁岁撇了撇嘴,心想:我说的难道不是事实吗?还不让说了?真是的。

江晚意想了想,很认真地对明月说:"以后咱们就是一个班的同学啦,一定要互相帮助啊。"

彼时还未成为大明星的江晚意并没有学会如何掩饰情绪,看人的目光总是不自觉地就带上了同情和怜悯。

明月从她的眼神里读出来姜岁岁一定跟她说过自己的事情,于是胡乱地点了下头就转回身,几乎将脸埋在了教材里面。

过了一会儿,学生差不多到齐的时候,姜岁岁口中超级厉害的老师王庆祥也到了。

他手里拿着名单,从前往后翻了翻,又看了一眼教室里的人,直接选了程北延当他的物理课代表,平时收一下作业什么的。

王庆祥上课有个习惯,他讲完一个知识点,举例的时候喜欢喊学生起来回答问题。他上完第一节课,从名单里随机点了一个学生起来,结果那个男生没有回答出来,低着头,表情非常窘迫。

与此同时,后面几排的学生将脑袋埋得很低,前排一中的学生纷纷扭过头去看被选中的男生。之后的几次课,王庆祥喊人回答问题不再对着那几张名单,他一般会直接点他知道名字的几个物理特别好的学生。明月被点过三次,算得上是王老师的偏爱了。

国庆假期辅导班一共上了两次课,一次是正常上课,另一次是随堂小测验。

　　假期过后，四中迎来了为期两天的月考，各科的成绩陆陆续续地出来了。

　　明月这几天一直忙着整理错题，她按照程北延之前教的方法，对薄弱的地方反复做题进行巩固，每天睡觉时间越来越晚。

　　因为连续熬夜，她这天早上起来的时候整个人都有些恍惚，吃早饭时，明向虞提醒她今天有雨要带伞。

　　但明月出门的时候还是忘了。

　　上午辅导班课上到一半，外面突然下起雨来，狂风卷着雨滴不断砸在窗玻璃上，校园小道上，银杏树叶落了一地。

　　明月听着雨声，有些头疼。

　　课程结束后，班里的学生很快走完了，只剩下明月和程北延。

　　她有两道不会的数学题要问他。

　　程北延读完题，自己在草稿纸上演算了一会儿："这一道我算出来了，比较麻烦，另外一道我暂时也没有思路。"

　　明月刚要道谢，教室的门被人从外面推开："程北延，你怎么这么慢哪，电影都要开始了。"

　　林听进来才发现教室里不止一个人，她眨了眨眼："月亮，你还没回家呢？对了，外面雨可大了，你带伞了没？"

　　明月眼睫飞快地颤了几下，点头："嗯。"

　　林听今天穿了件黑色收腰连衣裙，她搓了搓自己冰冷的手臂，还想对明月说些什么，程北延已经脱了外套朝她走过去："穿上。"

　　"书呆子的衣服我才不穿。"

　　程北延没说话，看了她一眼后，抬脚往外走。

　　林听立刻抱着衣服追上去："我穿行了吧？程北延，你别走那么快。"

　　明月一个人留在教室里，一边研究剩下的那道数学题，一边等着雨停。然而过了快半个小时，她数学题都解出来了，外面的雨势却只小了一点。

她早上就吃了一个南瓜馒头，早就饿得不行，迟疑了一会儿，她终于决定冒雨坐公交车回家。

明月抱着书包下了楼，走到一楼走廊尽头，深吸一口气，正准备拔腿就跑，前方凹凸不平的大理石小道上出现了一道瘦削颀长的身影。

陈昭举着伞正朝她走过来。

隔着雨幕，混着"滴答"的雨声，明月清晰地听见自己的心跳声。

这声音和这些天睡觉前，脑海里浮现出一些画面时，那不受控的心跳逐渐重合。

陈昭站定，将灰色格子伞往发呆的明月眼前递了递。见她不接，他挑了挑眉，尾音上扬，声色有些勾人："怎么，跟我又不熟了？"

他大半身体都在雨里，大雨倾盆，很快将他的黑发和衣服打湿，勾勒出骨骼的形状——侧脸清俊，锁骨优越，腰腹部的肌肉线条紧实而流畅。

明月藏起所有的情绪，从他手里接过伞柄，并朝他走近："你怎么穿这么少，还淋雨哇？"

明明早就入秋了，他却还穿着短袖。

陈昭扒了扒额前许久未理新长出来的碎发，语调慵懒："挺爽的。"

明月："……"

明月身上的外套很大，明向虞带她买衣服的时候，都会挑大一号的，这样能穿好几年。

她偷偷比画了一下，虽然他比她高快一个头，但他那么瘦，她的外套他应该勉强能穿。

明月将伞柄又塞回了陈昭手里，拉开身上外套的拉链，要将外套脱下来。

陈昭"啧"了声，嘴角微微勾起，笑得散漫不羁，说道："我不是那种人。"

明月"啊"了一声，一脸茫然地看着陈昭。

她眼神太干净了，如同无垠夜幕中的一轮皎皎明月，光芒柔和，娇媚而动人。

  陈昭撑着伞送明月去坐公交车。两个人都不是话很多的人，一直到站台下面，陈昭收了伞，才漫不经心地开口道："听说你这次月考成绩全校第一？"
  明月这次进步很大，还被班主任老杨当着全班同学的面表扬了。
  明月脸上的余热未散，还有一点不自在。她手指攥着外套拉链，低着头应了一声："嗯。"
  陈昭眉尾轻挑，嘴角慢慢上扬："你好像越来越厉害了。"
  明月怔了一下，她想到明向虞知道她这次月考成绩的平淡反应，眼圈突然红了。
  陈昭"啧"了声："怎么这么不禁夸。"
  明月立刻将眼泪憋回去，眉眼弯弯，朝他露出一个浅浅的笑容来。
  陈昭喉间一紧，余光注意到不远处路口正在等红灯的公交车，伸手将伞递给她："车来了。"
  明月固执地不想接："你衣服都湿透了，你别再淋雨了。"
  陈昭笑了笑："我住的地方离这儿很近，打个车几分钟就到了。伞你如果不要，我就扔了。"
  公交车已经到了站点，眼前的少年又过于强势和霸道，明月无奈，只好将伞接过来："那你赶紧回家换衣服。"
  陈昭看着她的眼睛，似笑非笑地问："你还不上车，是想跟我一起回去看着我换？"
  明月的脸再次红透了，她瞪了他一眼："我才不想。"
  她小跑着上了车，刷完卡，没忍住，悄悄地回头看了一眼窗外。
  陈昭发现她的小动作，舌尖抵着后牙根，笑得有些痞坏。
  明月后悔了两秒，干脆破罐子破摔，朝他挥了挥手，软声说道："再见。"

明月到家的时候，云城的雨刚好停了，明向虞还没有回来，厨房的电饭煲里热着她上午做好的饭和菜。

明月吃过午饭，趴在书桌上睡了二十分钟就起来继续看书做题。

明向虞每天中午要去隔壁邻居家开的小饭馆帮忙，今天是周日，来吃饭的人格外多，她忙到下午三点多才回来。

她推开门，看到客厅里撑开放着的格子伞，问道："月月，你买新伞了？"

明月从房间里出来，回道："我今天出门忘记拿伞了，这是同学借给我的。"

她看了一眼干透的伞面，走过去将伞收起来，小心翼翼地折好。

明向虞皱眉："你看你总是这么粗心，考试的时候粗心，平时也是，你再这样下去该怎么办？"

不等明月开口说话，明向虞又催促道："行了，明天上学记得把伞带上还给人家，你赶紧进去看书吧。"

隔日又是周一，四中早晨的教室要比明月上的辅导班热闹许多。

冯舒雅早早地到了，正和前排的男生聊天。

看到明月，两人眼睛瞬间放光，像两只嗷嗷待哺的幼鸟："救星来了！快！数学作业、物理作业、化学作业通通交出来！"

明月笑了起来，打开书包，拿出各科练习册递给他们。

合上书包前，她看着里面的灰色格子伞，状似不经意地问冯舒雅："你知道陈昭是哪个班的吗？"

冯舒雅忙着抄作业，没有多想，随口回道："十一班的啊。"

明月"哦"了一声，拿起伞往外走。

到了十一班教室后门口，她还没做什么，有个眼尖的男生就发现了她："同学，你来找陈昭啊？"

他话音刚落，立刻有其他男生跟着起哄：

"你们功课都做得不到位啊，人家大少爷什么时候来上过自习？能来上课都算是给四中的老师们一个薄面了。"

"谁说有妹子到我们班来就是找昭爷的？说不定是来找我的呢？"

"喊，你哪有昭爷命好，一出生就在罗马，还是个不折不扣的大帅哥。"

明月垂着眼，秋日的晨光透过金黄的梧桐叶缝隙照进走廊，她半张脸都沉浸在阴影里。

她正想先离开，有个女生已经认出她，走了出来："你是林听的朋友吧？我看你们俩最近经常一起吃饭。"

明月点了点头："能帮我把这把伞放到陈昭的座位上吗？麻烦了。"

女生把伞接过来："需要我帮你带个话吗？"

明月摇了摇头："不用，谢谢你。"

中午吃饭的时候，林听问明月："月亮，你早上去陈昭他们班了啊？"

"嗯，我去还伞了。"

明月顿了顿，又轻声开口："昨天……他是跟你一起去的一中吗？"

"不是啊，他家就在一中附近，你不是没伞吗，我让他给你送的伞。"

明月拿筷子的手一抖："你怎么知道我没……"

林听好笑地看着明月："你知道自己说谎的时候会格外紧张吗？"

林听从自己的餐盘里夹了块糖醋里脊放到明月碗里："好啦，不说这个了。晚上我们不吃食堂了好不好？陈昭说今晚请我们吃饭。"

明月沉默了片刻。她向来不是一个贪心的人，对于不可能属于她的东西，她从未有过不切实际的妄想，但见过了光明的人都不再愿意独自回到自己灰暗的角落。

她轻轻点了点头："好。"

四中下午最后一节课结束到上晚自习之间只有四十分钟的休息时间，虽然陈昭他们从来没把自习当回事，但考虑到全校第一还要乖乖回去读书，他们便挑了学校附近一家口碑不错的过桥米线店。

店里人不算多，点完单没多久，盛着米线的砂锅就端上来了。

他们开动不到一分钟，几个打扮成熟像是附近大学的学生走了进来，其中一个化着浓妆、身材火辣的女生径直走到陈昭旁边。

她撩了一下长发，笑得十分动人："帅哥，方便加个 QQ 吗？"

明月有些分心，米线汤喝得急，舌头被烫到了。她放下木勺，抿着唇，克制着自己没有让痛感表现出来。

下一秒，一道灼热的目光落在了她的身上。

陈昭正直勾勾地盯着她，黑眸沉静而幽深。

就在明月以为自己露出了什么端倪被他发现了的时候，他缓缓移开了视线。

孙浩宇用口型无声地提醒他：对人家美女客气一点。

陈昭撩起眼皮，漫不经心地看了搭话的女生一眼，语气冷淡："我不用那玩意儿。"

女生没有气馁，继续问："那你的手机号码可以留给我吗？"

少年好看的眉眼间突然有了一丝不耐烦："抱歉，我也不接陌生人的电话。"

他拒绝得太明显了，女生知道再纠缠下去也没什么结果，只好选择放弃。

陈昭抬眸看向柜台后面敲打着计算器正在算账的男人："老板，五杯冰镇梨汁。"

老板头一抬，立刻应道："梨汁啊，好好好，马上来。"

几人吃完从米线店出来，林听看向陈昭："我晚上有事不回学校上自习了，阿昭，你送明月回去吧。"

说完，她就小跑着到路边打车去了。

孙浩宇本来想叫陈昭和何舟一起去玩游戏的，下意识地接话："不是吧，这么近还需要人送啊？而且明月妹子这长相和身材……"

他话还没说完，何舟突然钩住他的脖颈往前走："你吃晚饭了吗？"

孙浩宇被何舟带着走了好几步："你是不是脑子不好？我们不是刚一起吃过吗？"

何舟长长地叹了口气："正好咱们一起去医院，好好看看你的脑子和眼睛。"

"何舟,你个神经病,你快放开我……"

直到孙浩宇的背影从视线里彻底消失了,陈昭阴沉的脸色才有所好转:"走吧。"

明月没有动,眼睫颤了颤,说:"你去忙你自己的事情吧,我自己回去就好。"

陈昭沉默了几秒,问道:"今晚的月亮好看吗?"

明月抬头朝夜空望去。秋天的月亮总是格外圆,挂在星光点点的夜空上,像个黄灿灿的大烧饼。她点头:"嗯。"

陈昭一动不动地看着她,语气轻狂却认真:"我也觉得今晚的月亮比任何时候都好看。"

有些人的漂亮张扬夺目,一眼就能攫住众人眼球,而有些人内向美丽,如明月,坚定且温柔。

明月感受到他的视线,呼吸一滞,心跳也跟着漏掉一拍。她轻咳了一声:"那你倒是看月亮别看……"

还没说完,她突然反应过来他话里的含义,咬了咬唇,抬腿就往学校走:"我要迟到了。"

大概是明月乌鸦嘴,两人刚从校门进去,晚自习的铃声就响了起来,陈昭只好带着她抄小道去高二教学楼。

经过图书馆旁边的朗月湖的时候,他放在口袋里的手机发出振动声。他拿出手机看了眼来电显示,皱了下眉,正要挂掉的时候,明月朝他挥了挥手:"你接吧,我先走啦,拜拜。"

陈昭点了下头,按了接听键,拿着手机往回走。

男人威严的声音从听筒传出来:"上次李秘书跟你说的明年转到 Q 大附中的事情,你考虑得怎么样了?"

陈昭眉眼间全是冷冽的戾气:"您哪位?"

陈卫森立刻怒道:"你非得跟你老子这么说话?"

陈昭靠着路灯，语气吊儿郎当："陈董事长真是贵人多忘事，您赐给我的那条命我当年已经还给您了，您现在只有一个女儿。"

陈卫森噎了一下，语气放缓："念念是早产儿，身体一直不好，当时我也是一时急糊涂了才以为是……"

陈昭舌尖抵了抵下颌，冷笑一声打断了他："你们父女情深就不用再说给我这个外人听了。"

陈卫森沉默半晌，问："是不是要我过去给你跪下磕头认错，你才肯认我这个爸爸？"

陈昭眯着眼睛，语带嘲讽："你可以试试。"

他直接挂了电话，在路灯旁的长椅上坐下来，仰起头，抬手捂住自己有些酸涩的眼睛。

过了一会儿，他又想到陈卫森刚刚说的话，轻扯了一下嘴角，刚要起身，就看到折返的明月。

陈昭定定地看着她慢慢走近。

明月在他旁边坐下来，想说些什么，但又不知道他到底发生了什么事，所以担心自己再说错话让他更不开心。

她现在唯一能确定的就是，他心情很不好。

"晚自习不是开始了吗？"陈昭问。

明月眨了眨眼："今天不想上了。"

陈昭嗓音低沉："这样不乖啊。"

他靠着椅子又闭上了眼睛。

明月喉间哽了几下，又看了他一眼，才从校服口袋里拿出一本《高中必背满分作文精选》的小薄册子，在昏黄的路灯下开始默念。

晚自习时的校园非常静谧，晚风带来一阵又一阵桂花香。

过了一会儿，陈昭似乎是睡着了，身体不受控制地往一边倒。

明月挪了挪身体，朝陈昭靠近了一点，用自己瘦弱的肩膀轻轻托住了他的脑袋。少年乌黑柔软的发丝擦过她的侧脸，酥酥麻麻的。

明月这次月考语文考得仍然不太理想，虽然阅读理解的正确率跟上次摸底考相比提高了不少，但作文还是没有开窍。

程北延还是建议她多背诵范文，掌握范文的行文技巧之后，自己多练多写。

明月努力维持着左半边身体不动，右手举着小册子看的姿势，陈昭靠在她肩上，呼吸均匀而沉稳。

不知道过了多久，明月背完了三篇范文，左半边身体也麻到快失去知觉。她轻轻放下小册子，抬头去看天上的月亮。不知道想到了什么，她弯了弯唇，水润润的眸子里有光在跳跃。

肩头倏地变轻，而后，陈昭带着一点鼻音的低沉嗓音响起来："几点了？"

明月从口袋里摸出电子表看了一眼，清了清嗓子："快九点了。"

晚自习都快结束了，她作业还没有写，书包也还在教室里，但她今天晚上真的好开心。

从她考进四中开始，明向虞就一直在问她该怎么办。

明月现在知道答案了。她想要更努力，想要成为更好的人，然后再变得勇敢一点，离不可能属于她的光源再近一点点就好。

明月侧眸，看向少年轮廓分明的脸，轻声开口："陈昭。"

陈昭抬手揉了揉脖颈，哑声应道："嗯？"

明月指尖轻颤，嗓音柔软："我今晚很开心，我想分一点开心给你，可以吗？"

陈昭心底有酸软的感觉弥漫上来。他知道她在哄他开心，笨拙地、小心翼翼地。

陈昭倾身靠近，漆黑的眼睫低垂，嗓音轻缓，一字一顿地问："你打算怎么分？"

明月从校服口袋里摸出一根棒棒糖，葡萄味的。

陈昭挑了下眉："你是只会用棒棒糖哄人？"

明月没生气，软声回道："你要是不想要我就不分了。"看上去有点凶，但有一点点可爱。

陈昭看着她，仰头靠着身后的椅背笑了起来。他笑得肩膀也跟着颤抖。

明月松了一口气，虽然不知道他在笑什么，但结果总算是好的。而她再不回教室，值日生一旦锁门，她就进不去了。

她将棒棒糖放在陈昭旁边，站起身："我回教室啦，拜拜。"

不等陈昭回应，她就已经朝教学楼跑去了。

明月上楼的时候刚好九点，她正要从后门偷偷溜进教室时，就被上完厕所回来的班主任老杨逮了个正着。

老杨站在走廊尽头，朝她招了招手，示意她过去。

明月知道自己要挨训了，觉得有些丢人，咬了咬唇，低着头，快速走到老杨面前。

老杨没问她晚自习去哪里了，只开门见山地说道："老师早就想找你谈谈了，一直没找到机会，今天刚好。"

明月呆住，她抬头看了眼老杨，目光中带着点不敢相信。

"我跟你高一班主任认识，他很早之前就跟我说过，你成绩很优秀，但就是给自己的压力太大，平时也不怎么说话，除了看书就是做题，所以从你分到我们班，我就注意到你了。"

老杨顿了顿，抬手摸了摸明月的脑袋："但根据我这段时间的观察，你跟冯舒雅、林听她们玩得都挺好的，成绩也在慢慢进步，所以，老师想跟你说，无论你的目标是哪所大学，现在离高考都还有一年半的时间，一定不要把自己逼得太紧了。还有，老师觉得现在的你已经很棒了。"

明月鼻头早就发酸了，此刻再也忍不住，眼泪像断了线的珠子似的不断往下落。片刻后，她吸了吸鼻子："我知道了，谢谢杨老师。"

不知不觉间，她好像变得幸运起来了，也终于有了一点归属感。

第二章
悄然心动

十月底，按照惯例四中要举行一年一度的秋季运动会，十七班的体育委员在班级里动员了好几次，但报名参加运动会的人仍然很少。

四中有硬性规定，运动会所有项目每个班都要有人报名，最后老杨不得不出面。他上完数学课回办公室之前，对班上同学半是威胁半是劝道："这是你们高中阶段最后一次参加运动会了，你们要是实在不想报名，我现在就去跟校长申请，说运动会期间，我们班照常上自习。"

明月虽然更想上自习，但她不想让老杨为难，老杨走后，她立刻去找体育委员，挑了女子立定跳远和1500米两个项目报名。

有她带头，大家陆陆续续地全凑过来了，问体育委员还有哪些项目可以报。

林听报完名，走过来找明月："月亮，我报了400米接力和800米，这几天晚自习结束后我们一起去操场练一练怎么样？"

明月点点头，软声回道："好啊。"

冯舒雅听到她俩说话，立刻回到座位上，眼巴巴地看着自己的同桌：

"带上我可以吗？我也报了 400 米接力，还有 100 米短跑。"

明月看了一眼林听，见她做了个"OK"的手势，眉眼弯弯，笑了起来："可以。"

晚自习结束，明月和林听她们去了操场，由于运动会就在这周末举行，操场上的人很多，跑步的跑步，聊天的聊天。

明月她们做完热身运动，就沿着跑道慢跑起来。跑到第三圈的时候，冯舒雅撑不住了，她一屁股坐在跑道上，上气不接下气说："不行了，不行了，我要死了……"

明月和林听扶着她到旁边的看台上坐下来休息了一会儿，她才缓过劲来。

冯舒雅看着旁边跟没事人一样的明月和林听，一脸佩服："你俩也太厉害了，咱们班不说别的，女子 800 米和 1500 米长跑你俩肯定能拿第一……"

一个带着戏谑的男声打断了她的话："啧，这还没睡觉呢，美梦就先做起来了。"

冯舒雅看着不知何时走到她们眼前的男生，怒气冲冲地道："你谁啊？你这人怎么这么讨厌，我跟我朋友说话，鼓励她们为班级争光，关你什么事啊？"

孙浩宇本来只是开个玩笑，他有些不太好意思地摸了摸鼻子，用眼神向林听求助："听姐，你这朋友脾气挺暴躁啊。"

冯舒雅愣了一下：这人是林听的朋友？那不就是平时跟陈昭走得近的那两个男生之一吗？是孙浩宇还是何舟？

下一秒，她就听到林听幸灾乐祸地开了口："哟，我们孙大少怎么在这儿？"

孙浩宇无奈地叹了口气："这不马上运动会了吗，我们班体育委员要求所有参赛的人晚自习结束后一起训练。我说我不用训练，到时候随便跳一跳、跑一跑的，拿个前三肯定没问题，运气好一点还能冲个第一。实在不行，我们班还有昭爷，还怕拿不到综合分第一吗？"

他顿了下，继续吐槽："结果体育委员就是一根筋，在我耳边念叨了一天，跟我说什么集体荣誉感，什么高中最珍贵的回忆……我实在是被她念叨得怕了。"

林听听乐了，笑着问："那陈昭呢，他怎么没来和你一起训练？他这没有集体荣誉感啊，你们班体育委员没有强烈谴责他？"

孙浩宇白了林听一眼："他生病，请假了。"

明月蹙眉，下意识地问道："什么病……"

话脱口而出的瞬间，她就突然反应过来——在孙浩宇眼里，她应该没有什么立场可以关心陈昭才对。

她的声音戛然而止。

林听不动声色地看了明月一眼，接着她的话问道："什么病？严不严重？"

孙浩宇摆了摆手："不严重，就普通的感冒发烧，估计两三天就能好得差不多了。"

这天，陈昭早上起来时脑袋昏昏沉沉的，平时照顾他的阿姨见他脸色不对劲，给他量了体温，发现他发高烧了。

阿姨立刻给学校打了电话，看着他吃了退烧药、喝了点白粥，才放心地离开。

陈昭就这么睡了一天，此刻才醒过来，他明显感觉到身上的热度退下去了，头脑也格外清醒。

陈昭没开灯，房间漆黑又冰冷，像是回到了小时候，他被关在房间里，无论怎么哭喊，也得不到他想见的人的回应。

下一秒，他放在枕头边的手机响了起来，打破了这令人窒息的寂静。

手机屏幕的光照亮了房间的一角。

陈昭看着来电显示上一串陌生的号码，唇线抿直。迟疑片刻，他还是点了接听键。

少女柔软的嗓音熨烫着耳膜："孙浩宇说你生病了，你现在好点了吗？"

陈昭嗓音沙哑："明月？"

"嗯，是我，你怎么样了？"

"好点了。你怎么知道我的手机号码？问林听要的？"

明月站在电话亭里，陷入了沉默。

她和林听分开之前，林听给陈昭发短信问他身体怎么样了，她只是瞄了两眼收信人的号码就记住了那十一个数字。但她感觉像是在偷东西一样，紧张得心脏都快要跃出胸腔。

明月拿着话筒走出电话亭，抬头看了看夜空。

今晚的月亮也很好看，且坦坦荡荡的，但她不是，或许无论她怎么努力，也永远无法靠近光。

这个世界从来不是公平的。

明月眨了眨眼，有晶莹的泪珠溢出来，凝在她纤长的睫毛根部："很晚了，我要回家了，你快休息吧。"

陈昭哼笑出声，懒洋洋地开口："我明天会去学校。"

明月愣了愣："啊？"

透过微弱的电流，少年暗哑低沉的嗓音像是带着他的气息，如同盛夏晚风在明月耳畔吹拂："去学校病能好得快一点。"

明月晚上没有睡好，她断断续续地做了很久的梦。梦里，她回到了六岁那年的盛夏，那时她来云城已经一个多月了，而她一个人出门的时候，仍然会迷路。

这里小巷子多且错综复杂，她找了好久，终于在天边有着大片大片火烧云的夏日傍晚，抓着两瓶温热的汽水找到了家。

她推开院子的门，就听到几个阿姨在说话。

"那孩子好可怜啊，这么小就没了爸爸。"

"小虞也可怜，她还这么年轻，长得也漂亮，要是没孩子，肯定能再嫁个好人家，现在带着这么大一个拖油瓶，谁还肯要她啊？"

"她也没个亲戚朋友什么的可以投靠,这孤儿寡母的,以后这日子该怎么过哦。"

"是啊,你就说老天怎么能这么残忍。"

"以后小虞和咱们就是街坊邻居了,咱们能帮的尽量帮,不能帮的就算了,毕竟大家活在这个世界上,谁又过得容易呢。"

"那孩子是叫明月吧,性格也不知道遗传了谁,一点也不讨人喜欢,到现在也没听到她叫过我们一声。"

"那还能遗……"

徐秉惠正要接话,注意到门口正在哭的明月,朝其他人使了个眼色,说道:"哎哟,不早了,延延要饿死了,我得赶紧回去做饭了。"

小小的明月哭得很凶,她虽然没能完全听懂她们说的话,但她突然之间就意识到爸爸不会来接她和妈妈了,再也不会回来了。

可是爸爸明明答应过她,只要她学会游泳,下次来就带她去草原骑马……

明月醒来的时候,耳畔的枕头湿了一大片。她打开房间的灯,看了眼时间,五点零二分,比平时醒来的时间早了快半个小时。

她眨了眨眼睛,对着天花板发了一分钟的呆后,继续背昨晚没背完的课文。

因为昨晚陈昭在电话里说他今天会去学校,明月回忆了一下之前公交车半路上出问题,她遇到他的那天早上她到教室的时间,于是今天提前了二十分钟出门。

她想着,待会儿运气好的话,说不定能在校门口碰到陈昭。她想确认一下他到底怎么样了。

明月从公交车上下来,慢吞吞地朝四中校门走着,不料,她还没走几步,就被三个穿黑背心的小混混挡住了去路。

站在三人中间的男生个子最高,染了一头黄发,戴着黑色耳钉,像是这三人的老大。

他问明月:"同学,认识林听吗?"

明月既害怕又紧张,她一边思考着往旁边跑的可能性,一边轻轻摇头:"不认识。"

男生磨了磨牙,朝明月走近了一步,恶狠狠地说道:"你骗谁呢?昨天晚上我还看到你跟她有说有笑地从你们四中后门走出来。"

明月低着头,没说话。

男生没空为难她,拿出手机递到她面前:"我今天还要修车,没空跟你计较,你把林听的手机号码给我,就可以走了。"

明月接过手机正要随便编一个手机号码输上去,就听他冷笑一声:"当然,你要是再敢骗我,给我一个打不通的号码的话,你就只能横着出去了。"

明月抿了抿唇:"我不知道她的手机号码。"

男生的忍耐俨然快到极限了,他点了一根香烟,深深地吸了一口:"小同学,我对林听没有任何恶意,我要她的手机号码就是想跟她交个朋友。现在你可以乖乖地给我了吗?"

明月确实不知道林听的手机号码:"但我真的……"

他不耐烦地打断她:"敬酒不吃吃罚酒,我看看是你的嘴硬还是我的拳头硬。"

男生将烟狠狠地扔在了地上,扬起手,一巴掌就甩了下来。

明月正要往旁边躲,一只指骨漂亮、骨节分明的手狠狠地扣住了对方的手腕,男生瞬间动弹不得。

她侧眸,看到了自己想见的人,心跳一下子恢复了正常。

但此刻少年清俊的眉眼间戾气翻滚,双眸幽深、寒光乍现。他嗓音微哑,声音冰冷:"谁给你的胆子动她?"

有个小混混认出了陈昭,立刻站出来解释道:"昭爷,误会,这都是误……"

"误会?"陈昭冷冷开口,像是甩掉什么脏东西一样将黄发男生的胳膊狠狠摔出去。

黄发男生被人扶了一把才没摔到地上。

陈昭向前一步，将明月护到身后。他稍微松了松手腕，拳头就又挥了出去，重重砸在黄发男生的脸上。

旁边两个小混混见状，也不想着解释了，撸起袖子就冲了上来，几人开始混战。

陈昭以一对三，很快解决了那两个只会干号和惨叫的小弟，而后，他一脚踹在黄发男生的肚子上，将对方按在地上狠狠挥起了拳头。

聚集过来的学生越来越多，明月看到黄发男生的脸上已经糊满了鼻血，在陈昭的拳头再次落下之前，她焦急地喊道："陈昭，够了，你快住手！"

旁边两个刚从地上爬起来的小混混也跟着拼命道歉，陈昭才松开黄发男生的衣领，让他们滚了。

陈昭舌尖抵了抵后牙，神情漠然地扫了一眼围观的四中学生。学生们立刻作鸟兽散，迅速进了校门。

明月正要道谢，注意到他左边脸颊上有一道窄窄的血痕，应该是刚刚打架的时候被对方的指甲划伤的。

她立刻放下书包，拉开拉链，从最里面的夹层摸出了几张创可贴，撕了一个下来递到陈昭面前。

陈昭挑了挑眉，有些莫名："嗯？"

明月抬手指了指陈昭的左侧脸，刚要开口说话，谁料，陈昭突然俯身靠近，她的指腹猝不及防地按在了他的伤口上。

他的身体有点烫，她指尖颤抖了一下。

陈昭终于感受到轻微的刺痛感，他开口，嗓音哑得像含着沙砾："你来贴。"

明月后退半步，摇了摇头："你自己来，刚刚是你自己非要跟他们打架的。"

陈昭被她气笑了："我是为了谁？"

明月沉默几秒，轻声回道："那他们也没对我……"

还没说完，她突然意识到今天要不是陈昭来得及时，她很可能就被打了。

她垂着眼，撕开创可贴的包装，目光再次落到陈昭的脸上。

从这个角度，她可以清楚地看到他长而浓密的眼睫、轮廓分明的侧脸、冷白修长的脖颈和凌厉突出的喉结。

明月咽了下口水。她动作很轻，小心翼翼地用创可贴将他的伤口覆盖住："好了。"

陈昭直起身，似笑非笑地看着她："你这么紧张干什么？"

"我先回教室了。"

说完，明月就抱着书包逃也似的跑了。

进了校门，她才反应过来她忘了问陈昭感冒怎么样了。不过看上去，他除了嗓子还哑得厉害，应该没有其他不舒服的地方了。

明月松了一口气，加快速度朝教室跑去。

上午大课间出操结束，明月正要去和林听、冯舒雅会合，就听到旁边几个高一女生激动的谈话声。

"你们看到没，刚刚陈昭学长被高二年级教导主任叫走了。"

"发生什么事了？"

"早上不知道哪儿冒出来的小混混想欺负我们学校的学生……你们没看到，学长打架的时候真的好帅啊！"

"他不打架的时候也很帅。"

……

明月抿了抿唇，下意识地就往教学楼跑，穿过人群的时候，她好几次差点撞到人。

一直到高二年级教师办公室，她才喘着气停下。

门开着，明月听到吴主任严厉的声音："陈昭，我今天就把话放在这儿了，你要是不想认错，一直是这个态度的话，你学也别上了，我现在就给你舅舅打电话……"

明月看到吴克已经拿出了手机，立刻走进去："报告！"

047

吴克扭头看向门口,见来的人是明月,露出了亲切和蔼的微笑:"是明月啊,你来找你们杨老师?他出去了还没回来,你先进来。"

吴克和一中教物理的王庆祥是研究生室友,两人的关系很不错,这么多年一直保持着联系。他也知道一中办了个物理竞赛辅导班,并且王庆祥还当着他的面夸过明月好几次,让他感到十分有面子。

明月朝他走过来,语气认真:"吴主任,陈昭今天打架是因为我,您如果要处罚的话,能不能处罚我?"

吴克今天也是听到学生私底下聊天才知道陈昭打架了,他还不了解具体情况,本来他打算让陈昭写个检讨,解释一下整件事情的来龙去脉,打架的事就算过去了,结果陈昭倔得要死,无论他怎么说,就是不肯写。

陈昭看了一眼明月,没什么情绪地开口:"你先回去,这件事情跟你无关。"

明月还未有所反应,吴克就先噎了一下:"你搁老师这儿逞英雄呢?她是我们四中的种子选手,一心都扑在学习上,不用你强调,我也知道这件事情肯定跟她无关。"

明月深吸一口气:"吴主任,确实是因为我……"

她话音未落,老杨就回来了,跟着解释道:"主任,事情我已经了解清楚了。早上,附近修车厂来了三个五大三粗的男生,没说几句话就要动手打我们班的明月,她这么弱的一个女孩子,谁看了不想上去好好教训他们一顿?"

吴克瞪了他一眼:"你以为你还是毛头小子呢?你还敢动手打人?"

老杨感叹了一声:"主任,毕竟我也才过而立之年,这点血气还是有的。"

吴克气急败坏地说:"你闭嘴,你今天就把教师守则给我好好读几遍,不行就多抄几遍。"

老杨立刻求饶:"吴主任,我是开玩笑的,谁不知道我一直是四中的模范教师,我怎么可能动手打人?"

明月看着他们有些想笑。她拼命忍着,一双眸子亮晶晶的,像是刚从水里捞出来的月亮。

她移开视线就发现陈昭正看着她。少年闪亮的双眸中情绪翻涌,见她看过来,缓缓地勾起了嘴角。

老杨这一插科打诨,吴克也懒得再追究下去了,只是警告陈昭:"行了,这次就算了,下不为例。"

十七班上午第三节课是数学课,老杨拿上教案,带着明月一起往教室走。

明月刚回到位子上,前桌的林听就凑了过来,小声问:"月亮,你去哪儿了?我跟冯舒雅还以为你先回教室了,我俩就一起去小卖部了。"

她说话的时候,冯舒雅不断地从课桌里摸出小零食往明月手边放。

明月道谢之后,将自己刚刚去办公室的事情和早上发生的事情简单地讲了一遍。

林听不好意思地咬了咬唇,拉起明月的手,小声地说:"对不起,月亮,我给你添麻烦了,你骂我吧。"

明月握紧她的手,软声安慰:"跟你没关系啊。"

冯舒雅气愤地拍了下桌子:"这些男生竟然还打女生,简直太过分了!"

林听正想附和,突然想到什么,睁大了眼睛:"完了,吴老头是不是给陈昭舅舅打电话了?"

冯舒雅好奇地问:"为什么要给他舅舅打电话?不应该给他父母打吗?"

林听神色有些不自然:"陈昭很小就跟着他舅舅来云城了,他的监护人一直是他舅舅。"

她顿了顿,继续说道:"陈昭的舅舅就在西南军区,不过他很忙,逢年过节都不一定能回来陪陈昭,如果他突然回来,就代表陈昭要挨一顿罚。"

冯舒雅皱眉:"那他舅舅下手肯定很重吧?"

林听哭丧着脸开口:"对,都怪我……"

"你们放心吧，吴主任说这件事不怪陈昭，所以不打算追究了。"明月说。

她看着林听，很想问"为什么陈昭会跟着他舅舅在这里生活"，余光扫了眼时间，离上课就剩一分钟不到了，她拼命忍住了。

周六上午，四中运动会开幕，升旗仪式之后，比赛正式开始。

明月本来以为这周去不成物理竞赛辅导班了，结果，她报的立定跳远和1500米都在今天下午举行，高二女子1500米还是今天最后一个项目。

学校在操场外圈的空地上给每个班级都划分了位置，没有比赛的人可以待在班级帐篷里休息，不允许无理由长时间离开。

冯舒雅和林听被广播喊去检录处了，明月靠着椅子安静地看了一会儿书，忽然听到广播播报："高一男子跳远第一名，高一（2）班许帆；高二男子跳远第一名，高二（11）班陈昭。"

跳远在操场另一边，不知道为什么，围在那里的人非常多，完全挡住了明月的视线，此刻明月听到广播，才反应过来刚刚那边响起来的热烈尖叫是因为谁。

高二女子400米接力赛结束，冯舒雅和十七班其他两个参加接力赛的女生一起回到帐篷。

冯舒雅在明月右边坐下来。

明月听到动静，侧眸看过来："林听呢，她怎么没和你一起回来？"

冯舒雅心虚地看了一眼前面的老杨，凑到明月耳边，小声说道："她去找朋友了。"

明月点了点头，正想继续看书，冯舒雅提醒她："200米终点线在我们班这边欸。"

明月想说"我知道啊"，下一秒，一声发令枪响，响彻云霄的呐喊声和尖叫声再次响起来。她听到熟悉的名字，下意识地朝前方看去。

少年正带着不可阻挡的气势飞奔过来，那身黑色T恤在他奔跑的时候被灌满了风,整个人显得肆意而张扬,耀眼而夺目。

明月喉间微动,人彻底怔住。

陈昭越过终点线的时候,明月才回过神来。她想他的感冒应该是完全好了。

陈昭朝十七班走了过来,问老杨:"老师,可以给杯水吗?"

老杨还没点头,他们班生活委员已经站了起来,帮他回答了:"可以!要加葡萄糖吗?"

陈昭淡声回道:"谢了,不用。"

他接过水,微微仰头灌了一口后,握着纸杯在明月左边原本属于林听的位子上坐下来。

离得近了,明月再次感受到他身上的气息,热烈又凶猛。

当着班上这么多同学的面,她只匆匆看了他一眼,就又低头看书了。

陈昭靠着椅背,"啧"了一声,笑容慵懒,声音低沉:"这么认真啊,同学。"

冯舒雅以为明月跟陈昭还不熟,以为上次他只是路见不平,插话道:"我们月亮一直这么认真的。对了,她还是我们年级第一,她真的很厉害啦。"

陈昭眉梢微挑,弯了弯唇,语气中带着一点骄傲的意味:"是吗?"

冯舒雅也很骄傲,重重点头:"是啊。"

陈昭喝完剩下的水,将纸杯丢进旁边的垃圾桶里后,转身又想跟明月搭话,却被明月凶巴巴地塞了一张小字条到手里。

他展开——

"今天气温低,你快回去穿外套。"

陈昭舌尖抵着上颌笑了下,将字条揣进裤兜里,懒洋洋地起身离开。

下午四点四十五分,今天的最后一个项目高二女子1500米开始检录,明月在检录处碰到了之前她去十一班还伞时主动帮她的女生。

这个女生叫张菲,是十一班的体育委员,小学的时候在学校田径队待过，和队友一起拿过市级田径比赛小学组的团体第一。

两圈过后，明月跟在张菲后面，两人距离很近，而其他人已经远远地落后于两人。

孙浩宇不知道从哪里弄来了一个扩音器，他站在看台最高处，朝底下喊话："张菲同学，咱们十一班今天的大满贯就靠你了啊。"

他的声音本来就大，现在又有扩音器，立刻盖过了操场上方正在播放的广播声、观众的加油声和呐喊声。

站在旁边的何舟不堪其扰，他双手捂着耳朵，胳膊肘轻轻地碰了下陈昭的胳膊："阿昭，你快管管他。"

孙浩宇白了外班的何舟一眼，贱兮兮地凑过来，并将扩音器递到陈昭嘴边："昭爷，作为十一班的一分子，咱们得有集体荣誉感吧？来，你也给咱们班体育委员打个气加个油，鼓励她为班级争光。"

他的声音从扩音器传出去，除了正在比赛的人，所有人都朝这边看过来。

陈昭倚靠着看台栏杆，他身后的天空遍布着大片大片绚烂绮丽的秋日晚霞。

少年长长的眼睫垂下来，黑眸一动不动地盯着场上那个瘦弱的身影。

片刻，他开口，声音低沉，尾音微微上扬，被嗞嗞响的电流裹挟着，格外勾人："十七班的，输了哥哥哄。"

陈昭的话音刚落，操场上学生们的尖叫声再次响了起来。

孙浩宇把他的话当成了他对十七班的挑衅，非常满意地关掉了扩音器。

只有何舟被陈昭的"骚操作"惊到了，张了张嘴，却没能说出话来。

突然，何舟脑海里灵光一闪，突然意识到十七班不就是林听所在的班级吗？

他皱了皱眉，顺着陈昭的目光看过去，看到明月的那一刹，他就彻底怔住了。

落日的余晖中，少女身穿黄白相间的运动服，扎着一个高高的马尾辫，刘海被风吹开，露出雪白光洁的额头，浓密的眼睫被霞光染成了温柔的金色，五官精致小巧。

何舟不得不承认，这一刻，他真的被明月惊艳到了。

原来她可以这么漂亮。

何舟喉间发痒，还在胡思乱想，孙浩宇突然大叫起来："她们俩最后也太快了，我都没看清，两个人是同时到达终点的吗？"

最后 100 米冲刺，明月在呼啸的风声中听到了自己逐渐加快的心跳声，她像是突然长出了翅膀，整个人都浮在半空中。直到跨过终点线，冯舒雅过来扶着她，她才有真切地踩在地上的踏实感。

而她的心脏，仍然狂跳不止。

要等剩下的人抵达终点，比赛结束，终点计时的老师才会宣布成绩。

明月想着陈昭刚刚说的话，突然有一种舍不得赢却又不想输的想法。她抿了抿唇，觉得自己好像变得贪心了。

一直等到最后一个女生慢吞吞地走完全程，老师才按停秒表。

冯舒雅见状，立刻问道："老师，第一名是谁啊？"

老师笑了下："你们班明月同学第一。"

听到这个结果，等在旁边的十一班同学也不觉得惊讶，他们站得近，早就看到了，最后一秒的时候，明月超过了张菲。

冯舒雅一把抱住明月，激动地大喊："啊啊啊，我就知道，月亮你最厉害啦！"

孙浩宇他们不知道什么时候走了过来，何舟笑着对明月说道："妹妹，恭喜啊。"

明月的余光在看陈昭，听到何舟的声音，她愣了半秒才看向他，礼貌回道："谢谢。"

冯舒雅看到孙浩宇，立刻翻了个白眼："不好意思，是我们赢了，是我的好朋友为我们十七班争光了呢！"

孙浩宇"啧"了一声，戳了戳冯舒雅的丸子头："这么能记仇？小心以后没人敢要。"

冯舒雅用力地打掉他的手："我有没有人要关你什么事啊。"

两人打闹时，陈昭将手上的矿泉水递给明月。

明月的脸上还残留着剧烈运动后的红晕，她接过水，轻声开口："谢谢。"

陈昭敛眸看她，压低嗓音："谢什么？"

明月眉眼弯了弯，嗓音柔软："水，还有刚刚……替我加油。"

陈昭看着她明亮温暖的眼睛，跟着笑了："你知道就好。"

翌日是周日，明月昨天放学前就跟老杨请好了今天上午的假，她今天早早地就起来了，到一中实验楼教室的时候，其他人还没有来。

她打开教室的灯，背了一会儿单词后，开始梳理上周的各科笔记，过了大概半个小时，有人从外面进来。

明月看书的时候注意力格外集中，压根儿没听到一点动静。

王庆祥轻轻放下教案，绕过讲台走到明月跟前，看到她正在整理数学笔记，故意咳嗽了一声。

明月吓了一跳，看清来人，她立刻放下笔，站起身来，乖巧问好："王老师早。"

王庆祥故意板着脸问道："来这么早就是为了看数学？"

明月不知道该说些什么，支支吾吾了半天，话没说出来一句，脸却憋红了。

王庆祥和蔼地笑了笑："快坐下吧，老师逗你的，别这么紧张。"

明月刚松了一口气，就又听王庆祥问："对了，你下学期想不想转到我们一中来？"

明月愣了一下，然后睁大眼睛，不可置信地看向王庆祥。

王庆祥继续说道："你们年级教导主任之前跟我开玩笑说，还好你中考发挥失常，不然你这个好苗子就要被我们抢走了，我知道他主动跟我提这件事也是想让你转到一中来的。

"虽然你在四中待了快一年半，已经很熟悉那里的环境了，但一中有的东西,像学习氛围和教学经验,四中都还有所欠缺,转到我们这里对你的学习可能更有帮助。当然,老师也深深地相信,无论你在哪个学校,最终都能去自己的理想之地。"

他顿了顿,又说:"你也不需要立刻做决定,等你什么时候考虑好了,早一点告诉老师,我来安排一下。"

明月眼眶有些湿润,点头:"嗯,谢谢王老师。"

说完,她在心底补了一句,也谢谢吴主任。

王庆祥中午有事,提前半个小时讲完了今天的教学内容,布置了作业后就离开了。

明月想着早上王庆祥跟她说的明年转学的事情,收拾东西的时候有些心不在焉。

要是明向虞知道她能转到一中读书……

思索到一半,身后江晚意喊她:"明月。"

明月回头,才发现教室里现在除了她,就只剩江晚意和姜岁岁了。

江晚意笑着问道:"你们学校这两天在举办运动会吧?你待会儿要回去吗?"

明月点点头。她只请了上午的假,下午还是要回去的。

姜岁岁挽着江晚意的胳膊晃了晃,不情愿地开口:"晚晚,你真的要去四中啊?"

江晚意略带羞涩地点头:"是呀,陈昭下午有长跑比赛,我想去为他加油。"

听到熟悉的名字,明月握紧了拳头,左手指甲无意识地陷入了掌心的肉里,疼痛感泛上来。

看江晚意一脸羞赧的样子,姜岁岁起了一身鸡皮疙瘩。

"他哪里值得你特地跑去四中为他加油?成绩那么差,连进四中这种学校都花了不少钱。除了长得好看和家里有钱,他也没有别的优点了吧?"

江晚意摇了摇头:"你要是认识他就不会这么说了,他真的是一个很好的人……我弟弟不是比我小很多吗？之前我带他出去，没注意到他什么时候走到马路中央，是陈昭冲进车流里救了他，要不是陈昭的话，我都不知道该怎么跟我爸妈交代。"

姜岁岁撇了撇嘴："这也不是什么大事，就是做人最基本的吧。"

明月突然抬眸看着她，嗓音微冷，一字一顿地问："那你做得到吗？"

姜岁岁有些吃惊，在她的印象中，明月脾气一直很好，从没说过重话，哪怕她不小心将明月从小戴着的玉坠摔碎了，也没见明月发火，只是明月好几天都红着眼睛。

姜岁岁皱了皱眉："你们四中的人都这么不讲理的吗？做点好事也需要别人夸上天吗？"

江晚意听到陈昭被自己的好朋友当着别人的面贬得一文不值，本来就十分生气了，现在又听到这话，不由得深吸一口气，语气很重地说："姜岁岁，我没有要你跟我一起去，昨天是你说你也想去四中看看的，你今天要是不乐意了，现在就可以回家。"

姜岁岁连忙解释："晚晚，我没有不乐意，我就是担心你，怕你因为他耽误了自己的学习，真不值得。"

她又看向明月："咱们以前关系那么好，你也知道的，我这个人就是心直口快，有什么说什么的……"

明月冷声打断："不要轻易评价他人，管好自己的嘴，这才是做人最基本的。还有，我们以前关系也没那么好。"

明月站起身，抱着还没拉好拉链的书包，头也不回地离开了教室。

为什么总有些人喜欢随意评价他人？明明一点也不了解，明明他那么好。

明月哭着回到四中，穿过图书馆往高二教学楼走的时候，她低着头，没有看路。

经过拐弯处时，她径直撞进了一个温热的怀抱里。

明月一边往旁边退，一边道歉，声音里带着哭腔："对不起……"

清洌熟悉的薄荷气息钻进鼻腔，她抬头，猝不及防地对上一双幽深的眸子。

陈昭眯了眯眼："怎么又哭成这样？"

又？

明月想起她在台球室再次见到他跟孙浩宇的时候，孙浩宇压根儿没认出她，所以她一直以为他和孙浩宇一样不记得她了，也以为，他们会和她搭话，只是因为她是林听带来的朋友。

明月想到那天下午自己说的乱七八糟的话，忍不住抬手捂住了自己的脸，闷声开口："你记错了，之前不是我。"

陈昭的舌尖抵了抵后牙槽，无声地笑了笑，俯身，眼睛与她平视，压低嗓音问道："那现在要我哄吗？"

深秋正午的阳光透过梧桐稀疏的叶间洒下来，陈昭长长的眼睫垂着，在冷白肌肤上落下一小片阴影。

他双眸匿在阴影里，情绪难辨，气息却温柔得不像话。

明月心跳得很快，余光看到地上自己和他的影子紧挨着，似乎只要再靠近一点点，他们就能碰上了。

像是受了蛊惑一般，她鬼使神差地就要点头，脑海里却突然浮现出一张明艳漂亮的脸，晦涩感瞬间弥漫开，她艰难开口："你和……"

话没说完，她咬了咬唇瓣，问道："你今天下午是不是还有比赛项目？"

陈昭勾了勾唇："嗯。"

明月挤出一个笑容来："加油。"

陈昭直起身，认真地看了她一眼后，缓缓说道："你看起来倒像是希望我输得越惨越好。"

他的神态散漫，意味不明。

明月立刻解释："我没……"

她听到他身上传来的手机振动声，要说的话戛然打住。

陈昭从外套口袋里拿出手机，看了眼屏幕，便懒散地点了接听键。

电话结束得很快，他应了一声后，挂断电话，将手伸到了她的面前，嗓音低沉："走了，带你蹭饭去。"

他手掌宽大，掌心朝上，纹路干净，手指消瘦修长，骨节分明漂亮。

明月眼睫颤抖，脑袋里一片空白，喉间微动，还未出声，陈昭的手又落在了她书包的肩带上："书包给我。"

心中的期待落空，明月抿了下嘴角："不用。"

陈昭眉角微挑，哼笑出声："再压下去该长不高了。"

明月下意识地就想反驳，她现在净身高有一米六四，已经算挺高的了，可想到他的身高应该在一米八五以上，心底忽然就有了一丝挫败感。

等陈昭将书包接过去，她轻声开口："谢谢。"

"跟我不用这么客气。"陈昭嘴角带着散漫的笑意，语气吊儿郎当的，"再说，昭爷这不是在哄你嘛？"

明月跟着陈昭来到一家平时生意就很不错的家常菜馆，现在正值午饭时间，一楼坐满了人，陈昭轻车熟路地带着明月上了楼，找到孙浩宇他们所在的包间后，拉开门，让明月先进去。

明月第一眼先看到了江晚意，然后才是孙浩宇、何舟他们，林听和程北延今天也在。

听到门口的动静，所有人都看了过来，看到明月和她身后拿着她书包的陈昭时，大家神色各异。

一行人围着一张不大的圆桌而坐，刚好江晚意和何舟之间还剩两把椅子。

明月犹豫几秒，选择了何舟旁边的位子坐下。

陈昭舌尖抵了抵后牙，跟着走过来，拉开剩下的最后一把椅子，放下书包坐下来。

孙浩宇哪怕再迟钝，也感受到了陈昭周身的低气压，还有此刻包间内谜一样的尴尬气氛。

今天是他组的饭局，本来只喊了几个发小和老程，但他刚刚收到江晚意的短信，说她现在就在四中门口，能不能直接进学校，他便自作主张到门口把人接过来一起吃饭了。

出于礼貌和对女生的尊重，没人说什么，但孙浩宇凭着直觉，几乎感受到了除程北延之外所有人的不满，或轻或重。

至于不满的原因，他也猜到了一点。

孙浩宇看向明月，带着点讨好的语气开口："妹妹，给你介绍一下，这位大美女是一中的江晚意，跟老程一个班。"

江晚意就坐在孙浩宇旁边，她也朝明月看过来，笑盈盈地说道："我和明月同学认识很久了。"

孙浩宇一惊："你们怎么认识的？"

何舟白了孙浩宇一眼："她们在上同一个竞赛辅导班，就是老程上的那个。"

孙浩宇有些惊讶，他看了一眼表情十分平静的其他人，几乎肯定地问道："你们不会都知道……就我不知道吧？"

林听笑着骂他："废话，当然就你不知道，所以你快闭嘴吧。"

孙浩宇仍然一脸不可置信："不是，老程说那个辅导班是他们一中老师办的，我们学校的学生也可以去吗？"

"当然可以，明月同学物理可好啦。"江晚意笑着解释。

停了下，她又问明月："对了，明月，上午王老师说的那道电磁学经典竞赛例题，你听懂了吗？"

明月点头。

江晚意说："我还没有搞懂，你能再给我简单地讲一下吗？"

明月细声开口："那道题第一小问主要是考查矢量场的散度……"

明月在讲解的时候，遇到她也不是非常确定的内容时，程北延会及时地出声纠正她的小错误，不知不觉中，明月在脑海里又加深了一遍有关电磁学的知识点。

场上的几个学渣就没这么好的学习体验了，明月说的全是他们没有听过的物理公式和各种物理理论，都跟听天书似的，他们脑袋都要听疼了。

刚好服务员开始上菜了，林听清了清嗓子，故作严肃道："现在是吃饭时间，谁要是再说学习相关的东西，自觉一点，出去说啊。"

孙浩宇"啧"了一声："那怎么行？不能饿着我的两个学霸妹子，要出去也应该是老程一个人出去。"

林听非常护短，立刻瞪了他一眼："我看就你该出去。"

何舟立刻附和："我同意。"

他双手都举了起来，吆喝道："来来来，赞成孙浩宇同学主动出去的人举手，我举双手赞成。"

陈昭嘴角弯了下，懒洋洋地抬起了胳膊。

林听也拽着程北延的衣袖，拉着他一起举手。

明月不经意间和江晚意的目光撞上，两人相视一笑，不约而同地举起了手。

"好哇，你们！合起伙来欺负我是不是！"

孙浩宇气急败坏地站起来，绕着圈挨个将所有人的手压下去。

大家纷纷笑了起来，笑声融在一起，分不出彼此。

他们或许意识到了，也或许还没意识到，这是人生中最好的时刻，每个人都青春洋溢，鲜衣怒马，活得张扬又热烈。

气氛被推至高潮后，菜也全上齐了，一行人边吃东西，边说说笑笑。

孙浩宇看着江晚意，露出无比灿烂的笑容："妹妹，你打算以后去哪里读大学啊？"

江晚意笑着摇了摇头："我还没有想好。"

孙浩宇对她这个回答感到有些意外，他以为像她这么优秀的女生，肯定会说 Q 大或者 B 大，再不然就是 A 大、交大。

他继续问道："你家里人没给你做好规划吗？"

提起父母，江晚意双眸里尽是烂漫温和的光，嗓音也更柔软动听了："我父母对我没有任何要求，他们觉得只要我能够平安快乐就好，所以我现阶段的目标就是尽我自己最大的努力，做到我能做到的最好，至于以后去哪儿读书,长大后从事什么行业,现在离高考还剩一年多,我再慢慢思考吧。"

"那你决定好了记得告诉我一声啊,我去你们学校找你蹭饭。"孙浩宇的语气中带着一点难以掩饰的紧张,不过此刻连他自己也没意识到。

江晚意毫不犹豫地点头:"好哇,欢迎。"

她看了一眼其他人,语气俏皮而可爱:"大家都可以来找我,我给你们报销交通费和住宿费。"

林听放下筷子,朝她看过去,开玩笑道:"江同学要是这么说的话,那我就算出国了也可以经常回来找你玩,话说国际航班机票也是可以报销的吧?"

江晚意愣了愣。

她好像还没那么有钱。

看到她有点儿窘迫的样子,所有人又笑了起来。

明月垂着眼,也跟着笑了笑,藏住眼底疯狂翻涌的苦涩情绪。

大家陆陆续续地吃完,都靠着椅子等服务员将后厨师傅现做的甜品送上来。

明月已经吃饱了,她感觉自己的胃已经塞不下任何东西了。

她想了想,看向身边的陈昭,轻声说道:"我先回去啦。"

刚好孙浩宇和何舟在打闹,两人的拌嘴声直接盖过了她的声音。

"你说什么?"陈昭耐心地询问,并倾身朝她靠过来。

明月迟疑了一下,凑到他耳边,软声道:"我说,我吃不下了,我先回教室看书了。"

陈昭侧眸看她:"我送你?"

明月余光扫了一眼正在偷偷看这边的江晚意,轻轻地摇了摇头:"不用,你把书包给我吧。"

"那行。"

陈昭点头,正好他还要找孙浩宇谈点事。

孙浩宇是在杨枝甘露送上来后,才发现包间里少了一个人的,他看了看林听,又看了看陈昭:"明月妹子人呢?"

"走了。"陈昭对甜的食物没兴趣,说完就站起身,打算先去外面的阳台上透透风。

江晚意匆匆吃完那一小碗甜腻的杨枝甘露,借口去洗手间也出来了。

她在二楼找了一圈都没找到陈昭,正要下楼的时候,终于看到走廊尽头有个很小的阳台。

陈昭手撑着阳台栏杆正在吹风,听到身后的脚步声越来越近,他回头,看到江晚意,眼底没泛起什么情绪。

江晚意有些紧张,轻咳一声,问:"陈昭同学,你是不是不怎么上QQ呀?"

陈昭沉声应道:"嗯。"

他的QQ号还是孙浩宇自作主张用他手机号注册的,他连密码都不记得了,因此他压根儿没有登录过。

江晚意重新燃起了希望。

这两个月,她给他发了好几条消息,一直没收到回复,她还以为是他看到了不想回复。

江晚意深吸一口气:"陈昭同学,我想和你做朋友,以后你学习上遇到什么问题都可以找我。还有,如果你偏科的话,我课余时间也可以帮你补课……"

陈昭敛眸,声音异常冷淡:"不需要。"

江晚意家境优渥,成绩又好,长得还漂亮,从小就是众星捧月般的存在,这还是她第一次被人拒绝。

她咬了咬唇瓣,许久,终于找回了那个骄傲的自己。

她红着眼睛,声音微微哽咽,语气却像是开玩笑一般:"陈昭,我成绩虽然没有程北延那么稳定,但我特别会挑重点,以后你就算求我给你补课,我也不会给你机会的。"

陈昭点头:"嗯,我尽量不求你。"

江晚意知道他说这句话完全是在维护她的自尊,于是努力挤出笑容:"那我先走了,麻烦你帮我跟孙浩宇说声谢谢啦。"

她本来想潇洒地离开,却在转身的那一刻,眼泪汹涌而出。她用力地咬住唇,不让自己哭出声来。

孙浩宇结完账回来,看到包间里何舟正搭着程北延的肩膀悄悄说些什么,林听和陈昭则站在包间门口。

他问陈昭:"晚意妹子人怎么也不见了?"

陈昭懒得解释原因,只淡声回道:"回家了。"

四中运动会最后一天下午还有两个项目,女子800米和男子3000米。

男子3000米先检录,比赛开始后,明月站在看台最高处,目光在操场上搜寻了好几圈也没找到江晚意。

何舟和孙浩宇在底下陪跑,林听和程北延站在明月旁边。

明月刚想问林听知不知道江晚意为什么没来,她还没来得及开口,林听就忽然出声问程北延:"要是我待会儿拿了第一,有没有什么奖励?"

程北延侧眸,看了一眼林听后就移开了视线。

他没什么情绪地看着远处的天际,眼底藏着些许笑意:"'五三'和'王后雄',你想要哪一个?"

林听:"……"

明月抿了抿唇,不再多想,只专心地看操场上身姿挺拔的陈昭。

他跑起来的时候,永远意气风发,肆意而张扬,周身带着一种少年特有的轻狂气息。

明月听到自己的心跳声,如滚滚作响的春雷,又如不知疲倦的夏蝉鸣叫。

下午两个项目结束后,学校很快举行了一个简单的颁奖仪式,明月拿着一张长跑第一名和一张跳远第二名的奖状,为自己高中生涯最后一场运动会画上了圆满的句号。

今天是周天,运动会结束后已经傍晚了,学生们都累得不行,就全部回家了。

明月回到家的时候，徐秉惠正和明向虞坐在客厅长椅上聊天。

见她推门进来，徐秉惠立刻数落道："上完辅导班下午去哪儿玩了？你知不知道你妈妈今天干活的时候差点把腰扭了，你还不好好学习，一天到晚就知道出去玩。"

明向虞知道四中昨天举行运动会，昨天早上明月出门的时候跟她说过了，但她不知道明月今天下午回学校了，也以为运动会昨天就结束了。她没有给明月买手机，下午徐秉惠送她回来，问她明月去哪儿了的时候，她随口回了一句"可能跟同学出去玩了吧"。

不等明月开口解释，徐秉惠就继续说道："不是阿姨要说你，阿姨是真的觉得你妈妈太辛苦了，为了照顾好你，这么多年一直一个人。她为的什么？为的不就是你能考上个好大学。"

明月也不解释了，表情平静地看着徐秉惠："我出去玩跟阿姨您有什么关系吗？"

徐秉惠没想到一向木讷的明月会跟她顶嘴，深深皱眉："你看你这孩子，说你两句你就顶嘴，阿姨哪句话说错了？"

明月红着眼睛："是，你没错，是我错了，是我不该跟来这里，是我当初应该死在 B 市……"

明向虞听到明月说"死"这个字，感觉天都要塌了，音量瞬间拔高："明月！"

明月看了明向虞一眼，声音因为委屈而愈加哽咽："妈妈，你也觉得这么多年我耽误你了，对吗？"

明向虞不可置信地看着她，也红了眼睛："你怎么会这么想？"

明月眼泪大颗大颗地砸在地板上，她一字一顿道："她们不都这么说吗？"

徐秉惠有些心虚，连忙起身："那啥……不早了，延延也该回来了，我得回去做饭了。"

说完，她就匆匆离开了。只剩明向虞和明月母女两人在客厅里默默流泪，谁也没有再说话。

许久，明向虞站起身，走到明月跟前，像十年前在火车上那样，用力地抱紧了明月："你怎么会耽误我？妈妈现在只有你啊。"

她顿了顿，松开明月，看着比十年前长高不少的女儿，语气严肃："月月，你再说这种话，妈妈才真的会死，你知不知道？"

明月抿唇："妈妈，对不起……"

明向虞抬手，替明月擦了擦脸上的泪："你跟妈妈不用说对不起，你只要好好学习就好了。"

她拉着明月在椅子上坐下来，语重心长地说道："你出生之后，你爸爸每次出任务之前都会跟我说，要是他哪次任务出了什么事情，让我一定要好好把你拉扯大，一定要让你读上大学，让你将来能做一个对社会有用的人。那个时候我想啊，你爸爸他怎么会出事呢，他那么厉害。一直以来，他都是我的天、我的地，没有他我一个人该怎么活……

"后来局里通知我他出事的时候，我真的觉得我要活不下去了，但我又不能活不下去，我还要看着你长大，看着你慢慢长成他心目中的模样。"

这是明向虞第一次跟明月袒露自己的心声。

明月止住眼泪，神情格外坚定："妈妈，我会努力的，等我大学毕业工作了，我一定接你回B市。"

明向虞摇了摇头："妈妈觉得这里挺好的，你将来大学毕业了工作肯定很忙，你照顾好自己就好了。"

她早就想好了，等她供明月读完大学，就用剩下的积蓄开一家小店，自己当老板。

而未来对现在的明月来说太过遥远和虚幻了，她想象不出来以后的自己会是什么样。沉默了一会儿，明月才轻声开口："昨天我只跟班主任请了今天上午的假，下午我回学校了，我没有出去玩。对了妈妈，运动会我拿了……"

明向虞点点头："妈妈知道了，我去做饭，你赶紧学习。"

明月紧紧攥着自己的书包背带:"好。"

十二月中旬,云省举办了全国中学生物理竞赛选拔赛,获得省一等奖的学生将代表省里参加全国及以上级别的竞赛。

各个高中的参赛对象主要是高二学生,少部分是之前参加过辅导班和竞赛,最后成绩不够突出、现在还有精力想冲一冲省一和国奖的高三学生。

考试前一周,明月压力突然剧增,她开始整宿整宿地睡不着,好在这次她没有胡思乱想,睡不着她就起身写日记,写完日记她会出去散散步,看看天上的月亮,回来后就疯狂地刷卷子。

因为晚上基本不休息,这就导致明月第二天白天会不受控制地在课堂上睡着。

老杨下课后找她谈心,知道了原因后,开导了她很久,转头他又跟十七班所有的任课老师打招呼,说如果明月在课堂上睡着了,就让她睡,不要喊醒她。

林听每天早上都会带两瓶牛奶给明月。

明月一开始不肯要,林听就佯装生气:"你不要就是不拿你听姐当朋友。"

冯舒雅还在旁边附和:"呜呜呜,我们听姐人那么好,你竟然不拿她当朋友。"

明月无奈,打算要一瓶,林听又念叨:"好事成双懂不懂?早上喝一瓶,晚上再喝一瓶,考试肯定拿满分。"

冯舒雅自然觉得自己不能输,中午明月没胃口不肯去食堂吃饭的时候,她就会去超市买一堆零食回来疯狂投喂明月。

明月被她俩感动,瞒着她们偷偷哭过一次。

考试时间是这周日,地点定在了云省省会滇城,王庆祥自己出钱包了一辆大巴,带上辅导班的所有学生,还有一中其他报了名的高三学生一起去。

竞赛结果过了一周就出来了，云城获奖学生的奖状和成绩排名都送到了王庆祥手里。

周日辅导班最后一次上课，王庆祥本来是想等下课再公布成绩的，但他讲解这次竞赛卷子的时候，发现学生们注意力都无法集中，就连他非常看好的明月和程北延也在发呆。

他叹了口气，放下粉笔，从公文包里拿出一沓奖状："我们云城几所高中参加这次省级赛区物理竞赛的学生不少，但获奖的只有十二位同学，拿到省一等奖的只有两个。说实话，这个成绩让我有点意外，根据你们平时的成绩来看，我们这个班能拿省一等奖的至少有四个……"

说着，他的视线在教室里逡巡。

明月紧张得心脏都要从嗓子眼跳出去了，虽然这次卷子她大部分题目都做出来了，但她知道这个世界上比她优秀的人太多了，尤其这次参赛的学校里面有很多靠竞赛出名的高中。

如果她这次没有拿到省一等奖……她不敢想象明向虞会有多失望。

王庆祥的视线在明月和程北延脸上停留两秒："但最后只有明月和程北延两个人拿到了省一等奖，除了他们，我们这个班还有两个同学拿了二等奖、三个同学拿了三等奖。

"这次没拿到奖的同学也不用灰心，说到底，竞赛加的分数有限，明年这个时候你们已经进入高三，就算还准备参加一次竞赛，也不要把太多精力放在上面，高三的时间要用来提高各科成绩，尤其是自己的薄弱学科。

"至于拿到省一等奖的两位同学，按照今年我省的高考政策，省一等奖和国家二、三等奖投档加的分数是一样的，你们自己好好考虑一下明年三月份还要不要参加全国物理竞赛。老师的建议是，如果有多余的精力，或者高三想走高校自主招生的可以尽全力准备一下，看一看明年能不能冲击国家一等奖。

"好了，今天是最后一次课，不说其他的了，我先把卷子讲完，课代表下课的时候帮我把奖状发下去。"

067

可能是大家对自己的成绩不满意,又可能是最后一次课,王庆祥说完之后,整个教室鸦雀无声。

下课的时候,大家陆陆续续地站起来,朝王庆祥鞠了一躬:"老师,您辛苦了。"

王庆祥收拾东西的手顿住了,他看向那一张张年轻的脸庞:"辛苦的是你们,老师衷心祝愿你们前程似锦。"

程北延把江晚意的奖状放在她桌子上的时候,姜岁岁忙凑过来看:"晚晚,你拿了二等奖,好厉害啊。"

从四中举办运动会的那个周末开始到现在,姜岁岁和江晚意都在冷战,她一直想缓和自己与江晚意的关系,今天终于找到机会开了口。

江晚意垂着眼睫,低声说:"谢谢。"

说完,她就将那张省二等奖的奖状塞进了书包里,匆匆离开了。

明月收好奖状和自己的东西,走到教室门口的时候,听到王庆祥喊她的名字:"明月。"

她走到讲台旁边,王庆祥又问她:"老师上次跟你说的事情,你考虑得怎么样了?"

明月顿了几秒,支支吾吾地开了口:"对不起,王老师,我不想离开四中……"

她在四中已经有了羁绊,林听、冯舒雅、老杨……还有陈昭。

她何其有幸才能在最好的年纪遇到他们。

明月很清楚,要是她明年下学期转去了一中,明向虞肯定会很高兴,所以这段时间她也犹豫过,可是她认真地考虑过后,还是觉得自己留在四中更好。她想好好学习,也想每天都能见到想见的人。

王庆祥看着她,语气亲切:"老师也只是建议,你不用感到愧疚,以后你有什么问题都可以找时间来一中问我,快回家吧。"

明月点了点头:"谢谢老师,老师再见。"

她刚想往外走,又被程北延叫住了:"阿昭让你在公交车站等他。"

明月愣了几秒才回道:"谢谢,我知道了。"

十二月云城入冬以来,明月一次也没在路上碰到过陈昭,偶然从林听的抱怨中得知,何舟不知道哪根筋搭错了,报了个课外辅导班开始努力学习,陈昭这段时间也忙得不见人影,孙浩宇那厮没人陪,天天翘课跑到一中骚扰程北延。

明月匆匆出了一中校门走到公交车站台,陈昭还没到,她看到不远处江晚意和一个温文尔雅的男人站在一辆白色汽车前。

江晚意像是哭过,眼圈发红。

男人正在安慰她:"一次没考好没有关系,爸爸相信你一定能考上自己理想的大学。"

"可是之前模拟竞赛的时候,我的成绩是能拿一等奖的,这次竞赛有道题我以前就碰到过,但考试的时候就是想不起来怎么做了。要是高考的时候,我也像这次一样发挥失常……到时候考不上大学怎么办?"

"那就复读一年再考,这样你还能多待在家里陪爸爸妈妈。况且就算你考不上大学,你也永远是爸爸妈妈的小公主,有我们养着你,不用担心未来。"

江晚意"哼"了一声,眉眼忍不住弯起来:"爸,我都多大了,你还拿小时候哄我的那套哄现在的我。"

江父的声音温和却有力量:"那爸爸换个说辞。你看,对于这次竞赛没有得奖的同学来说,二等奖已经很好了,是你这段时间努力的成果,虽然我们追求的更好、更理想的结果没有问题,但是同时我们也要懂得满足……"

江晚意不想听哲学系的教授给她上课,双手捂住耳朵,迅速说道:"行了行了,江教授,为了庆祝你的宝贝女儿拿到二等奖,中午我们吃日料吧?"

江父揉了揉她的脑袋:"好。"

明月眼睛有点酸涩,等两人都上了车后,她才收回视线。

这些年,家里一张陈父的照片都没有,她已经快忘记自己爸爸的模

069

样了。

不远处汽车发动的声音被一阵由远及近的轰鸣声掩盖，一辆通体纯黑的摩托车稳稳当当地停在明月旁边。

少年长腿轻轻松松支在地上，摘下头盔，露出一张白皙清俊的脸，身上黄黑相间的外套单薄却好看，像个又傲又酷的赛车手。

明月一时看入迷了，呆呆地站在原地。

陈昭朝她招了招手："上来。"

明月没有动，心虚地看了一眼陈昭："干吗？"

陈昭眉梢上扬，轻轻勾唇笑了一下，语气慵懒："带我们月亮小朋友去兜风。"

他的话音未落，明月的脸和耳朵尖就已经烧了起来。

什么小朋友……他知不知道自己在说什么呀？

陈昭偏了偏头，似笑非笑地问明月："你不过来，是在等我抱你上车？"

明月只好走了过去。

她还没坐过摩托车，小心翼翼地踩着脚踏坐上去后，用力地抓住两侧的横杠。

陈昭转身，将头盔戴在她脑袋上，轻轻拍了一下："我前几天刚拿到证，技术还不稳定，你别太害怕。"

明月咬了咬唇，在摩托车发动的瞬间，双手改成了抓住他的衣服。

陈昭察觉到她的小动作，低笑了一声，胸腔微微震颤。

云城境内有国内第四大的淡水湖泊，这些年市领导一直在发展旅游业，但目前收效甚微。摩托车沿着马路不疾不徐地行驶了一会儿，最终停在了湖边。

明月摘下头盔，站在湖边的栏杆前眺望，远处大片大片烂漫的赤橘色晚霞与地平线相接，宽阔无垠的水面波光粼粼，仿若人间仙境。

她突然想到林听的话，扭头看向靠着栏杆的陈昭，软声问道："所以,你这段时间是忙着考驾……"

她微顿,意识到什么:"你成年了呀?"

陈昭挑了挑眉,不置可否:"对,你多大?"

明月咳嗽了一声:"十六岁。"

陈昭眯了眯眼睛,认真地打量了她几秒。

小姑娘不仅看起来小,年纪也确实小。

他"啧"了一声,尾音上扬,语气戏谑:"以后见面记得叫人。"

明月没反应过来,眨了眨眼,茫然地问道:"啊?叫什么?"

陈昭倾身靠过来,被霞光染成金色的眼睫低垂下来,匿在阴影里的黑眸一动不动地直视着她:"你说呢?"

明月终于想起四中运动会那天——"哥哥哄"。

现在回想起来,耳朵和心脏仍然发麻。她噎了一下,不动声色地往后退了半步。

陈昭回到刚刚的位置上,靠着栏杆懒散笑开了。他笑起来的时候,周身凌厉的气息被弱化,低沉而带着磁性的声线仿佛带着能溺死人的温柔。

明月的心瞬间失守,不受控制地加快了节奏。

隔了十几秒,她才克制住剧烈的心跳,再次看向远方,声音很轻:"这里真的好漂亮,突然有一点舍不得离开了。"

明明她之前恨不得早点高考结束,早点离开云城去其他城市生活。

陈昭忽然问道:"你想考哪个大学?"

明月沉默片刻,目光逐渐坚定,柔声回道:"Q 大。"

她初一看 Q 大的招生宣传片时,两只眼睛都在发光。从那时起,她的目标就一直是 Q 大。

明月还记得那天下午放学回家,她和明向虞说她要考 Q 大,当时明向虞还很高兴,许诺等她考上那一天,就满足她一个大的愿望。

不过自从她中考失利,明向虞就已经不相信她了。她自己也慢慢地觉得这个目标没有可能达成了。

至少在高一，她还看不到自己身上有任何希望。

但现在……想到书包里的那张物理竞赛奖状，她觉得自己好像又可以了。

明月看着陈昭，有些紧张："你觉得我……考得上吗？"

陈昭没说话，他垂着眼，不知道在想些什么。

片刻，他沉声问："我的想法对你来说很重要？"

明月下意识地点头："嗯，很重要。"

陈昭哼笑出声，漫不经心地说道："听说Q大食堂不错，到时候我去找你。"

第三章
偏爱月亮

2010年年底，明月迎来了她高中生涯第二个，也是最后一个元旦晚会。

而同在一个校园里的高三学子，为了心目中的伊甸园，正在争分夺秒地学习，他们与天争、与人争、与时间争，周末两天都在上课和自习，更别说参加任何活动了。

四中的元旦晚会以班级形式举行，每个班各自排演节目。而一中是全校聚在一起观看节目，晚会由学生会负责举办。

因为高三学长学姐不参加，一中礼堂的座位空出来许多，学生会经校领导批准，采取了门票入场制，除了高一高二的师生每人一张票，他们还额外制作了一百张门票。

有想让父母和朋友来参加一中元旦晚会的学生，可以去学生会领门票。

但是门票数量有限，先到先得，领完为止。

作为一中学生会的会长，程北延特地留了几张票给林昕和陈昭他们。

元旦前一天刚好是周五,下午第二节课结束,四中高一和高二的学生提前放学,学生们开始布置教室和进行节目彩排。

下午五点五十分,明月和林听、冯舒雅吃完晚饭从食堂出来。

林听挽着明月左边的胳膊:"月亮,一中晚会六点半开始,咱们待会儿就跟老杨说你肚子疼,我陪你去医院看看。"

明月一脸心虚:"杨老师会相信我们吗?"

"当然啦,你看你这几次月考都是年级第一,而且还拿了省物理竞赛一等奖,老杨肯定百分百信任你的。"林听说。

冯舒雅站在明月右边,突然想到什么,问道:"对了,明月,你公告栏的照片怎么不见了?学校拿下来还给你了吗?"

明月获奖的事情,高二年级教导主任吴克比明月本人知道得还要早。这几年,四中在竞赛方面就出了她这么一个好苗子,因此吴克特地找了摄影师过来给明月拍照放在公告栏展示,拍的时候他还找了化妆技术好的女老师给明月化了妆,最后照片拍得跟明星写真似的,可漂亮了。

明月却觉得不好意思,照片放上去之后,她每次经过公告栏的时候都目不斜视走得飞快。

现在听冯舒雅这么说,她反而松了一口气,声调轻快:"照片不见了吗?"

冯舒雅点头:"对啊,我前天就没看到了。"

"可能被风吹掉了吧。"

林听随口替明月转移了话题:"对了,舒雅,你晚上真不跟我们一起去一中吗?"

程北延一共给了林听六张门票,他把她身边的每个人都算进去了。

冯舒雅"哼"了一声:"陪明月去医院一个人就够牵强了好吧,两个人陪老杨肯定会怀疑。再说我和班长是晚上班级活动的主持人,我自己还有节目要表演,我怎么去?你是不是故意气我?"

林听笑着哄道:"好了,不气不气,我晚上如果还回来就给咱们班最善解人意的文艺委员冯舒雅小仙女带鸭脖和奶茶。"

冯舒雅迟疑了几秒，摇了摇头："你别带，我最近在减肥，不能吃夜宵。"

林听讶异地看了她一眼："冯舒雅同学，这不像你啊，你老实交代，你是谈恋爱了还是有喜欢的人了？"

明明之前很长一段时间里，晚自习结束，明月都坐车回家了，冯舒雅还拉着林听一起去吃夜宵。

被两个人盯着，冯舒雅的脸红红的，声音很小，一副底气不足的样子："我哪有……什么喜欢的人哪？我就是胖了好几斤，想减肥而已啊。"

林听："嗯哼，那我和明月结束就直接回家啦。"

冯舒雅："嗯。"

进老杨办公室之前，明月本来打起了退堂鼓，但想到陈昭也会去，她最终鼓足了勇气，跟林听一起走到老杨办公桌前。

"老师，我肚子有点……不舒服，我想去医院看一看，可以吗？"

明月低着头不敢看老杨的眼睛，紧张得鼻尖都冒出了汗。

林听在旁边帮腔："老师，月亮都疼了一下午了，我陪她去医院看看吧？"

老杨一眼就看透了两人的小把戏，他在心中叹了口气，嘱咐道："你们路上注意安全。"

林听立刻笑盈盈地回道："谢了，老师。"

她一把拉住明月的手，带着她往外跑："月亮，快快快，陈昭他们已经在校门口等我们了，咱们得赶紧。"

明月被她拉着跑，只来得及回头说了一句："谢谢老师。"

两人一路小跑到校门口。

孙浩宇看到她们，"啧"了一声，嘴欠地说："你俩属乌龟的啊，那么慢。"

林听立刻白了他一眼:"你以为我跟你们一样呢,想翘课就翘课、想不上自习就不上自习吗?我们这些好学生都是要请假的。"

陈昭勾了勾唇,哂笑,罕见地给孙浩宇帮腔:"还好学生,你都快把人带坏了。"

林听无差别地赠送陈昭一个白眼。

还把人带坏呢,当初也不知道是谁非说明月是她的朋友,她要对明月负责,不能让明月大晚上一个人去书店,应该陪着一起去。

思及此,林听眨了眨眼,故作委屈地看向明月:"月亮,你快看,这里有人冤枉我,你快帮我打他。"

明月眉眼弯了弯,一本正经地回道:"不行啊,我打不过他。"

"好啊,月亮,你现在真的变坏了……"林听知道明月怕痒,说着抬起手就想要挠明月。

陈昭刚想将明月护到身后,何舟已经不动声色地给明月解了围:"听听,你别闹了,司机等我们很久了,都快上车吧。"

孙浩宇喊了两辆出租车,他们三个男生坐一辆,林听和明月坐一辆。

一行人到一中礼堂门口的时候,离晚会开始只剩七分钟了,林听一眼就看到了在门口等他们的程北延。

少年身形如同青竹,挺拔修长,他穿着一套剪裁得体的白色晚礼服,腰线分明,裤腿笔直,气息冷冽。

林听装作不认识他,走近,问道:"同学,你好,请问没有票可以进去吗?"

程北延看了她一眼,黑眸里藏着几分笑意:"其他人可以,你不行。"

林听"哼"了一声,看向他身后正在查验门票的学生会成员:"你们会长也太过分了,竟然搞区别对待,我能去哪里举报他吗?"

被她搭话的是个高一学弟,男生眼里有一闪而逝的惊艳。他立刻猜出了眼前的女生就是学姐口中跟程北延走得很近的四中校花林听。

他想了想才开口:"学长人很好的。"

林听正想问他们学长是怎么个好法,程北延看向男生,说:"晚会要开始了,你先进去。"

"好的,学长。"

程北延是晚会主持人,林听没跟他多闹,瞪了他一眼后跟着学弟进了礼堂。

最后一排就坐了四个人,从左到右的顺序分别是孙浩宇、何舟、陈昭和明月。

林听迟疑几秒,绕到孙浩宇旁边坐了下来。

明月奇怪地看了她一眼。

林听开玩笑道:"我怕某两个人合起伙来欺负我这个小可怜。"

孙浩宇目光正在寻找江晚意的身影,随口接道:"什么?有人吃了熊心豹子胆了,竟敢欺负我们林大小姐……"

林听正要感动,就听孙浩宇话锋一转,幸灾乐祸继续道:"欺负得好,鼓掌。"

林听抬手给了孙浩宇两拳。

孙浩宇一边被动挨打,一边小声哀号:"疼疼疼,姑奶奶,我错了我错了。"

"我都没用劲,你疼什么?别装了,晚会要开始了。"

林听说着,就看到程北延已经拿着话筒走到了舞台上。

孙浩宇嘟囔道:"我怎么没看到晚意妹子呢?"

他顿了顿,拍了拍何舟的肩膀:"老何,你看到了吗?"

何舟低着头正在发呆:"没看到。"

明月将手里的节目单递给孙浩宇:"下一个节目就是她的独舞了,她现在应该在后台准备。"

孙浩宇下意识说道:"阿昭,你听到没,马上就到晚意妹子表演了,你可要好好看……"

陈昭皱眉,不耐烦地打断他:"我看你……"

话没说完,他的手机振动了两下。

陈昭拿出手机看,是一个陌生号码给他发了两条短信。

"亲爱的哥哥,你不会真的打算明年回来读书,然后走爸爸给你安排的路吧?你也不想看到我跟我妈妈吧?"

"爸爸根本不爱你,他只是觉得愧疚,想补偿你罢了。"

陈昭闭了闭眼睛,回忆带着凛冽的寒意顺着脊椎往上,一点一点在身体里蔓延开,他像是突然置身冰窖。

下一秒,舞台灯光灭了,整个礼堂陷入一片漆黑。

黑暗中,明月感觉到有人朝她靠过来,呼吸声沉重,嗓音格外沙哑:"陪我出去走走,嗯?"

少年情绪明显很不对劲。

舞台帷幕再次被拉开,昏暗的光线中,明月看到他紧紧皱着的眉和戾气翻涌的双眸。

她点了点头:"好。"

两人相继起身离开了礼堂。

何舟看着他们并排出去的身影,用力地抓着座位旁边的扶手,指尖逐渐变白。

孙浩宇也顾不上看江晚意跳舞了,立刻八卦道:"这两人到底什么情况?我早就想问了,他们俩关系什么时候变得这么好了?"

见没人理他,他只好凑到林听耳边,小声说道:"你是女孩子,直觉比我准,你说阿昭是不是喜欢明月妹子啊?"

林听没说话,她也不确定陈昭喜不喜欢明月,但他确实对明月格外上心。她认识的陈昭,正直又善良,但内心深处是对这个世界深深的麻木。他像是一座休眠的火山,表面看起来很正常,实际上不知道哪一天情绪积累到一个临界点就会突然爆发,然后彻底失控。

所以他从不学习,不看书,也不考虑未来,对任何事情都不太上心。

林听还记得陈昭刚来云城的时候是小学三年级开学前的那个暑假,那时军区大院还没拆,院子里突然来了一个长得很好看的男孩子,立刻引起了所有人的注意。

她上前和他打了几次招呼,他却一次也没理过她,甚至连一个"滚"

字都懒得说，看她的眼神冰冷而瘆人。

她生气又害怕，便喊上了自己的好朋友孙浩宇和何舟跟他打架。

陈昭打起架来有一股完全豁出去的狠劲，他们三个人加起来都不是他的对手，哪怕林听当时已经练了很久的跆拳道。

后来，他们几个每天见面就要厮打在一起。有一天打完，陈昭终于忍不住开了口："你们烦不烦？"

林听还记得当时的自己摆出了一副胜利者的姿态，得意扬扬地说："你不想我们烦你也行，那你得跟我们做朋友。"

大概是被烦怕了，陈昭真的跟他们做起了朋友。

陈昭一个人住，有阿姨照顾，却没大人管着，因此，除了上学和睡觉，其他时候他们都赖在陈昭家里。

一个周末，林听照例去找陈昭，却看到一个面容坚毅俊朗的男人走出来，对着她温和地笑道："谢谢你们天天陪着阿昭。"

林听问道："你是阿昭的爸爸吗？"

"我是他舅舅。"

"舅舅？那阿昭的爸爸妈妈呢？"

"他们离婚了。"

"他们人呢？他们是不要陈昭了吗？"

男人没承认，却也没否认，只拜托林听好好照顾陈昭。

所以林听从小就知道陈昭这样的性格是家庭原因造成的。可偏偏就是这样的他，会深更半夜跑到她家门口，对睡眼蒙眬的她说，不要让朋友大晚上一个人乱跑；会在明月准备竞赛的时候，往她家送了几箱牛奶，一半用来讨好她，剩下的让她每天给明月带一瓶。

林听甚至觉得，陈昭把明月当成了他的救赎。

明月陪陈昭沿着一中操场跑道走了好几圈后，仍能感受到少年身上难以压制的烦躁情绪。

陈昭右手插在兜里，紧握成拳。

明月抿了抿唇，试探性地问道："你想打架吗？"

陈昭以为自己听错了，脚顿住，侧眸看她："什么？"

明月会这么问，是因为她想起来之前林听跟她说过，陈昭刚来云城生活的时候心情很不好，都靠林听带人跟他打架，架打多了，他心情就变好了，然后就跟他们做朋友了。

虽然明月没有完全相信林听的话，但她不擅长安慰人，不知道该怎么安慰情绪不佳的陈昭，只好选择试一试。

不过眼下明月觉得他的反应好像不太对，于是下意识地否认："没什么。"

陈昭双眸微眯，似笑非笑地看着她："你想陪我打架？"

明月从他脸上的表情中解读出了"我一拳就可以打好几个你"之类的不屑。

她立刻摇头："不想。"

顿了两秒，她清了清嗓子，又开口："其实，我的意思是，你可以和空气打，反正现在没人，高一、高二学生都在礼堂看节目，高三学生在教室里上晚自习……你可以试着没有顾忌地发泄一下。"

说着，她脑海里浮现出一些有的没的画面，一时没忍住笑意，眉眼弯起来："当然，你要是觉得我在旁边你不好意思，我可以背过身去不看你。"

陈昭慢慢俯身靠过来，抬手轻轻捏了捏明月的脸颊后，慵懒地感叹道："小姑娘，你真的学坏了啊。"

"你不……"

"喜欢"两个字在舌尖滚过一遍之后又被明月咽了下去。

陈昭挑眉："嗯？"

明月眼睫颤了颤，认真地安慰他："你别不开心了，好不好？"

陈昭一动不动地看了她十几秒，轻轻笑了一声："好。"

今年过年早，元旦三天假期过后，四中就迎来了令人紧张的期末考试复习周。

这次期末考试还是联考卷。

考完试那天是周五，下午考完英语，四中就放学了。

明月回教室收拾好自己的课桌，和冯舒雅、林听一起往外走。

出了校门口，林听才突然想起来什么。她从校服口袋里摸出两张字条递给明月和冯舒雅："周日是我生日，你们记得来参加我的生日宴会，时间和地点我都写在上面啦。"

冯舒雅打开字条看了一眼，故作镇定地问："都有谁啊？"

林听笑着回道："就我们几个。我爸妈今天晚上陪我过，他们已经等我半天了，我先走了，拜拜。"

她走后，明月和冯舒雅商量了一下，两人约了明天上午八点在学校门口见面，一起去给林听买生日礼物。

周六早上明月出门的时候，被正在院子里洗衣服的明向虞叫住了："月月，今天不是周末吗？你不在家看书往哪儿跑？"

明月第一次撒了谎："我有问题要去问程北延。"

明向虞蹙着的眉头放松下来，她没再多说什么，继续洗衣服。

林听的生日宴会晚上六点开始，周日下午，明月待在房间里，纠结着待会儿是直接跟明向虞说她要去参加朋友的生日宴，还是再找什么借口出去。

她不想总是欺骗明向虞，可是又害怕明向虞会不高兴。

时间一点一点过去，明月还在纠结时，外面明向虞惊喜的声音突然响起："延延，你怎么来了？"

程北延礼貌地回道："阿姨，我跟明月说好了今天一起去书店。"

明月松了一口气，立刻抱着书包出了房间。

程北延看了一眼她身上的薄毛衣："今天云城的气温已经零下了，外面很冷，你穿件外套再出来。"

明月点头，迅速回房间穿了件外套。

林听家住在富人集中的半山别墅区,明月和程北延到小区门口的时候已经是傍晚了,沉沉的暮色将万物笼罩着,不远处的别墅群灯火通明。

司机见到人来,立刻拉开车门,开车将他们送到了林听家。

屋子里面,陈昭跟孙浩宇、何舟正在玩牌,发现他们到了,三个人全朝他们看过来。

孙浩宇看向程北延:"老程,你再不来,我就要被欺负死了,你不知道这两个人有多过分……"

冯舒雅看到明月,立刻凑过来跟她咬耳朵:"呜呜呜……月亮,林听家也太富丽堂皇了吧,我突然好紧张啊。"

明月看了一眼陈昭。

少年懒散地靠在沙发上,眉眼微敛,神情散淡。

她抿了抿唇,轻声对冯舒雅说:"我们去院子里走走吧。"

冯舒雅点头:"好。"

林听家的院子很大,有好几处栽种了名贵的植物,还有一个很大的露天泳池。

两人沿着泳池走了一会儿,明月扭头问道:"对了舒雅,听听呢?"

"她说今天要做最美的仙女,正在楼上化妆打扮呢。"冯舒雅回道。

明月点点头,正想问冯舒雅寒假的安排,余光就看到陈昭拿着手机从屋里走了出来。

他垂着眼,似乎没注意到她们。院子里光线不够明亮,又隔着一段距离,明月看不清他脸上的表情。

陈昭往前走了几步,背对着她们站在泳池边,打开手机按了接听键。

他的声音冰冷,没有一丝温度。

"我不是说过,你要想让我原谅你,就别再给我打电话,别再联系我吗?你和陈卫森不是早就当我死了,现在有意思吗?"

电话另一端的女人闻言,声音立刻变得哽咽起来:"昭昭,妈妈真的是爱你的……"

陈昭冷笑一声,打断她,眉眼间都是浓重的戾气,语气里透着厌恶:

"当初跟一个和我现在差不多大的男人离开的时候,你怎么不想想你还有个五岁的儿子?你现在跟我说你爱我,我只觉得恶心。"

这些年,比起陈卫森,陈昭更恨阮芳华。

五岁以前,他以为阮芳华是爱着他的,因为陈卫森在离婚后的第二天就娶了真爱,不到四个月就有了一个女儿,至少阮芳华愿意带着他。

可他后来才逐渐明白,不是阮芳华想要他,而是法律将他判给了她。

所以,阮芳华和陈卫森离婚后,她经常一个人二十四小时待在画室,让年幼的陈昭跟一个动不动就虐待他的保姆在一起。

所以,她宁愿陪一个十九岁的男生去欧洲留学,也不愿意守着陈昭长大,甚至为了不见他,连外公的葬礼也没有参加。

阮芳华沉默了片刻,声音沙哑得更厉害:"昭昭,对不起,妈妈承认,妈妈当时确实是被爱情冲昏了头……"

陈昭挂掉电话,低嗤了一声。

爱情?那他到底算什么呢?

这个世界上,只有外公是真切爱着他的……可外公陪了他不到四年就离开了他。

他闭着眼睛往后仰倒,任由自己的身体坠入冰冷刺骨的水里,下沉,再往下沉,直到水面重新归于平静。

冯舒雅还在消化刚刚偷听到的内容,尚未完全理解就看到这一幕,她瞪大了眼睛,正准备拉着明月一起去屋子里面叫人,就听到旁边传来扑通一声,水面溅起了巨大的水花,打湿了她的衣袖。

陈昭紧紧闭着眼睛,然而脑海里很多画面怎么也挥之不去,耳朵里灌满了水,却仍然能听到那些声音——

"带孩子真烦死了,哭哭哭,一天到晚就知道哭!"

"你妈就给我那么一点钱,你还想吃好的?我告诉你,你这两天就给我待在房间里,什么东西也别想吃了!"

"昭昭,妈妈要去一个很远的地方,你跟着外公以后一定要听话。还有,妈妈会想你的,一定会经常回来看你的。"

"不是你推的还能是念念她自己摔下去的吗？我打死你这个容不下亲妹妹的畜生！"

……

陈昭像是回到了那个北方的寒冬，遍体鳞伤的他躺在院子里，大雪渐渐掩埋他的头顶，视线很快陷入黑暗，什么也看不到了。而身体被冻得麻木之后，那些让人难以忍受的疼痛消失了，只感觉到雪花融化成水不断涌入身体里挤压着胸腔，窒息感一点一点变得强烈……

他想挣扎，他想求救，可是在这里没有人会救他。

陈卫森已经吩咐过用人，今天晚上不要放他进屋。

他或许要死在这里了。

他真的很想外公。

恍惚间，他好像听到有人在喊他的名字，语气焦急却温柔。下一刻，一只手抓住了他的手臂，用力地将他从深渊里往上拽。

陈昭睁开眼睛，视线撞进明月眼睛里的那一瞬间，有大片大片的光涌进来，随着清澈的水面剧烈地晃动着。

他看到她明亮温暖的瞳仁上映着的影子——是现在的自己，独自顽强生长，并深深地厌憎着这个世界上的很多人。

他到底没有像外公希望的那样，成为一个坚定勇敢且善良大度的人？他让外公失望了吧？

明月屏着呼吸，身上的衣服浸满了水，变得越来越沉重，她快要撑不住了，身体不受控制地往下沉。

她抓着陈昭手臂的手就要松开的时候，他突然抬起手臂钩住她的腰，抱着她浮出了水面。

明月双手撑在陈昭的胸膛上，靠着他的力量在泳池里站稳。池水漫过胸前，她冻得牙齿都在打战，气息也非常不稳。缓了几秒，她的嗓音彻底带上了哭腔："你没事吧？"

陈昭的手臂还圈着她的腰，他敛着双眸定定地看着她，眼眶发红。

明月的心脏仿佛都停止了跳动,甚至到现在她都不敢想象如果他在她眼皮子底下出了事她会怎么样。

冯舒雅给林听打完电话,就从泳池的另一边跑到陈昭落水的地方,看到两人气定神闲地站在水里聊天,她着急地喊道:"月亮,你们快上来啊。"

明月上了岸后,朝身后的陈昭伸出手。不断有水珠顺着她湿漉漉的头发和眼睫往下滴,分不清是池水还是眼泪。

她的语气带着恳求的意味:"你也上来好不好……"

陈昭有一瞬间仿佛感受到自己坚硬的心脏外壳产生了裂痕,有温热的液体一点一点漫进来。他点头,嗓音沙哑得厉害:"好。"

林听化完妆刚要换衣服就接到冯舒雅的电话,她顾不上惊艳谁了,穿着维尼熊睡衣、抱了两条毛绒毯子就跑下了楼,冲出别墅大门。

楼下正在大堂里闲聊的三个男生看见林听慌慌张张地往院子里跑,也跟着跑了出来。

林听给了明月和陈昭一人一条毯子,看他们披上之后,催促道:"你们快跟我上楼换衣服。"

三人离开后,冯舒雅和孙浩宇他们还愣在原地。

孙浩宇一头雾水地开口:"什么情况啊?"

冯舒雅沉默了片刻,将她和明月无意间听到的电话内容省略,只说两人看到陈昭突然跳进了泳池,明月担心他出事也跟着跳了下去。

孙浩宇有些惊讶:"我的天,明月妹子也太勇敢了吧!这么冷的天也敢往水里跳。不过你俩也太大惊小怪了,阿昭水性那么好,怎么可能出事?我们小的时候还经常冬泳来着。"

他顿了顿,一脸笃定地说道:"不过我算是看出来了,明月妹子一定喜欢我们阿昭。"

何舟看了他一眼,因为内心烦躁,语气非常不快:"就你这个脑子你能看出来什么?你以为所有人都像你心这么大,看到有人跳水了,会以为他是在冬泳?"

孙浩宇不知道自己哪里惹到何舟了，本来他也就是随口一说，毕竟人家喜欢谁、不喜欢谁跟他也没什么关系，但何舟突然跟个火药桶似的，让他有点生气，他下意识反驳道："那她不喜欢还这么……"

程北延看着他们，忽然开口打断了孙浩宇的话："明月的父亲……生前是警察。"

"生前"两个字，让在场的所有人都沉默了。

明月冲完澡吹干头发，穿着浴袍走出浴室，就看到林听已经给她找好了一套衣服放在床上。

她注意到最上面放着的贴身内衣，脸颊和耳尖以肉眼可见的速度变红了。

林听知道她不好意思，直接将衣服拿起来递给她："哎呀，月亮，你放心吧，这些我都没有穿过。"

见明月接过衣服，林听才继续说："楼下已经布置好了，大家都到了，现在就差我这个寿星和你啦。本寿星就先下去了，你换好衣服赶紧来。"

明月点点头，犹豫了几秒，还是开了口："对了，听听……"

林听回头："怎么了？"

明月咬了咬唇，声音轻到快要听不见："陈、陈昭他是怎么解决的呀？"

他不会还穿着自己的湿衣服吧？

林听眨了眨眼，坏笑道："你这么好奇呀？待会儿自己问他咯。"

明月："……"

明月换好衣服下楼，看到客厅里已经挂满了彩带，上面缠着新鲜的玫瑰花，许多白色的氢气球浮在空中，中间夹杂着印着"happy birthday" 13个英文字母的金色气球。

林听看到明月走了过来，朝家里的阿姨做了一个"OK"的手势，示意她的生日宴会现在可以开始了。

阿姨立刻将放着蛋糕的推车从厨房推过来，点燃蜡烛关了灯后，迅速关上门离开了别墅。

昏黄的烛光很快照亮了一张张年轻的脸庞。

孙浩宇作为最强气氛组,率先开了口:"祝林听大小姐十八岁生日快乐!来,战歌起……"

大家围着林听唱完生日歌,纷纷催促道:"快许愿!"

林听笑盈盈地看了大家一眼,视线在程北延脸上停留了几秒才闭上眼睛,双手合十,虔诚地许完了自己的三个愿望,然后一口气吹灭了蜡烛。

室内陷入黑暗之后,孙浩宇在沙发上摸了半天也没找到灯的遥控器,于是问道:"林大小姐,你还记得你家灯的开关在哪里吗?我找不到遥控器了,你去开一下吧。"

林听翻了一个白眼:"我就不该让你保管遥控器。"

明月夜视能力不太好,而此刻别墅大门紧闭着,窗幔也不透光,她什么也看不到,没来由地就有些害怕,下意识地抓紧了冯舒雅的手。

下一瞬,她感觉到有人靠近,对方温热的呼吸洒在她的耳郭上,嗓音压得很低,在黑暗中显得格外温柔:"怕黑?"

明月微微睁大了眼睛,很快反应过来自己抓错了人。

松开手之前,她才意识到这手感不像是冯舒雅的,手掌宽大有力,很明显是个男生的手。

明月不受控地想起刚刚在水里的时候,她掌心下面少年结实有力的肌肉线条……

她羞得脸颊发烫,像是要烧起来,看上去好像快哭了。

明明刚刚站在她左边的人是冯舒雅啊。

"嗯?"

闻言,明月浑身僵硬了一瞬,而后,心跳得越来越快。

她抬起双手,交叠捂在心脏上方的位置,强作镇定地回道:"还好,不是很怕……"

明月深吸一口气,她现在只想找个地洞钻进去。

她不动声色地往右边退,却又不小心踩到了右边人的脚,差点摔倒,还好对方虚扶了一下她的肩膀。

她又忙不迭道歉:"对不起……"

"没关系,我没事。"何舟的声音响起来。

左边和右边都有人,明月站在原地不敢动了。

终于有人打开了客厅灯的开关,明亮的光线一瞬间倾泻下来,照亮了整个屋子。

明月咽了咽口水,逃跑似的奔向冯舒雅。

冯舒雅看着她,担心地问道:"月亮,你的脸怎么这么红?你不会发烧了吧?"

明月咳嗽了一声:"应该没有,就觉得屋子里有点闷。"

林听开始切蛋糕、分蛋糕,她还准备了很多零食和游戏机,大有带着大家一起玩通宵的架势。

明月吃了一块蛋糕,从书包里拿出她准备好的礼物递给林听:"听听,生日快乐呀。我出来太久了,再待一会儿我就得回去了。"

林听抱住她的胳膊晃了晃,撒娇道:"你跟舒雅今天晚上就留在这里跟我一起睡嘛,明天早上我们三个再一起去学校上课,怎么样?"

不等明月回答,冯舒雅就立刻附和道:"我同意,下下周就要放寒假了,一想到整个寒假见不到你们俩,我就感觉吃什么都不香了。"

明月垂着眼,抿了抿唇,声音很轻,带着显而易见的疲惫感:"我妈妈以为我今晚去书店了,所以我得回去……"

冯舒雅理所当然地说道:"那你打个电话跟她说一下,就说今晚你要留在同学家睡就好了呀。"

程北延朝她们看过来:"她妈妈管得很严,你们俩别为难她了。"

"那好吧。"林听清了清嗓子,"阿昭,你不是买了车嘛,待会儿你送月亮回去吧,刚好月亮有问题要问你。"

明月看了陈昭一眼,立刻否认:"我没有。"

陈昭穿着黑色卫衣和黑色长裤,看上去很合身,应该是他自己的衣服。

陈昭看向明月："什么时候走？"

明月眼睫颤了颤："再过十分钟，可以吗？"

陈昭点头："啧，行。"

阿姨已经把明月和陈昭的衣服洗干净并烘干了，离开前，明月换上了自己的外套，其他衣服则被她一股脑塞进了书包里。

摩托车驶出别墅大门之后，很快下了山。

耳旁冷风呼啸，明月紧紧攥着陈昭的衣服，她闻到他身上淡淡的薄荷味，突然想起晚上她听到他打电话时说的话。心脏一阵抽痛后，她软声喊他的名字："陈昭。"

陈昭目视前方，懒懒地应道："嗯？"

明月很平静地开口："我很小的时候爸爸就去世了，他和我妈妈都是孤儿，以前偶尔听班级里同学说起自己的爷爷奶奶、外公外婆的时候，我都非常难过，因为我连爸爸都没有，只有妈妈。我一直觉得这个世界对我很不公平，但遇到了你们之后，我才发现其实它对我很好，所以……"

摩托车一个急刹，停住了，前方红灯还有九十秒倒计时。

冬夜静谧，四周无人，只有路两旁的路灯散发出的昏黄温暖的光线笼罩着万物。

明月刚想把剩下的话说完，陈昭就已经收起了眸里所有复杂的情绪。他回过头来，似笑非笑地问道："所以你是把我当爸爸了？"

明月："……"

陈昭舌尖抵了抵下颔，轻笑了一声："所以什么？"

明月反应过来他刚刚是在逗她，忍住想要瞪他一眼的冲动，继续开口："所以除了家人，你还有我……"

"我"字只有口型，没有发出声来，她及时改了口："孙浩宇他们这些朋友。"

陈昭心里一个"咯噔"，脸上的笑容瞬间消失殆尽，沉声问道："今晚我打电话的时候,你都听到了?"

明月犹豫了一下,还是诚实地点了点头。

陈昭冷峻的眉眼再次染上戾气,同时,周身气压低了下去。他眯了眯眼,转回身,不再说话。

明月感受到他的情绪变化——抗拒、排斥、冷漠,她的心情也跟着一下子跌到了谷底。

她明白没有人会愿意将伤口展示给不亲近的人看。

她不是他的谁,甚至她和他的关系远没有孙浩宇他们亲密。

他对自己好,只是因为他骨子里是一个很善良的人,所以他才会不顾自己的安危冲到车流里去救江晚意的弟弟,才会在上学路上帮助链条掉了不会修的初中生,才会在她遇到危险的时候第一时间冲上前保护她。

而她却自以为自己对他来说也是一个比较重要的朋友,所以刚刚没有分寸地越了界。

在车重新启动之后,明月松开了陈昭的衣服,抓住了旁边的横杠。

陈昭本来还在轰油门加速,察觉到她的小动作,在心里叹了口气,又放缓了速度。

明月的眼睛越发酸涩,都怪自己越来越贪心,明知道没什么可能,想要的却还是越来越多。

像他这么好的人,以后肯定会遇到更好的人,那个人一定漂亮、温柔,家庭也很幸福,能让他感受到家庭的温暖。到那个时候,他一定愿意对那个人敞开心扉,而不是她这个勉强只能算得上是高中校友的人。

陈昭跟孙浩宇他们去过很多次程北延家,对路很熟悉,所以他很快就将明月送到了簪花巷。

巷子狭窄,车子无法通过,只能在巷口停下来。

明月沉默地下了车,将头盔还给陈昭之后,低着头,转身往巷子里面走。

因为有明月陪着,陈昭烦闷的心情在这一路上得到了缓解,此刻见她一句话也不说就往家走,"啧"了一声,慵懒地开口:"生气了?"

明月回头，红着眼睛，像是在发脾气，又像是受了很大的委屈，声音有些哽咽："晚上你打电话的时候，我没有走开，我跟你道歉。"

陈昭下了车，靠着车身，长腿交叠，朝明月招了招手："过来。"

明月没有动，温暾开口："我们以后还是保持点距离吧。"

陈昭心脏蓦地一疼，眼底情绪涌动，声线冷冽低沉："怎么个保持距离法？"

明月沉默，她也不知道该怎么保持距离，本来她和陈昭平时在学校里也不经常见面，更不用说马上放寒假，他们根本见不到了。

要是他们再保持距离，就该彻底变成陌生人了。

陈昭突然朝她走近，弯腰俯身，直视着她的眼睛，一字一顿地问："你不想再见到我了，是这个意思？"

少年冷冽的气息铺天盖地压下来，带着侵略意图，密不透风地将她包围。

明月咬了咬唇，眼泪不受控制地汹涌而出，声音微哑且断断续续："我没有不想，林听、冯舒雅，还有你都在四中，所以每天上学我都很开心，所以我不想离开。我知道一中很好，我也想考上我想考的大学，可是我舍不得……"

说到后面，她开始语无伦次，大脑一片空白，完全不知道自己在说些什么，只知道现在的陈昭看起来很凶很凶，比任何时候都要可怕。

陈昭的喉结上下滚了滚，语气是从未有过的温柔："是我错了，别哭了。"

他顿了一下，继续说："不是我不想告诉你，只是我那些破事全部回忆一遍……我不确定自己能不能承受得住。所以等我准备好了，到时候你想知道什么，我都告诉你，行吗？"

陈昭送完人，骑车原路返回。

经过一个路口时，胸腔里的那股躁意实在压不住了，他将车停在了路边，抬手烦躁地抓了抓头发。

他脑海里全是明月的脸。

泳池里被冻得苍白的模样、红着眼睛的模样、流着眼泪说自己没有不想看到他的模样……像电影画面一样，一帧一帧在他脑海里循环播放。

今年冬天格外冷，入冬以来，云城一天比一天冷，今天气温还降到了零下。这么冷的天气，她陪他落了水被冻得浑身发抖不说，快回到家的时候还被他凶哭了。

结果小姑娘还特别好哄，连擦眼泪的机会都没留给他，用手胡乱地抹了一把脸，就反过来安慰他，对他说不要难过，她和大家会一直陪着他，大度到仿佛刚刚弄哭她的人不是他一样。

陈昭喉咙发痒，低骂了一声。

明月回到家的时候快九点了，明向虞正在客厅里看电视，听到动静，立刻看向门口："买书怎么用了这么久？"

"在书店看了会儿书。"

明月下意识地攥紧了书包背带。

明向虞见她这个紧张的模样，蹙了蹙眉："课外书？"

不等明月回答，她继续说道："月月，今年下半年你就高三了，你自己要抓紧一点，不要觉得自己拿了一个物理竞赛的省一等奖就一定能考上一个好大学了。现在正是关键时候，你千万不能松懈，知道吗？"

明月沉默了片刻才回道："我知道，我一直都知道。"

她突然很想问明向虞，是不是看不到一直以来她有多么努力，也看不到她现在已经在一点点变得更好，是不是在她没有考上一个好大学之前，她就永远是一个不合格的女儿。

不等她开口，明向虞又接着说道："对了，晚上你徐阿姨来过，她今天包了很多饺子，知道你最爱吃荠菜馅的，给你送了很多过来。你饿不饿，妈妈给你煮一点？"

"不用了，我已经在外面吃过晚饭了……我回房间看书了。"

明月说完，径直走进房间，关上了门。

明向虞反应过来明月可能还在生徐秉惠的气，本来想起身追过去，但想了想还是算了，觉得她现在只要好好学习就好，等她长大了就会明白大人说那么多完全是为她好。

明向虞叹了一口气，继续看电视。

第二天一早，明月看到桌子上煮好的饺子，抿了抿唇，跟明向虞说了声"我去上学了"后，直接去了学校。

上午，四中高二期末考各科成绩陆陆续续地出来，到中午的时候，全校排名也出来了。

下午最后一节班会课上，老杨拿着他们十七班的成绩单，脸上的笑容快要藏不住："虽然今年期末卷子难了一点，但咱们班这次考得很不错。"

后排立刻有男生起哄："杨老师，今年奖金你肯定能拿不少吧，下学期开学请咱们班同学吃饭啊？"

老杨看向男生，笑容淡了一点："行啊，等你哪一门及格了，老师专门请你吃饭。"

男生立刻将脸埋在课本中，不敢再说话了。

老杨将成绩单放在一边，继续说道："各科卷子你们都拿到手了，成绩你们自己也有数，排名下课后我会让班长贴到教室后面，现在赶紧把上午我没讲完的数学卷子拿出来，这堂课我们继续讲。"

冯舒雅趁老杨背对着讲台，小声道："月亮，你别担心，你总分那么高，肯定是第一。"

明月失笑："我真的不担心。"

是不是第一对她来说没那么重要，不过她觉得自己这次确实考得还不错，语文作文进步很大，总分相比上次月考也提上去不少，她已经非常满意了。

下课之后，没等班长将成绩单贴上去，冯舒雅就已经凑过去看了明月、林听和她自己的排名。

她小跑着回了座位,激动地开口:"月亮,恭喜你啊,你真的是第一!"

明月笑了笑:"那晚上我请你和林听吃饭?"

林听凑了过来:"陈昭早就跟我说好了,他请我们吃饭。"

几人还是约在了校门口见,她们一眼就看到了陈昭和孙浩宇。

两个男生身高腿长,模样英俊,神情懒散,站在那里格外惹人注目,路过的学生都忍不住要偷看几眼。

林听没看到何舟,问道:"何舟呢,先去点菜了吗?"

孙浩宇摇头:"没有,他去辅导班上课了,不跟我们吃饭了。"

林听蹙眉:"他很久没跟你俩玩了吧,他现在怎么这么刻苦?"

孙浩宇摸了摸鼻子:"不知道啊,这两个月除了元旦前一天和你生日,他就没跟我们一起吃过饭、打过游戏,天天就知道往辅导班跑,我都怀疑他是不是看上了辅导班的哪个妹子。"

他说话的时候,明月偷偷看了一眼陈昭。

陈昭今天没穿校服,仍然是一身黑,衬得肤色格外白,眉眼清俊好看。

最重要的是,他今天看起来心情很好。

明月眉眼弯了弯,不自觉地露出笑容。

陈昭突然开口:"考得很好?"

明月一开始没反应过来他是在问她,见所有人都朝自己看过来,她才点点头:"比上次好。"

陈昭勾了勾唇,眼底的笑意弥漫开,却没再多说什么。

接下来一周多的时间,明月都是和陈昭一起吃的晚饭。虽然有其他人在,两个人交流不多,但明月还是觉得很高兴。

这学期最后一天上午,按照四中惯例,上完两节自习,各科老师布置完作业,学生们就可以回家了。

明月收拾好书包坐公交车回去。

今天已经腊月二十三了,是北方的小年,她平常经过的那条巷子口格外热闹，卖年货的和买年货的将路完全堵住了。

她艰难地在人群里挤出一条路，蓦地，脚一顿。

徐秉惠的声音在嘈杂的人声里格外突出。

"我家延延这次当然还是年级第一，不过这次卷子难，分数比上次月考低一点，上次685分，这次678分。昨天一中开家长会了，我特地问了他们班主任，她说卷子难的时候学生们的分数都不高，不出意外，这个分数完全可以上Q大。"

她得意地说完，旁边的人立刻投来羡慕的眼神。

明月本来想继续走，又听到有人问："向虞，你家明月期末考得怎么样啊？"

明月意识到明向虞也在，踮起脚尖，透过人群的缝隙，朝声音传来的方向看过去。

明向虞脸上没什么情绪："她考得还行。"

"什么叫还行？是不是考得不太好啊？女孩子嘛，分数低一点没关系，大学报个师范学校，还不用交学费，多好。"

"是啊，向虞，你也别太发愁，现在大学不像以前那样招的人很少，现在扩招，总有你家明月能上的学校，最多也就是远一点。"

明月本来想走，有个眼尖的阿姨看到了她，"哎哟"一声，大声地问："月月，放学了啊，期末考了多少分啊？"

明月看了一眼明向虞，很平静地开口："考得不太好，689分。"

"四中比不上一中，这个分数已经不错了，六百八……多少？"

明月没再回答对方，她跟明向虞说了一声"我先回家了"就离开了。

高中寒假都不长，大部分学校正月初七就报到了。

明月放假时的作息和上学的时候差不多，天不亮就起床看书，晚上十二点半准时上床睡觉。

明月白天和明向虞一起吃饭的时候，好几次明向虞都看着她欲言又止，她就当没发现，吃完饭她就回房间看书了。

明月在日历上返校日的那天旁边画了一个笑脸,每天晚上她都要打开日历看一眼。

年三十的晚上,母女俩吃过年夜饭,明向虞收拾好厨房,敲了敲明月的房门:"月月,快八点了,快出来一起看春节联欢晚会。"

明月正在做卷子,笔尖一顿。

隔了几秒,她回头:"我今天还有两张卷子要做。"

明向虞想说别太辛苦了,话到了嘴边又咽了下去,柔声道:"那妈妈也不看了,今天很困,妈妈先睡了,新年快乐,月月。"

"新年快乐。"明月回道。

明月写完卷子立刻对了答案,等她整理完错题已经快十二点了,整个人疲惫得不行,她将自己摔倒在床上闭上眼睛。

她在想陈昭这个时候会在做什么,肯定不会和家人在一起,那他会和孙浩宇、何舟他们在一起吗?

明月还在胡思乱想,窗外传来噼里啪啦的鞭炮声,昭示着农历新年来了。

她突然站起身,套上外套后往外走。打开房门,看到明向虞的房门关着,她松了一口气,穿过客厅,小心翼翼地离开了家。

云城人都有守岁的习惯,外面格外热闹,远处烟花不断升空炸开的声音和近处小孩子的笑声交织在一起。

明月记得她平时坐公交车的站台附近有个电话亭,她捏紧了手里的电话卡,小跑着往那里去。

她拨了陈昭的手机号码,铃声响了好久,就在要自动挂断的前一秒被人接起来:"明月?"

他的鼻音很重,嗓子还有点沙哑,显然是刚睡醒的样子。

"是我。"明月咽了下口水,"你……刚刚是在睡觉吗?"

陈昭懒洋洋地否认道:"不是。"

明月抿了抿唇:"我不知道你已经睡了,对不起……"

陈昭语气有些无奈:"你吵醒我就为了道歉?"

明月先是摇了摇头，想起来他看不到，细声解释："不是，我是想跟你说新年快乐。"

电话那端的陈昭沉默了几秒，格外慵懒的声音才通过电流传过来："你说。"

明月眨了眨眼："我说了呀。"

陈昭哼笑出声："你这一点诚意也没有啊。"

他顿了顿，压低了嗓音："叫人，会吗？"

明月知道他在想什么，轻咳了一声，再次开口："陈昭同学，新年快乐。"

不等他提出更过分的要求，她就继续说道："我好困，我要回家睡觉了，开学见。"

她迅速挂了电话，拔出电话卡，用手给自己早就发烫的脸扇了扇风。

隔了片刻，明月走出电话亭。远处烟花放一会儿停一会儿，她一个人看了一会儿，慢吞吞地往家走，走到一半，她又折了回去。

明月对着电话卡犹豫了半天，终于又推了进去。

这次电话很快接通。

陈昭尾音上扬，音色动听，语调格外勾人："不困了？"

"睡不着。"明月说。

远处烟花再次密集如雨点般炸开，照亮了漆黑的夜空。

陈昭那边似乎也在放烟花，听筒里全是嘈杂的声音。

他"啧"了声："你不回头看烟花吗？"

明月拿着电话一边转身，一边问道："你怎么知道……"

她的声音戛然而止。

隔着电话亭透明的玻璃，她看到漫天焰火里，有一个人正朝她走来。

路灯柔和的光线照亮了少年轮廓分明的侧脸，他一动不动地看着她，狭长幽深的双眸里有光影缓慢浮动，让他像是流落人间的神明。

看到心心念念的人出现在眼前，世界突然变得好安静，明月眼圈微微发红。她听到自己的心跳一声比一声热烈，在狭小的电话亭里不断回响。

陈昭看到明月就像被定住了一样，站在电话亭里一动不动，他大步上前，屈指敲了两下玻璃，低沉的嗓音带着散漫的笑意："你今晚就打算待在里面了？"

明月眼睫颤了颤，胡乱地挂了电话，走出电话亭。

走到陈昭面前的时候，她的情绪已经平复了一些："你怎么来了？"

陈昭嘴角微勾，懒洋洋地回道："睡了一整天，出来吹吹风，没想到运气不错，逮到一个小骗子。"

明月抬手捏了捏发烫发痒的耳尖，轻声反驳道："我什么时候骗你了？"

"你没骗我？"陈昭眯了眯双眸，看向她湿润的眼睛，语气漫不经心的，"那刚刚说自己好困，让我一个字都没来得及说，就把电话挂了的人是谁？"

明月跟他对视了不到两秒就败下阵来，她移开视线，语气柔软："谁让你刚刚欺负我……"

陈昭失笑，顿了顿，嗓音温柔，向她妥协道："行，就算是欺负吧。"

他转过身，跟她一起看向远处照亮夜空的烟花。

过了一会儿，绚烂的烟花彻底消失，漆黑的夜空中只剩几颗黯淡的星星，明月却觉得格外漂亮。

和自己想见的人待在一起，目光所及之处都是美丽的风景。

她看着陈昭凌厉的侧颜和好看的眉眼，这一瞬间突然很想快一点长大，想将所有不可能都变成可能，想光明正大地站在他旁边。

明月跟陈昭分开后回到自己房间，看了一眼时间，已经半夜一点了。

她简单地梳洗了一下，关灯上床，准备睡觉，结果闭上眼睛，脑海里就开始循环播放今晚她和陈昭相处的画面，尤其是一开始他出现在她眼前的那一幕——

无论想起来多少次，她的心跳都会加速。

农历新年的第一天,明月失眠了。

在床上赖了一会儿,她麻利地爬起来看书,一直到天快亮的时候,她才有了困意,趴在桌子上沉沉地睡去。

第四章　生日快乐

　　因为见了陈昭一面，接下来的假期便显得没那么难熬了，明月甚至觉得日子过得有些快，一眨眼就到了四中开学的前一天。

　　晚上十一点，明月看着日历上的倒计时终于结束，再次失眠。

　　第二天早上，她到教室门口的时候，班上只有两个住校的女生在补作业，上学期明月跟她们没有任何交集，想了几秒也没想起来她们的名字。

　　她眼睫颤了颤，走进去，弯了弯嘴角："新年好哇。"

　　两人明显愣了一下后才回道："新年好。"

　　明月回到座位上，正准备趴下睡一会儿，一个女生走过来，因为不好意思声音有点小："学霸，你数学作业和物理作业能借我看一下吗？"

　　明月点点头，立刻从书包里拿出这两科的卷子递给她。

　　"谢谢学霸！"

　　"不客气。"

明月是在冯舒雅和林听的谈话声中醒过来的，尽管两人声音很轻，但她还是听清楚了，她们正在讨论她昨晚是不是又通宵刷题了。

林听"啧"了声："肯定是熬夜看书了。月亮也太拼了，她上学期期末考试的分数都比程北延那个学习机器高了，还这么折腾自己。"

冯舒雅一本正经地胡说八道："有一句老话说得好，学习如逆水行舟，不进则退，打败一中就靠咱们明月了。"

林听笑着骂道："打败个头。"

"哇，有人开始胳膊肘往外拐，站一中了。让我想想，一中有什么好的……"

冯舒雅顿了一下，一副恍然大悟的样子："听说一中英俊潇洒、玉树临风的学生会会长跟咱们四中的校花关系甚好。"

林听咬咬牙："冯舒雅，你要死啊，你瞎说什么呢！"

明月眼皮动了动，却没睁开眼睛。她迷迷糊糊地想，上学真好，能见到想见的人，一切都是那么鲜活。

开学那两天照例是摸底考，考完后高一和高二的学生又迎来了周末。新的一周来临时，新学期正式开始。

早上有升旗仪式，明月刚出教室就被吴克叫住了。

他温和地说道："你的演讲稿我帮你润色过了，你快熟悉一下。"

"谢谢吴主任。"

明月接过稿纸，低头看了起来。

上周五考完试，老杨特地找了她，说她这个周一要作为高二年级的优秀学生代表进行国旗下演讲。她本来想推辞，结果老杨直接说："吴主任指名道姓让你上。"

明月没办法，趁周末写了一篇稿子，一大早就交给了吴克检查。

今天是她第一次站在升旗台上，她本来还不怎么紧张，但看了一眼底下黑压压的人头，鼻尖就冒出了冷汗。

直到她的目光穿过人群看到了陈昭。

他站在十一班队伍的最后面，穿着最普通的蓝白校服，却仍然耀眼夺目，如同他身后初升的太阳。

明月想到之前她一直以为他的名字是朝阳的朝。

陈昭似乎察觉到她的视线，抬头看过来。

两人的视线撞上，少年挑了挑眉，嘴角扯了扯，扬起一抹弧度。

"下面有请高二（17）班学生代表明月。"

明月听到主持人报了她的名字，走上台，在自己格外热烈的心跳声中缓缓开口："尊敬的老师、亲爱的同学们……"

演讲结束，她朝台下鞠了一躬，就匆匆回到了班级队伍中。

冯舒雅悄悄往后挪，把位置换到了她面前："月亮，你刚刚站在台上的时候整个人漂亮得像是在发光，我看到好多男生眼睛都看直了。"

明月笑了笑："你别瞎说。"

冯舒雅立刻举手发誓："真的，我没瞎说。"

老杨站在班级队伍最前面，听到声音回头朝两人看过来。明月连忙将冯舒雅的手拽下来："你快站好，杨老师盯着我们呢。"

晚自习的时候，班长将摸底考成绩单贴在了后面，明月还是第一。这次卷子总体而言简单一点，她的总分比上学期期末考高了十三分。

已经高二下学期了，还没学的新知识不多了，各科老师一边上新课，一边抽空讲摸底考的试卷。

日子飞快地流逝着。

明月很明显地感觉到这学期班上的学习氛围比上学期紧张了不少，林听也开始认真听课，遇到不会的问题要么下课问她，要么周末等程北延教她。

全国中学生物理竞赛时间定在了三月十二号周六上午，考试地点在Q大。

云省获得省一等奖的学生不多，一共才二十九名，明月的名次排在中间，程北延则是排在前面。

三月十号是周四，明月放学时跟老杨请了假，她跟程北延约定好了在四中侧门会合，两人一起去火车站。

带队老师和以往一样，是云师大的物理教授沈书显。

2011年，从云省坐火车到B市仍需要一天一夜的时间，尽管学生们自备了今明两天的食物，沈教授还是买了二十九份盒饭发了下去。

明月和程北延在一个车厢，沈教授发完盒饭，就坐在程北延旁边跟他搭话。

明月听他俩谈话如此熟稔，明白两人之前应该认识。

她懒得去想程北延为什么会认识云师大的教授，只专注地思考着他们刚刚说的靠竞赛保送理想大学的难度。

首先是要获得国家一等奖，且排名在全国前一百名以内，接着要进入Q大组织的培训营，经过无数次选拔考试，最终排名前列的进入国家集训队，进入国家集训队之后，还要通过目标院校的招生考试才能保送。

这一系列流程走下来，难度不亚于高考，甚至比高考难度还大。

只不过实力足够强且运气足够好的人，明年三四月份就能收到目标高校的拟录取通知了。

明月没打算走保送这条路，她只想拿到国家一等奖，为自己投档争取到更多的加分，因此这次竞赛前她没给自己多大的压力，平时还是跟没事人一样。

火车到B市已经是周五下午了，沈书显带着舟车劳顿的学生们到了Q大安排好的宿舍放下行李，又去报到处领了临时饭卡。解散前，他嘱咐大家吃完饭就赶紧休息，明天上午还有一场硬仗要打。

但学生们哪里肯听他的话，进入全国最好的高等学府的那一刻，疲惫和劳累一扫而空，他们吃完饭就结伴去逛校园了。

明月没有去，吃完饭她就回宿舍刷题了。

刷完题，她爬上床，却因为身处B市和自己想上的大学校园里而迟迟睡不着。

宿舍已经熄了灯，明月叹了口气，准备拿着书去外面灯光明亮的走廊上再看会儿。

她刚拉开门，就听到一个女声问："这么晚了你要去哪儿？"

103

明月下意识地道歉:"对不起,我是不是吵醒你了?"

对方摆摆手:"不是,我压根儿没睡着。我想上 Q 大想疯了,来这里我怎么可能睡得着?你是不是也一样?"

明月点点头。

女孩从床上下来,开灯,自来熟地揽住明月的肩膀:"那约好了,明年下半年咱们 Q 大见,到时候姐请你吃饭。"

明月眉眼弯了弯:"我叫明月,你呢?"

"行不更名坐不改姓,江湖人称许钱多,你喊一声姐,多姐以后罩着你。"

两人后来先成为 Q 大的舍友,后又成为协和的舍友,甚至还一起改了名字,八年求学生涯里她们经常互相开玩笑说这就是命运。

明月和许钱多不在同一个考场,两人从食堂出来后就分开了,去了各自的考场。

全国物理竞赛的卷子难度要大于省级竞赛,明月拿到卷子照例先写名字和考生号。

考试时间从上午九点到十二点,一共三个小时,明月答完所有的题目后看了一眼时间,还剩不到十五分钟交卷。

她只好检查了大部分她有十分把握的题目,确定自己不会因为粗心丢分。

没等她全部检查完,考试结束的铃声就响了起来,几位监考老师立刻开始收试卷。

明月走出考场的那一刻,长长地舒了一口气。终于结束了,她不用再兼顾学业和竞赛了。

程北延从隔壁考场出来,看到她一脸轻松的模样,笑着问道:"你有多大把握这次竞赛能拿一等奖?"

明月弯了弯唇:"没多大把握,你呢?"

程北延摸了摸鼻子:"我还好。"

明月知道他绝对是在谦虚，笑着说："那我提前恭喜你啦。"

她顿了几秒，语气有些迟疑："你是打算走保送这条路吗？"

程北延点头："嗯，打算试试。"

沈教授买了晚上八点的火车票，留了一下午时间给大家自由活动。

不过说是自由活动，其实还是要看Q大怎么安排。

刚好这几天学校的知名校友在798艺术中心举办画展，Q大相关领导给策展人打了电话，对方欣然同意让这些祖国未来的栋梁免费接受艺术的熏陶。

周末，偌大的展览区人头攒动，来自全国各地的中学生们在各自老师的带领下有条不紊地参观着。

进入展厅就能看到Q大这位知名校友的介绍，名字很好听，叫阮芳华，是Q大80届校友，毕业于美术学院，后赴欧洲留学，成名作是《俗世爱情》。

然而跟她的成名作比起来，她另一幅名叫《昭》的画作更受世人瞩目，多次登上全球各大艺术之都的画展。

曾经有收藏家开出四千万的价格想要将《昭》买下来，被她直接拒绝了。

《昭》色彩分明，构思巧妙，融合了中西方美学，近看是破晓时分的山川湖泊，远看仿佛有人影在天光中若隐若现。

底下有一行小字，是画家对画作名称的诠释——"昭"字代表了这个世间所有光明和美好。

明月盯着那行字发了一会儿呆，直到旁边同学拽了拽她的衣袖提醒她该走了，她才抿了抿唇离开。

看完画展，在Q大食堂吃完晚饭，大家就各自回宿舍收拾行李准备出发去B市的火车站了。

明月回到云省已经是第二天傍晚了，她和程北延相继出了站，两人跟沈书显道别之后正要去坐汽车回云城，一个男生叫住了明月。

"同学，等一下。"

明月回头看过去，发现是一张全然陌生的脸，于是一脸茫然地开口："你好，有事吗？"

"我叫单均。"他笑着说道，脸左侧露出一个浅浅的梨涡，"昨天在考场上谢谢你借我铅笔。"

明月这才意识到眼前这人就是昨天考试坐她后面跟她借铅笔的男生，她礼貌地接话："不客气。"

单均有些不好意思，轻咳一声，一脸期待地盯着她："我能要一下你的联系方式吗？手机号或者QQ号都行，以后你学习上有什么不会的都可以问我。"

明月眼睫颤了颤："抱歉，我没有手机。"

男生"啊"了一声，想了想，他又笑眯眯地说道："那你记一下我的手机号吧，等你有了手机记得第一时间联系我哦。"

不等明月拒绝，他已经开始念自己的手机号了，说完后还问道："你记住了吗？"

明月："……"

单均看到她错愕的表情，立刻意识到自己念太快了，又一字一顿地重复了一遍。

明月正要开口告诉他可以用纸写下来，两只温热的手掌覆上了她的耳朵。外界的声音被悉数挡去的同时，她闻到清冽干净的薄荷气味。

她抬头，看到陈昭棱角分明的侧脸，他冷峻好看的眉眼间带着些许戾气。

他锐利的视线紧锁住单均，声音冰冷："她还未成年，不该有的心思给我收回去。"

单均觉得眼前少年的眼神实在可怕，看起来下一秒就要将他抡在地上一样，他紧张地咽了下口水："对、对不起。"

陈昭不耐烦地打断他："还不走？"

等男生走远了，陈昭才收回手。他看了一眼明月，嗓音低沉："别人问你要手机号你就给？"

明月蹙了蹙眉："我……没给。"

陈昭像是被气笑了，低嗤了一声："你有吗？"

明月摇了摇头。

林听见这两人似乎快吵起来了，连忙上前牵住了明月的手："月亮，恭喜你呀，暂时解放啦。"

明月看到林听，立刻露出甜美的笑容："你们特地来接我们的呀？"

林听点头："是啊，本来我还想喊冯舒雅一起的，想了想太远了，还是别让她折腾了。"

程北延不动声色地看了一眼两个女生缠在一起的手，平静地开口："回云城的最后一班汽车六点半，现在已经五点五十了，先去坐车吧。"

上大巴之前，明月本来想和林听坐在一起，结果被在她前面上去的程北延抢了位子，她只好另找了一排坐下来。

陈昭最后上的车。他径直走过来，在明月旁边坐下。

明月迟疑了片刻，最终鼓起勇气凑到他耳边，小声问："你今天是不是不太开心？"

陈昭眯了眯眼："没。刚刚逗你的。"

见他现在恢复了正常，明月松了一口气，靠着椅背坐正身体，没过一会儿，眼皮子开始打架。

她在火车上根本睡不好，一直在做梦，梦境全是六岁那年的夏天，她睡在潮湿闷热的车厢里，耳边是明向虞压抑的哭声。

而此刻，她感受到旁边人身上令人安心的气息，再也撑不住，迷迷糊糊地睡了过去。

陈昭右手拿着手机正要玩游戏，眼前蓦地一黑，明月倒在了他怀里。

他拿开手机，垂眸看向她。

少女眼睫浓密，白皙莹润的脸颊上的细小绒毛在昏黄的灯光里清晰可见，大概是做了什么好梦，她嘴角正向上扬起一抹弧度。

陈昭喉结上下滚了滚，眸光有了一瞬晦暗。

他小心翼翼地伸手扶正明月的身体，朝她靠近，而后又动作很轻地将她的脑袋放在了他的肩上。

乘客稀少的大巴车内，少女靠在陈昭身上不知道睡了多久。

陈昭一动不动地看着她。

倏地，一阵刺耳的闹铃声响了起来。

三月初春清晨的热度仿若七月盛夏的午后，空气里全是噼里啪啦的火花。

陈昭睁开眼睛，看到卧室熟悉的天花板，愣了两秒，刚刚梦里的画面又浮现在脑海中。

他冲完冷水澡，取了毛巾，站在镜子前擦头发。他突然抬头看了一眼镜子里的自己，又骂了一声，烦躁地将毛巾砸在了镜子里自己的脸上。

明月昨天晚上和林听、陈昭、程北延一起在云城市中心吃了晚饭，本来林听还提议大家一起去看场电影，但考虑到明月和程北延刚考完又坐了一天一夜的车已经很累了，再加上时间也不早了，一场电影至少要一个小时起步，最后还是决定下个周末再约，到时候还可以喊上冯舒雅和孙浩宇。

明月回到家的时候是九点过十分，明向虞见她回来，立刻问她考得怎么样，她说了一句"还行"就回了房间。

她难得地没有再看书，简单地洗漱了一下就躺在了床上。

大巴到云城停下的时候，她刚好醒了，睁开眼睛就发现自己枕在陈昭肩膀上。她还没来得及做出任何反应，司机就开始赶人下车了，当时她也没多想，迅速起身下了车。

现在回到家了，她才突然开始担心起来。

她靠在他身上睡着的时候应该没有……流口水吧？

带着这种担心，明月不知不觉地睡着了，等她再醒过来，已经是周一早上了。

看了一眼时间，六点二十五分，已经比她平时起床的时间晚了快一个小时。

她忙放下电子表，翻身起床穿衣服，抱着书包刚走到门口，门就被明向虞从外面拉开。

明向虞没问她今天怎么起晚了，只温柔地开口："月月，这段时间你辛苦了，妈妈今天四点起来给你熬了排骨汤，刚刚用保温桶盛了一点，还剩一点等你晚上下晚自习回来喝，你吃完早饭记得把保温桶带上。"

明月抿了抿唇："我不辛苦，剩下的汤你喝了吧。"

她顿了顿，抬手，像小时候那样轻轻抓着明向虞的衣角："还有，妈妈，你别太辛苦了，下次你要煲汤白天煲就可以了，反正我们家有冰箱。"

明向虞摸了一下她的头发，笑了笑："妈妈知道了，你快去吃早饭吧。"

明月拎着保温桶到教室的时候，林听坐在她的位子上，正和冯舒雅热火朝天地讨论周末是看恐怖片还是爱情片。

看到她来了，林听立刻起身让座："月亮，你带了什么？"

"我妈妈做的排骨汤，中午一起喝呀。"明月说。

"虽然我要减肥，但我可以尝一下阿姨的手艺。"冯舒雅笑着答应。

"你都喊了多久你要减肥了？也没见你哪天夜宵少吃了。"林听故作嫌弃地看了一眼冯舒雅，"对了，这学期开学到现在，我们还没出去吃过，我刚刚已经跟孙浩宇约好了，晚上一起吃饭。"

闻言，冯舒雅音量不自觉地提高了一个分贝："又和他们一起吃饭？"

林听奇怪地看了她一眼："你怎么这么激动？"

冯舒雅按捺住内心的喜悦，假装淡定地说道："因为有人请吃饭啊，不是有句老话嘛——有便宜不占，傻。"

下午最后一节课结束，明月跟着林听和冯舒雅来到校门口时，只有两个男生在等她们。

孙浩宇眼珠子转了转，主动开口："阿昭说他没胃口，已经回家了。"他不动声色地观察着明月的表情。

明月还没什么反应，林听突然上前一步，踮起脚尖，手臂勾住何舟的脖子："你跟陈昭不会吵架了吧？所以不是你躲他，就是他在躲你？"

何舟见明月看着自己，连忙将人从自己身上弄下去，后退了半步才说道："咱们虽然是发小，但你毕竟是个女生，你自己注意一点分寸。"

停了半秒，他没好气地继续说道："还有，你瞎想什么呢？我跟阿昭关系那么好，我们怎么可能吵架？我不跟你们一起吃饭真的是因为我要上辅导班，时间来不及。"

吃晚饭的时候，明月一直低着头，她心不在焉地想，陈昭会不会是在躲她。

她一直比自己想象中的还要贪心，而此刻她也终于肯对自己坦诚，所以每一次见到他，她的心跳都会失控，却充满欢喜。

所以是不是她藏在最深处的心思被他发现了，他才……

没等这个想法完整浮现在脑海里，她立刻咬唇否认。

平时她跟陈昭见面不多，她表现得又不明显，他应该没那么容易发现吧？

可……如果是呢？

他发现了她的贪心，所以开始躲着她，慢慢远离她，直到他们各自回到自己的世界，再也不会有交集……一想到有这个可能性，明月心中瞬间充满了苦涩，眼圈逐渐发红。

冯舒雅注意到她的异常，停下筷子，朝她看了过来："月亮，你怎么了？"

明月眨了眨眼睛，轻声回道："被辣到了。"

坐在她右边的何舟立刻倒了一杯水给她："喝点水润润嗓子。"

"谢谢。"

明月接过来喝了一口。

一行人吃完饭一起回了学校。

到教室外的时候，冯舒雅一个人去了卫生间，林听正要进教室，明月忽然伸手拉住了她。

林听见她脸色不太好，关心地问："月亮，你是不是身体不舒服？"

明月摇了摇头，她其实想问林听，周末看电影陈昭会去吗？

"周末……"她顿了一下，努力挤出笑容，"周末到底看啥电影啊？"

林听说："周末去影院的时候再看吧。"

她迟疑了一下，低头凑到明月耳边，小声地问："月亮，你今天是不是因为陈昭不在……"

明月下意识反驳："没有。"

林听好笑道："你这算不算不打自招？我还没说完呢。"

明月："……"

林听直起身，拍了拍明月的肩膀，保证道："放心，我一定守口如瓶。我周末一定把他给你带出来，到时候有什么话你直接跟他说。"

明月还想说些什么，晚自习的铃声响了，她只好点点头，跟林听分开，回到自己的座位上。

今天作业很多，明月直到晚自习快结束时才写完。她一边收拾东西，一边想：周末见面的时候我能跟陈昭说什么？难道要直接问他是不是在躲着自己吗？

这个问题不能想，一想就烦躁。她抿了抿唇，将这些跟陈昭有关的思绪抛开，开始做题。

周六上午，明向虞出去了，明月连借口都不用找了，直接去了电影院。

她和林听约的是早上九点，她八点五十到的影院门口。她到的时候，其他人都到了，除了陈昭。

男生们去买爆米花和饮料了，林听就站在离门口最近的地方，看到明月，脸上充满了歉意："抱歉，月亮……"

明月眼睫颤了颤，安慰林听道："你干吗道歉？又没做什么对不起我的事情。"

林听深吸一口气:"陈昭……他妈妈来云城了,我去他家的时候,正好看到她了,他今天应该来不了了。"

明月只记得这一天他们看的是部爱情片,她从头哭到尾,好在电影结局是悲剧,影院里的人都哭得很惨,她便没显得那么突兀了。

新的一周如期来临,已经三月下旬了,离今年高考还剩两个月的时间。周五,四中组织春游,地点定在了云城本地的无量山。

山顶有座寺庙,平时来的人不多,只有四中每年高考前夕雷打不动地带着学生前来祈福许愿。

春日的无量山风景很美,放眼望去,漫山遍野的绿植充满了生机与活力。

来无量山的人不多最主要的一个原因是它很难爬,山很高,路很长,按照四中传统,只有高三的学生必须爬到山顶,高一和高二的学生则不强求。

因此,高三的学生早上六点就集合了,而高一和高二的学生七点才集合。

爬到一半,平时体力就不怎么样的冯舒雅实在撑不住了,林听和明月陪着她在石头上坐下休息。

此时,被迫爬上山的高三学生陆陆续续地下来了。

有好事的高三男生看到在原地休息的高一、高二学生,撺掇道:"学弟学妹们,你们加油啊,听说山顶许愿可灵了。这不,学长们刚许完愿,现在还是觉得神清气爽。"

立刻有人嘲笑道:"两个月后你们就不觉得神清气爽了,这么多年了,四中哪届高三没来爬山许愿?哪一届有人考上清北复交了?"

冯舒雅听到这话,立刻打定主意不往上爬了。她紧紧抓着明月的手,说:"月亮,我也觉得这座庙不太灵,咱们还是别往上爬了。"

明月摇了摇头:"我还是想上去看一看,去年我就没上去,今年想试试。"

林听也不想做无用功,劝道:"咱们不是还有明年嘛,明年再上去看也行啊。"

明月嘴角弯了弯:"没事,我小时候经常爬长城,体力很好的,你们先下山等我吧。"

两人朝她伸出了大拇指,说:"那行,你自己小心一点啊。"

"嗯嗯。"

明月到山顶的时候,高三学生已经陆陆续续走得差不多了,风一阵一阵地吹过,从寺庙大殿里传出很淡的香火气息。

她先去了大殿跪拜祈福,然后在寺庙里转了一圈,最后停在了一个求姻缘的偏殿门前。

她犹豫了一会儿,还是走了进去。

偏殿里面有一个穿深黄色僧袍的中年和尚,正闭眼坐在一张木桌前。听到脚步声,他缓缓睁开眼睛:"这位女施主,是来求签的吗?"

明月低头看了一眼木桌上的红色签盒,上面映着两行小字:求签十元,解签五元。

她点点头,付了钱,小心翼翼地从里面取了一支签出来,看到是中平下签,再看签文"十之八九是别离",心里"咯噔"一下。

和尚温声问:"施主,要解签吗?"

明月将签递到他手上,声音很轻:"没有解的必要了。"

她早就确定这些天陈昭就是在躲着她了。

这周一行人吃了两次饭,和上周一一样,陈昭都不在,但是今天集合时,她一眼就看到他和孙浩宇站在十一班的队伍里。

孙浩宇都发现她在看陈昭了,而陈昭的视线一次都没落在她身上过。

明月出了寺庙本来想原路返回,结果没走多远就不小心踩到了一块石头,脚崴了一下,瞬间有强烈的刺痛感袭来。她找了个阴凉处坐下来,从校服口袋里摸出单词书背了好几页,然后开始发呆。

不知道过了多久,她听到一阵急促的脚步声,而后有人停在了她面前,一个瘦削颀长的影子完全将她笼罩住。

陈昭凌厉流畅的下颌紧绷着，白皙的额角布满了细密的汗。他看着明月，用责备的口吻道："你知不知道这是山上？"

明月没抬头，垂着眼睫，心不在焉地看着放在腿上的单词书，半晌，轻轻"嗯"了一声。

陈昭皱眉，眼底戾气翻涌："那你还敢一个人上来？"

有一颗晶莹剔透的水珠滴落在单词书上，明月立刻将书合上。沉默了片刻，她抬起头看着他的眼睛，故作平静地开口："我上不上来跟你有什么关系？你凭什么管我？"

陈昭盯着她看了十几秒，最终，他勾了勾唇："行。"

他转身往回走，身影很快消失在明月的视线之中。

明月憋了好久的眼泪终于失控流了下来，她哭了一会儿，胡乱地抹了一把脸。

他走就走吧，她不要了。

这感受太糟糕，她再也不要了。

明月闭上眼睛，小声背诵课文："予观夫巴陵胜状，在洞庭一湖。衔远山，吞长江，浩浩汤汤，横……"

山林间鸟鸣声清脆，阳光穿过云层和树叶的缝隙照在明月脸上，她努力摒除杂念认真背书，直到一道阴影再次笼罩下来。

她顿了下，睁开眼睛。

少年清瘦冷峻的脸上没什么表情，嗓音低沉："不凭什么，我偏要管你。"

明月愣了半分钟，抿了抿唇，垂下眼："你不是都不想见我吗？"

她的声音很轻，却带着显而易见的委屈。

陈昭喉结滚了滚，双眸里的情绪仍旧晦暗不明："没有不想见你，只是……"

明月眼睫颤了颤："只是什么？"

陈昭低声回道："情况有些复杂，我不知道该怎么跟你说。"

明月小心翼翼地开口："是因为……你家人来云城找你了吗？"

陈昭一动不动地看着她，嗓音微哑："情况比这更复杂。"

这些天，他强迫自己冷静下来，认真地思考了一下眼前的状况。

思考的结果就是，他现在有很多想做的事情，但他不能做，因为他担心一旦做了就再也控制不住自己。

他怕吓到她，更怕因为做了错误的决定而给她带来伤害。到现在，他终于能理解一点年轻时候的阮芳华了。

彼时，二十岁的阮芳华遇到了英俊帅气、浪漫温柔的陈卫森，于是对陈卫森一见钟情，没过多久就不顾外公和舅舅的反对，放弃了自己的梦想，嫁给了陈卫森。

跟陈卫森离婚后，她又爱上了小她八岁的蒋溯，再次不顾外公和舅舅的反对，毅然决然地抛下自己的孩子，陪蒋溯去欧洲留学。

当她因为爱情自燃的时候，是完全没有理智可言的。

即使如此，陈昭还是不能原谅作为一个母亲的阮芳华。

明月听得似懂非懂，她觉得眼前的少年好像有什么不一样了，又说不出来到底是哪里不一样。想了想，她语气格外认真："如果是我，遇到眼下没办法解决的事，我就会转移注意力。"

陈昭没说话，在心底叹了一口气。

现在只是看着她，他就要克制不住告诉她自己的真实想法了。

沉默了几秒，他用舌尖抵了抵后牙槽，哑声开口："嗯，怎么转移注意力？"

明月轻咳一声："努力学习，可以做题，也可以背课文……你要不要试一试？"

陈昭："……"

明月又想到什么，问道："对了……你都上来了，要去寺庙里祈愿求签吗？"

陈昭居高临下地看着她，侧脸轮廓分明，眉梢微挑，神情坚定，语气漫不经心，带着点少年的轻狂："不了，我从来只相信自己。"

阳光穿过树叶缝隙落在他身上，给他整个人镀上了一层金色。

明月看着他,心跳漏了好几拍。

下山的时候,明月的脚踝已经不疼了,但她还是走得很慢。走在她前面的陈昭为了迁就她,也走得格外慢。

明月看着他的背影,默默地想,她和他现在算是重归于好了吧?

前面的陈昭突然停下,明月猝不及防,撞上了他的后背。

她刚想问"怎么了",就发现陈昭将她严严实实地挡在了身后,嗓音低沉:"别怕。"

明月感受到他身体的僵硬,探出头看了一眼前面。

大抵现在是万物躁动的春天,她看到一条半大的菜花蛇盘在道路中间。

明月想了想,捡了一根长度合适的树枝,在离菜花蛇十厘米的地方敲了敲。

蛇怕人,立刻爬走让出路来。

她扔掉树枝,回头看向陈昭,漂亮的眉眼弯了弯,笑盈盈地开口:"我不怕。"

见陈昭还僵在原地,她抬手,轻轻拍了拍他的肩膀。

"没事了,阿昭。"

"别怕,有我呢,我会保护你的。"

陈昭一动不动地盯着明月看。她笑起来的时候整个人像是发着光,温暖又明亮,山间的一草一木都因为她显得格外动人。

明月被他看得有点心里发毛,清了清嗓子:"你放心,虽然有害怕的事物并不丢人,但我一定替你保密。"

她顿了顿,背过身去,带着笑意"哎呀"一声:"山上果然太危险了,我们还是快点下去吧。"

陈昭:"……"

四中上午爬完山,下午照常上课,晚上照常自习。

晚自习结束，出了四中大门，明月和林听、冯舒雅分开，她看了看四周，见没什么人，才做贼心虚似的又进了校门，跑着穿过操场，从后门出去。

陈昭正靠着摩托车看时间，听到动静，漫不经心地抬头，朝明月看过来。

他哼笑出声："从正门那边跑过来的？"

明月微微睁大眼睛："你怎么知道？"

"瞧你气喘吁吁的样子。"陈昭笑着回道。

想着两人刚和好，明月克制住想瞪他的冲动，走到他面前，开口："你等我干吗？"

上午两人分开前，他凑到她耳边，说晚自习结束他会在后门等她，说完也不管她同不同意，直接就走了。

陈昭勾了勾唇："上午你不是说要保护我？这不是给你机会吗？"

明月眨了眨眼睛："什么机会？"

陈昭再次俯下身，嗓音低缓："跟我回家的机会。"

她不可置信地看着他。

她双眸清亮，目光无助又茫然。

陈昭的眼睛暗了一下，他忽然抬手蒙住她的眼睛："我只是单纯地想送你回家。"

明月："……"

回去的路上，明月还是紧紧攥着陈昭的衣角，两人一路没再说话。

到了熟悉的巷子口，她下了车，朝他挥了挥手，嘱咐道："你赶紧回家吧，晚安。"

陈昭低低应了一声，又懒洋洋地问道："你早上几点出门上学？"

明月诚实回道："一般是六点一刻，如果起晚了就是六点半。"

陈昭点头："周一早上我还在这里等你。"

明月蹙眉："你别等我了。"

陈昭似笑非笑地看着她："说话不算话，嗯？"

明月深吸一口气："明明是你在耍无赖……"

陈昭挑眉："行，那你自己选，是你去我家还是我等你？"

明月："……"

算了，他爱等就等吧。

周日晚上，因为想到第二天早上就要见到陈昭和不确定他到底想干什么，明月再次失眠了。一直到凌晨四点，她才有了困意，放下厚重的习题册，洗漱之后上了床。

然而一连好几天，陈昭什么也没说，他真的只是单纯地送她上学和送她回家，顺便每天早上给已经吃过早饭的她再带份早饭。

明月说不上是失望还是开心，毕竟这些也在她的意料之中。

从她认识他开始，虽然有时候他会表现得吊儿郎当和不太正经，但实际上对待她很有分寸，骨子里体贴又温柔。

他甚至很清楚地知道她担心什么和害怕什么，早上不会去她家门口，会在巷子里来人的时候装作不认识她，也会在离四中还有一段距离时就停车让她下来，晚上雷打不动地在后门等她。

4月20日是明月的生日，2011年的这一天是谷雨，也是全国物理竞赛出结果的日子。

早上，明月起床，明向虞立刻去厨房煮了一碗面出来。

过生日的习俗似乎全国各个地方都一样，当天一定要吃一碗长寿面。

因为陈昭每天都给她带早饭，明月早上在家会少吃一点明向虞做的早饭。然而今天她吃了几口面准备去上学时，明向虞拦住了她。

"月月，你把面吃完，全部吃完才能长命百岁，知道吗？"

明月无奈，只好继续吃。面快吃完的时候，她发现大碗底下还卧着两个荷包蛋，不由得愣住了。

刚见到陈昭的时候，明月眼睛里还有光，等她视线往下，看到他手里拎着的保温纸袋时，眼里的光一下子就灭了。

昨天她应该跟他说今天是自己生日的，但她没提前说，觉得好像是在索要什么一样。她想了想，开口："我今天吃过早饭了。"

陈昭平静地说："我带了黄金糕。"

明月咽了咽口水，她最爱吃的就是黄金糕，尤其是他家阿姨做的，又大又软。

明月心跳不受控地加快，犹豫了片刻，小声地说道："那你给我吧。"

十七班早自习结束后，语文老师朝明月招招手："吴主任找你，跟我一起去办公室吧。"

明月乖巧点头，快步跟上语文老师。她知道吴主任找她应该是跟物理竞赛有关。

进了办公室之后，本来还算平静的她突然紧张起来。她跟老杨打了招呼，走到吴克办公桌前："吴主任。"

吴克打开抽屉，拿出一张奖状递给她。他清了清嗓子，说道："四中出了你这么一个好苗子，以后招生再也不用发愁了。"

明月看到吴克脸上抑制不住的笑意，那颗提到嗓子眼的心瞬间落下。她接过奖状看了一眼，是一等奖。

吴克继续问："我听老王说了，拿到国家一等奖可以去 B 市培训，后面有机会保送各大高校，你有什么打算？"

明月沉默了片刻，摇了摇头："剩下的时间我只想好好准备高考。"

吴克了然："老王也跟我说了，保送这条路的难度确实比高考大，尤其是想保送排名前列的学校，所以我们都支持你的决定。"

"谢谢老师。"

明月说完，拿着奖状正要出去，又被老杨喊住了。

老杨笑眯眯地开口："你这次竞赛前没在课堂上睡大觉，老师还以为你这次只是想试一试，没想到悄无声息地就给老师这么大一个惊喜。"

明月有些不好意思，轻声解释道："因为拿国家一等奖的投档加分只比省级高五分，所以这次没上次紧张。"

老杨语重心长地说："你看，有些事就是这样，你心态越好，结果就越好，所以接下来也别给自己太大压力，该看书看书，该休息休息。"

明月点头。

她回到教室，从林听嘴里知道程北延也拿了国家一等奖。

两个好朋友都拿了大奖，林听激动极了："咱们这周末出去好好庆祝一下呗？"

冯舒雅立刻附和："好啊好啊！"

明月笑了笑，问道："那要喊程北延一起吗？"

林听没来得及回答，冯舒雅就起哄道："那当然要喊上啦，对我们听听来说，少谁也不能少了他呀！"

林听立刻瞪了她一眼，作势要打她："冯舒雅！"

冯舒雅立刻躲到明月身后："呜呜呜，月亮快保护我，有人恼羞成怒了……"

明月失笑："好啦，快上课了，你们俩别闹了。"

林听忽然想起陈昭刚刚给她发的短信："对了，月亮，你生日什么时候呀？我最近花钱太厉害了，我得知道你们的生日，好决定我应该从什么时候开始攒钱。"

明月愣了下，眉眼弯了弯："你不用替我攒钱了，我的生日已经过啦。不过你们还是可以跟我说一句生日快乐。"

林听装作不经意地问："不会就是今天吧？"

见明月默认了，冯舒雅瞪圆了眼睛，有些生气地说："月亮，你太过分了，你今天生日竟然不告诉我们，要是听听不问，那不就真的过去了？"

明月讨好似的抱住了她的胳膊："这不是还没过去嘛。我中午请你和听听去超市，你们想吃什么随便挑，可以吗？"

不等冯舒雅回答，上课铃声就响了。

120

林听和冯舒雅对视一眼，说了一句"那就这样"，然后小跑着回到自己的位子上。

明月松了一口气，看了眼走到讲台上的生物老师，从抽屉里拿出生物书听课。

中午吃完饭，明月请林听和冯舒雅去了超市。回到教室，她开始做卷子，没注意到那两个人没过两分钟又前后脚出了教室。

她卷子写到一半，班长走过来敲了敲她的课桌："学霸，你的两位好朋友让你现在去一趟阅览室。"

明月意识到了什么，站起身一路小跑，到阅览室门前才停下来。

阅览室的门和窗户都紧闭着，窗帘也被严严实实地拉上，看不到里面。

明月深吸一口气，一鼓作气地推开门。

"祝你生日快乐，祝你生日快乐……"

尽管已经有了心理准备，看到所有人的那一刻，明月仍然红了眼睛。

林听迅速上前，拉着明月进来，关好门，又拉着她走到端着蛋糕的陈昭面前。

明月抬眸看着陈昭，陈昭也一动不动地看着她。

在摇曳烛光的照耀下，少年眉眼冷峻精致，鼻挺唇薄，下颌线条凌厉流畅。他端着蛋糕的手也很好看，瘦削有力，白皙修长。

"许愿。"陈昭开口提醒，嗓音低沉。

明月听到自己不受控的心跳声，有些慌乱地闭上眼睛。缓了几秒，她睁开眼睛，说道："我许好了。"

冯舒雅抢先开口："月亮，你快吹蜡烛，还有下一个环节呢。"

明月点点头，轻轻将蜡烛吹灭。

孙浩宇站在门口，在室内陷入昏暗的一瞬间，他打开了阅览室的灯，然后埋怨道："明月妹子的生日我们就这么凑合地过吗？好歹晚上订个大一点的包间吧？挤在这个破阅览室像什么话。"

林听反驳:"先不说晚上月亮还要上晚自习,我上午也问了你跟何舟好吧?你俩都说晚上有事,我才把时间定在了中午,而且程北延从一中赶过来都没说什么,你还多嘴上了。"

孙浩宇不满地说:"那你也没说今天是明月妹子的生日,你要是说了,就算没时间我俩也能挤出时间。"

见两人都快吵起来了,冯舒雅忙拿出准备好的笔和纸:"这里有便笺纸,大家可以写下想对寿星说的话,可以提问,也可以祝福,还可以是别的,写完交给我们寿星,拿到她的回复就可以先离开啦。"

林听意味深长地看了一眼陈昭。

孙浩宇直接被冯舒雅的话逗笑了:"你们女生真的是人才啊,生日过得跟考试……"

他话还没说完,陈昭没什么表情地看了他一眼,目光中含着警告。

他立刻噤声,拿着笔和纸找了个位置坐下,迅速写了一行字拿给明月。

"妹子,在场的人里有你喜欢的人吗?"

——"有,我自己。"

孙浩宇没想到明月这么自恋,"啧"了一声,拿着字条出去了。

看到他出去了,冯舒雅立刻走了过来。

"月亮,我希望和你做一辈子的好朋友。"

——"我也是。"

林听:"我是不是你最好的朋友?"

——"是。"

程北延:"祝你高考和这次竞赛一样顺利。"

——"谢谢,也祝你保送顺利。"

何舟:"如果我考上了B市的大学,到时候周末去找你和老程一起吃饭。"

——"好哇,加油。"

何舟看着明月给他的回复,不动声色地用余光扫了一眼角落里的陈昭，藏在校服口袋里的另一只手握紧了又松开，松开又握紧。片刻，他抬脚走了出去。

不大的阅览室里只剩下明月和陈昭两个人。

明月偷偷看着陈昭，少年低头写字，神情淡漠而专注。

她蹙了蹙眉，忽然意识到林听和冯舒雅会不会是故意的，她们俩不会知道她……

她还在胡思乱想时，一道阴影从上面笼罩下来。

陈昭不知道什么时候走到了她面前，还在她旁边坐了下来。

明月看着他放在她眼前的四张字条。

陈昭的字迹飘逸潦草，字和字连在一起，处处彰显着洒脱不羁却又有点难辨认。

明月咽了咽口水，辨认了一会儿，拿起笔，认真地回答。

"我们第一次见面是什么时候？"

——"高二上学期开学第二周的周一下午。"

"喜欢什么？"

——"喜欢的东西有很多。"

"欢迎我去Q大找你吗？"

——"欢迎。"

"你今天开心吗？"

——"很开心。"

明月一笔一画写完，她正要将字条叠在一起递给陈昭，余光再次从少年潇洒的字迹上掠过，电光石火之间，她看到了一句意想不到的话。

她偏头看着陈昭，人彻底怔住，手一松，字条散落在桌上。

陈昭也直勾勾地盯着她。他下颌紧绷，脸上的表情是从未有过的认真。

对视了好几秒，他压低嗓音，仿佛带着无限的温柔和耐心："看懂了？"

明月像是失去了思考能力，尽管很多情绪交织在一起，大脑却一片

123

空白，她只能机械地点了点头。

她张了张嘴，还想说些什么，嗓子却像是被无形的物体堵住了一样，发不出声音。

陈昭将字条一一捡起来，又放回她的手心，说："我不想影响你，所以你不用急着回答，高考之后再给我你的答案。"

"还有，今天我最想说的话是——生日快乐。"

明月终于找回了自己的声音："谢谢。"

午自习的铃声早就响过了，明月将阅览室收拾干净，拎着还没人动过的蛋糕跟陈昭走了出去，各自回了教室。

下午上课，明月分了好几次心，发了好几次呆，还有几次拼命忍住才没有去想陈昭的脸。

妄想一朝成真，她压根儿没办法不表现出来。

吃晚饭时，冯舒雅和林听也看出来她心情非常好，想套她的话。

明月眨了眨眼睛，跟两人解释道："因为今年有你们给我过生日。"

第二节晚自习，趁老杨出去打电话的间隙，冯舒雅自告奋勇，帮明月把蛋糕分给了班上想吃的同学。

知道是明月的生日之后，大家纷纷祝她生日快乐，俨然忘记了还在上晚自习。直到听到老杨的咳嗽声，大家才安静下来继续上自习。

晚自习结束，明月跟冯舒雅、林听分开之后，照例去找陈昭。

只是她今天格外紧张，就像她刚认识他那会儿一样，上车后，她手都不知道该抓哪里了。

明月本来以为只有自己这样，结果发现陈昭好像也没比她好到哪里去，在她攥住他的衣角之后，他的脖颈瞬间绷直。

回到家，明月想到下午课堂上分的心，叹了一口气，将今天的课程都复习了一遍，又做了一套数学卷子后，拿出她许久没动过的日记本。

"2011年4月20日，这应该是我这辈子最难忘的生日了吧！"

第二天早上,明月醒来的时候外面的天还是黑的,她完全不记得昨晚自己是什么时候睡的,记忆还停留在她写日记的时候。

她睁开眼睛缓了一会儿,起床背单词和课文。

等她收拾好书包从房间出去的时候,明向虞才刚起床。看到明月都要往外走了,明向虞皱了皱眉:"月月,你今天怎么起这么早?"

明月想起来她还没和明向虞说她拿了物理竞赛国家一等奖的事情,正要开口,明向虞一脸严肃地问道:"这段时间你早饭也不在家吃了,回来也很少跟我聊天……你是不是还在生妈妈的气?"

明月愣了一下:"我生你什么气?"

因为今天时间还早,明向虞想了想,朝明月走过去:"其实过年的时候妈妈就想跟你说了。你现在还小,看事情还不够全面,等你长大了,你就能理解妈妈、理解你徐阿姨了,我们不管做什么说什么,都是为了你好。"

明月抿了下唇:"嗯。"

她从家里出去,走到平时早上陈昭等她的地方。

她本来以为今天能换自己等陈昭了,没想到走过去就看到陈昭一个人站在巷子口。

破晓的光落在他身上,他垂着眼,半张脸浸在阴影里,神情困倦慵懒。

听到脚步声,他眯了眯眼:"这么早?"

明月清了清嗓子:"你不是比我更早。"

"吃过早饭了吗?"

明月摇摇头。

陈昭勾了勾唇,低笑一声:"那要不要一起去吃早饭?"

明月小声回道:"好。"

第五章 好好告别

四月底，四中高一、高二迎来了这学期的期中考试，而此时的高三学生离高考只剩下一个月的时间了。

期中考试前一天半夜，云城下起了大暴雨，雷声阵阵。明月做英语卷子做到一半觉得屋里面有点闷，便把窗户打开了，后来睡觉的时候忘记关了，早上醒来的第一感觉就是身体很热，嗓子也很疼。

明月身体一直挺好的，从小到大极少发烧感冒，但这一次格外难受。

她去明向虞的房间问感冒药和退烧药在哪里，明向虞正在叠被子，回头看了她一眼，见她唇色有些苍白，皱眉问道："你觉得严重不严重？要不要去医院？"

明月摇了摇头，嗓子沙哑："不严重，我吃颗药就好了。"

明向虞点点头："你这两天是不是期中考试？等你考完试要是还不舒服，妈妈再带你去医院。"

"嗯，好。"

自从上次明向虞问明月是不是还在生气后，她担心明向虞会再多想，就不肯让陈昭给她带早饭了。但今天她没有胃口,她吃了药缓了一会儿,就戴着口罩出门了。

陈昭还在老地方等着,明月不想他听到自己现在的声音,只朝他挥了挥手。

快到学校了,明月下车正要走,陈昭忽然俯身,伸出手想要摘掉她脸上的口罩。

明月忙侧身躲开,清了清嗓子,小声说:"我感冒了,你离我远一点,不要被传染了。"

陈昭跨坐在车上,闻言愣了几秒,语气无奈,像是叹息:"笨蛋。"

明月莫名其妙被骂,有气无力地瞪了他一眼。

"你不舒服的话就去医务室看看,你要是不想我陪你去,待会儿就让林听跟你一起,记住没?"

明月笑了笑:"没事啦,我已经吃过药了。"

陈昭直视着她的眼睛:"回答我的话,记住了吗?"

明月这才乖巧地点了点头。

她眉眼弯了弯,又朝陈昭挥了挥手,说了声"再见",才朝四中门口走去。

上早自习之前,林听特地过来问明月要不要去医务室,明月还是说她没事。结果等她到了考场,肚子也开始疼了,像是有针在扎五脏六腑那般疼。

上午语文和数学两场考试下来,明月只剩下痛觉了。

林听和冯舒雅正在门口等她一起去食堂。她忍着疼走到门口时,眼前突然一黑,身体也不受控制地往下坠。

完全失去意识前的一瞬间,她感觉到自己被人抱了起来。对方怀里很温暖,身上的气息也好闻,像是干净的雪松味道。

只是他声音冰冷,带着浓重的戾气:"这就是你跟我说的没事?"

明月再醒来的时候,发现自己正躺在医务室里挂水,一瓶水还剩下

127

一小半，而陈昭懒散地靠在旁边的椅子上，面无表情地盯着玻璃瓶，不知道在想什么。

明月吸了吸气，发现疼痛缓解了不少。她小心翼翼地看向陈昭凌厉的侧脸，问道："你吃过午饭了吗？"

陈昭摇头："没。"

明月舔了舔有些干燥的唇："那你快去吃饭。"

陈昭慵懒地回道："让孙浩宇他们带了，给你买了粥。"

明月点点头："谢谢。"

她想起来什么，有点不确定地问道："对了，我刚刚晕过去之前，你是不是……"

又凶我了？

陈昭眯了眯眼睛："不是对你说的。"

明月反应过来了，他早上肯定拜托林听陪她去医务室了。她叹了一口气："那你更不能凶林听啊，她又不欠你的……"

"行，那以后我只凶你。"

他顿了顿，近乎咬牙切齿地说道："你下次再不把自己的身体当回事，看我怎么收拾你。"

明月耳朵发烫，正要反驳她并没有不把自己的身体当回事，手腕忽然一凉，有什么东西被他套到了她的手上。她垂眸一看，是一只翡翠手镯。

她微微睁大眼睛："你给我这个干什么？"

"能保佑你不生病。"

明月怔了几秒："你不是不信这些的吗？"

上次去无量山，他爬到了山顶也没去祈福许愿。

陈昭勾唇笑了起来："是不信。"

他顿了下，漫不经心地继续说道："但这个手镯是我外公留下来的，本来你生日第二天就想给你，但怕你不收，就没拿出来。"

明月听到这个手镯是他外公留给他的之后，沉默了很久，轻声问道：

"那我现在可不可以不收……"

她抬眸，猝不及防地对上一道危险的视线。

陈昭直勾勾地盯着她，双眸微眯："你可以试试。"

明月："……"

以往无论是月考还是期末考，四中出成绩都非常快，一般学生们考完试过一个无忧无虑的周末，新一周的第一天就要面对自己的成绩了。

然而这次高二出成绩格外慢，一直到周四中午，全科成绩和全年级排名才出来。

成绩出来后大部分人都没太大反应，毕竟就是一次期中考试，考得怎么样大家心里也早就有数了，而且四中也不像一中那样，喜欢搞年级大榜贴在公告栏。

但这次高二（17）班却炸开了锅，因为他们班从上学期某次月考开始一直以高分稳居年级第一的学霸直接跌出了年级前一百名。

明月这次语文刚刚及格，数学直接亮起了红灯，满分一百五，她只考了一半不到，剩下的英语和理综倒是维持着以往的成绩——接近满分。

下午一点，高二年级教师办公室里，吴克正和高二年级各班班主任开会。

吴克着重看了一眼老杨："这次高二成绩出来了，大家都有什么看法？"

二十二班的班主任左右看了看，见没人说话，开了口："一次期中考试而已，我们能有什么看法？"

说着，他话锋一转："不过主任，虽然这次老杨他们班明月同学没考好，但我们班同学整体成绩是进步了，这次邵正同学还考了年级第一，实在是超出了我的预料。"

吴克面色不善地看了他一眼，又看向老杨："还有没有人想说一说自己的看法？"

老杨一脸无奈地开口："主任，前两天数学卷子批出来之后我就找过明月了,她那天真的是身体不舒服,考试的时候已经尽力了。"

吴克冷哼了一声:"你这个班主任倒是一点风声都没听到,你去问问高一、高二的学生,谁不知道十一班倒数第一跟你们班年级第一走得太近了?"

十一班班主任突然被点到,立刻站出来:"主任,我们班陈昭虽然成绩差了那么一点,但他可是个好孩子。"

老杨顿了顿,也说道:"主任,我也相信我们班明月是个有分寸的孩子。"

吴克沉声说:"不说真的假的,这届学生马上就高三了,你们一定得做好学生的思想工作。"

下午,十七班第一节课是语文课,明月听到上课铃声,放下手中的习题册。她正要拿出语文书的时候,刚走进教室的语文老师开口了:"明月,去一趟办公室,你们班主任找你有事。"

明月愣了两秒,说了声"好",就小跑着去了教师办公室。

她刚出现在门口,正要喊报告,里面的老杨就朝她招招手:"来。"

吴克为了方便他谈话,将所有老师包括他自己全赶出去了。

老杨转了转手里的笔,沉思片刻,开门见山地问道:"你跟老师说实话,你这次没考好有没有其他因素在里面?"

明月怔了几秒,明白了老杨话里的意思。

她内心有些许慌乱,强迫自己镇定下来,然后看向老杨,摇了摇头:"没有。"

老杨继续谆谆教诲道:"没有就好。明月,老师跟你说句心里话,你保持现在的成绩到高考,上国内任何一所高校都没有问题,等你到了大学之后,你的视野会更加开阔,你会遇到更多更好的人,他们和你志同道合,和你同处一个圈子,他们和你成长的步伐一致。而现在你唯一该做的事情就是好好学习,知道了吗?"

明月抿了抿唇:"我知道。"

晚上，明月回到家，打开门，发现屋子里一片漆黑。她一边想着明向虞是出去了还是睡了，一边开客厅的灯。

光线倾泻下来的瞬间，她看到坐在客厅沙发上的明向虞，被吓了一大跳。

明月喉间紧了紧，缓了几秒，喊道："妈妈？"

明向虞脸上没什么表情，朝明月看过来的目光有点冷："你是不是瞒了我一些事情？"

明月心里"咯噔"一下，有寒意从骨子里渗出来，她慌乱地看着明向虞。

明向虞直接问道："你这次期中考试考了多少分，在年级排多少名，为什么没告诉我？"

原来是因为成绩的事情……

明月的心跳稍稍平静了一些，轻声说道："没告诉你是因为成绩今天才出来。"

"所以你考了多少名？"明向虞眼睛紧盯着明月，语气像是在逼问。

"110。"明月咬了咬唇，"你知道的，考试那两天我感冒了，第一天早上我空腹吃退烧药引起了剧烈的肠道痉挛，所以上午的语文和数学没考好，这次是意外。"

明向虞突然从手边抽出个东西，狠狠地往地上一砸："一次没考好是意外，那这个是什么？这是不是你写的？"

明月看着地上熟悉的蓝色封皮本子，一脸错愕地看向明向虞："你看了我的日记？"

明向虞音量提高，声音也变得无比尖锐："我不能看你的日记？本来今天下午有人跟我说看到你和一个混混走得很近，我还替你讲话，说她看错了……结果你就是这么回报我的？你太让我失望了。"

明月深吸一口气："他不是混混。"

见明月还在为外人说话，明向虞彻底失控，又拿出她从明月抽屉里翻出的黑色盒子，口不择言、近乎歇斯底里地问道："这是不是那个混混给你的东西？我是缺你吃了还是缺你喝了，你收人家这么贵的东西，你是不是贱？"

生平第一次被人用这么恶毒的话攻击，明月感到一阵耳鸣。她的眼圈彻底红了，音量也不自觉地提高："你把它还给我。"

"还给你？"

明向虞冷笑了一声，她像摔笔记本一样再次将盒子狠狠摔在地上。盒子被摔开，里面的手镯虽然有盒子的保护，但还是在冲击力的作用下碎成了两段。

明月不可置信地看着明向虞，她从未觉得眼前的女人像现在这样陌生，哪怕她们已经朝夕相处了十七年，哪怕这是生她养她的母亲。

她走过去正要将手镯捡起来，明向虞冲到她面前，厉声道："你要是想看妈妈死在你面前你就捡！"

明月轻轻笑了，笑着笑着眼泪就落了下来。她看着明向虞，平静地开口："不就是死吗？我和你一起，我们一起死……"

明向虞没想到她养了十几年的女儿突然变得这么叛逆，她刚恢复的一点理智再次化为乌有。她扬起手，一巴掌重重地甩在了明月脸上："你现在就给我滚，我就当没你这个女儿！"

明月嘴里有一股血腥味，她弯腰捡起日记本和手镯："好，我滚。"

从家里出去后，明月像变成了六岁那年盛夏刚来云城迷了路的自己，她在错综复杂的巷子里转了好几圈，直到脸上的疼痛感变得麻木，她才开始思考今晚的去处。

她来到电话亭前，将卡插进去后，犹豫了很久，也没能拨出陈昭的电话。

明月不想让他担心，也觉得愧疚和难过……他外公留给他的东西就这么被她弄碎了。

她思考了一下，从书包侧边口袋摸出电子表看了眼时间，十点一刻，还有公交车可以坐。

她打算去冯舒雅家,冯舒雅和奶奶生活在一起,家离四中并不远,她和林听周末的时候去过一次。

到了冯舒雅家门口,因为知道冯舒雅奶奶平时睡得早,她没按门铃,敲了两下门。

冯舒雅正在客厅一边看电视,一边和林听发消息,听到敲门声时还以为是错觉。她顿了两秒,才走到门口,从猫眼里看到是明月,急忙开门:"月亮,你怎么这么……你的脸怎么肿成这样了?这谁下的手?"

明月没马上回答,沉默了几秒,轻声问道:"我今晚能在你家住一晚吗?"

"当然能了,你一直住我家都行!"

冯舒雅从冰箱冷冻层里翻出一盒冰块,用毛巾包着递给明月:"你……是不是和你妈妈吵架了?"

"嗯。"明月点头,接过毛巾,"谢谢。"

冯舒雅十分激动:"那这是你妈妈打的?她怎么能打你呢?"

明月笑了笑:"你小点声,别把奶奶吵醒了。"

冯舒雅撇了撇嘴:"我奶奶吵不醒的,她平时都开着广播睡觉的。"

明月的余光扫到冯舒雅手机上的聊天界面:"舒雅,我来你这儿能不能别跟听听说,就算要说你也等明天好不好?"

如果林听知道了,她一定会告诉陈昭。

明月来的路上已经想好了,她明天就去问杨老师现在还能不能申请住校,她不打算再和明向虞住在一起了,哪怕她知道明向虞今天说的都是气话。

冯舒雅眼珠子转了转:"哎呀,月亮,你就放心吧,我这个嘴最严了。"

明月轻哼了一声:"你的手机还亮着呢,你俩聊天三句里面两句都是我……"

冯舒雅这才反应过来,尴尬地将手机盖合上:"我俩今天不是担心

133

你和陈昭嘛……"

　　想到明天还要上课,两个人没聊太久。睡觉前,冯舒雅把自己的手机借给了明月:"你要是睡不着可以给听听发消息,你知道的,她最近在准备托福考试,睡得可晚了,你要是无聊就找她。"

　　明月点头:"好。"

　　就像冯舒雅说的那样,明月果然睡不着,只要一闭上眼睛,脑海里全是她和明向虞吵架的画面。

　　冯舒雅抱着枕头去她爸妈房间睡了,明月一个人占用了她的房间。

　　不知道过了多久,明月从床上爬起来,走到窗前,拉开窗户,让清晨的凉风吹到脸上。

　　她很清楚明向虞是爱她的,只是那份爱一直有条件——爱的是那个听话懂事、成绩好的乖女儿。

　　明月想起去年运动会的时候,江晚意在饭桌上说的话,她说她父母只希望她健健康康、平平安安地长大。

　　而自己连一次考试考砸都不能有,只要有一次,明向虞就会变得歇斯底里。

　　明明她已经很努力了,明明考试那天她真的生病了。

　　她到底为什么要做一个乖女儿?她才十七岁,为什么要想那么多?她就不能彻头彻尾地任性一次,为自己活一次吗?

　　明月拿起手机,打开来,看了一眼时间。

　　现在离五点还差十分钟,想到陈昭应该还没起床,她发了一条消息过去。

　　"我是明月,今天早上我不能和你一起走了,你直接去学校吧。"

　　陈昭大概还没有起床,明月一直没有收到他的回复。

　　她在窗前站了快一个小时,刚准备看书,手里的手机振动起来,来电显示是陈昭。

　　远处,一轮红日正缓缓上升,在电话接通的瞬间,有耀眼绚烂的霞光刺破晦暗的云层，顿时天光大亮。

电话另一端的陈昭可能是刚起床，嗓音沙哑得厉害，还带着鼻音："怎么了？"

明月的心跳很快，她看着天际的朝阳，认真地问："你上次问我的话，我现在就能给你答案，你想听吗？"

等待她的是漫长的沉默和沉重的呼吸。

就在明月以为陈昭可能又睡过去了的时候，她听到他轻嗤一声，散漫又吊儿郎当的。他一字一顿地说道："我一直在逗你玩罢了，你还当真了？"

明月耳根深处再次发出一阵嗡鸣声。她听不见任何声音，一直维持着接电话的姿势，也不知道陈昭什么时候挂断了这通电话。

直到清晨没有一丝温度的阳光射进房间照在她身上，在眼眶里打转的泪水终于悄无声息地落下来。

她转过身，屈膝坐在地上，把脸埋在交叠在一起的手臂里。

她好像从来没有像现在这样讨厌过一个人。

他耀眼夺目，给了她希望，让她想变得更好，所以她比以前更加努力，想更快一点长大，想早点摆脱明向虞对她的影响，想让自己变得更优秀。

敲门声和冯舒雅的声音同时响起来："月亮，你起来了吗？快出来洗漱吃早饭了。"

明月胡乱地抹了抹脸，站起身，清了清嗓子，声音嘶哑地开口："我马上来。"

吃过早饭，两人坐公交车去上学。明月在楼梯拐角处就看到了站在十七班教室门口的明向虞，她的脚顿住了。

冯舒雅往前走了几步才发现不对劲，她回头看向一动不动的明月，关心地问道："月亮，你怎么不走了？是不是身体又不舒服了？"

明月看到明向虞正快步朝这边走来，摇了摇头，对冯舒雅说："没事，你先回教室吧。"

明向虞走近，她的目光在明月微肿的眼睛上停留了两秒才继续往下打量："月月，你昨天晚上去了刚刚那个女同学家里吗？你怎么不给妈妈打个电话？妈妈找了你好久，快担心死了。"

明月看着明向虞，眼底的情绪十分复杂。

明向虞每次都是这样，歇斯底里地发过脾气之后，就开始跟明月打温情牌。

明月忽然觉得好累，她真的一次比一次疲惫，她真的好想逃离："你没其他事的话，我要去上早自习……"

还没说完，她眼角余光扫到明向虞白皙的手腕上有一道极为浅淡的红痕："你的手腕怎么弄的？"

明向虞立刻将手腕翻过去："昨晚找你的时候不小心被树枝划的。"

电光石火之间，明月想到一个可能性。她喉头发紧，沉默片刻，冷冷地问道："你昨晚是不是找过陈昭？"

明向虞听到这个名字，脸上瞬间冷了。她竭力克制着脾气不让自己再发火："陈昭是谁？妈妈连他是谁都不知道，又怎么会知道他住在哪里？"

明月没有相信明向虞说的话，但她本来就失去了跟明向虞争吵的欲望，再加上陆陆续续有人从她们旁边经过，她只好麻木地点头："我之后想住校。"

明向虞冷笑了一声："你以为你住校之后就能自由了？我告诉你，除非我死……"

明月在路过同学投来的好奇的、同情的、幸灾乐祸的目光里闭了闭眼睛，深吸一口气，打断了明向虞的话："我高三如果转到一中去读，不跟他一个学校了，能住校吗？"

明向虞愣了一下："转到一中？"

早自习的铃声响起来，明月看到语文老师已经走到了教室门口，她抿了抿唇，没再说话，快步往教室走去。

明月背了一会儿课文，从抽屉里拿出日记本和碎掉的手镯，低着头看了很久，也犹豫了很久，终于红着眼睛写了一行字。

"他说的一定不是真心话，但我现在还是什么也做不了。"

就像一年过了一半之后，剩下的日子会过得更快，一个学期过了期中，就离期末不远了。

六月初，高一和高二刚结束月考，高三学子就奔赴了最终的战场。

云城所有高中都是考场，7号和8号那两天，高一和高二学生照例放假。

假期结束之后，四中的月考成绩如期公布，只是高二的成绩又出了小岔子。

明月数学答题卡忘记写名字了，接近满分的数学分数没有算进总分里面，因此总分排名再次跌出了年级前一百。这算是犯了不该犯的错误，她直接被吴克喊去办公室说了一顿。

晚自习的时候，高二新的成绩排名出来，如同期中考之前的每次月考一样，第一名仍然高出第二名几十分。

十一班班长刚把新的成绩排名贴到教室后面，孙浩宇就走过去将那张纸拽了下来。他研究了一番之后，走到陈昭旁边坐下来，乐呵呵地说道："阿昭，你看咱们成绩排在后面多好，前面排名怎么变也变不到咱们头上。"

陈昭垂眸看着书，神情冷漠，眉眼桀骜，一副懒得搭理对方的模样。

孙浩宇盯着陈昭的侧脸看了半天，忍不住小声嘀咕："真见鬼了，这一个两个的都中邪了啊，从来不学习的人突然都爱上了学习？那我怎么还没爱上？"

他顿了顿，从口袋里摸出手机，给何舟发了消息过去："老何，这次成绩怎么样？年级排多少？"

等了一会儿没等到何舟的回复，孙浩宇抬起头看到陈昭也拿出了手机，他"嘿"了一声："昭爷，咱们就不是学习那块料，你看你还没学一会儿就忍不住玩手机了吧？"

说着，他凑过去看陈昭的手机，想看陈昭在玩什么，却出乎意料地看到了明月的照片。

孙浩宇看到照片背景是四中熟悉的升旗台，皱了皱眉，心想：这是上次升旗仪式明月作为学生代表发表演讲时拍的吧，拍得还怪好看的，肌肤莹润雪白，五官漂亮小巧，眼底有光，跟个刚下凡的仙女似的……

忽然，孙浩宇不可置信地瞪大了眼睛。

六月下旬，教室的窗外开始出现蝉鸣声，意味着云城正式步入夏天，而这一届的高考成绩也公布了，四中最高分673分，比一中最高分低了16分。

本科各批次的分数线公布的那天，高三学生回学校填报志愿。

填完志愿离校前，高三学生开始处理自己的物品，学霸们纷纷在食堂前摆起了地摊，卖起了自己的笔记本、错题集等学习资料。

等高三学生全部离校，高一、高二的期末考试成绩也出来了，剩下的三周是枯燥地讲试卷和复习。

十一班今天下午第一节课是自习课，孙浩宇拿着几本厚厚的笔记本从教室外面进来，径直走到陈昭桌子前面，将笔记本放下来。

孙浩宇回忆了一下林听交代他的话，拍了拍陈昭的肩膀："看到这些笔记本没？我从上一届学姐那里给你买的，感动吗，我的昭？"

见陈昭没什么反应，连翻笔记本的动作都没有，孙浩宇撇了撇嘴："学姐成绩特别好，这是她整理的高中各科所有基础资料，你一定要好好看，对你很有帮助，肯定比外面的辅导班有用多了。"

陈昭这才动了动肩膀，甩开孙浩宇的手，淡淡地回道："谢了。"

说完，他正准备继续看书，余光扫到其中一个笔记本里夹着一张折叠的A4白纸。

陈昭顿了顿，随手将那张纸抽出来，展开来看。

——"好好吃饭好好睡觉，成绩才能提高。"

陈昭撩起眼皮,懒洋洋地睇了孙浩宇一眼,目光中有一秒的同情。

这呆子应该是被人骗了。

七月中上旬,高二下学期结束前,四中按照惯例开家长会。

明月前两天鼓足勇气问了吴克她高三能否转学去一中的事情,吴克的反应和她预想中的不太一样。本来王庆祥当初跟她说过吴主任私下也是想让她转去一中的,她以为吴主任会帮她联系王庆祥,结果他皱着眉看了她半晌,然后"和蔼"地开口:"转到一中去读是你妈妈的想法吧?你别管,你就放心在四中念,家长会的时候我来说服她。"

明月还想说些什么,吴克忽然一拍大腿:"啊对,校长让我现在去他办公室一趟,你快回教室上自习,老师还有事情要忙。"

明月只好乖巧地点头,走出办公室。她刚关上门,林听和冯舒雅就走了过来。

冯舒雅急忙问道:"吴主任同意了吗?"

明月摇了摇头:"没有。"

冯舒雅松了一口气:"那就好。月亮,我觉得你妈妈太过分了,你在四中读得好好的,再过一年就要高考了,这个时候逼你转学……"

明月眼睫颤了颤,轻声打断她的话:"转学这件事是我自己主动提出来的。"

林听想到这段时间陈昭跟明月的不对劲,直接问道:"是不是因为陈昭?你们俩之间是不是发生了什么事情?"

从期中考试成绩出来后,陈昭再也没有问过她关于明月的事情,每次孙浩宇组饭局,两人都像是刻意躲着对方一样,都推托自己有事。

明月对上林听和冯舒雅两人担忧的眼神,安抚似的弯唇笑了笑:"没发生什么事啊,我想转学就是因为马上高三了,想专心学习。"

林听莫名有些生气:"没发生什么事?那你整理了两个多月的笔记为什么不自己给他,还让我转交给孙浩宇,更不让我提起你?"

冯舒雅拽了拽林听的衣袖:"听听,你干吗这么凶啊?"

139

明月低着头，也跟着拽住了林听的另一只袖子，她颤动着湿润的眼睫开口："我们之间真没发生什么事，只是我妈去找过他，虽然我不知道他们说了什么，但我了解我妈，她只有我一个亲人，她为了我的前程……什么都能做得出来。"

林听之前也听程北延私下里提过一次明月的妈妈，说明月的妈妈性格温婉贤淑，但面对自己女儿的事情时就会变得偏激又固执。想到这里，她立刻有了歉意："月亮，我不是故意凶你……"

明月憋住了眼泪，轻轻点头："我知道的。"

高二暑假只有一个月不到的时间了，明月整天把自己关在房间里看书、做卷子。

明向虞一开始还不太放心明月，她想了想，反正明年明月就高考了，她索性也不工作了，天天守在家里，因为生怕她一个不注意，明月就偷溜出去找什么人。

但过了两周，她发现明月连出房间的欲望都没有，甚至一直反锁着房间门，吃饭也不愿意跟她一起，非要等她吃完了才会出来。

明向虞好几次想发脾气，硬生生地忍住了。

晚上，趁明月拿着衣服出来洗澡，她叫住了明月。

"你长大之后就会明白，妈妈无论做什么都是为了你好，如果我现在放任你，你以后才会怪我。妈妈要对得起你爸爸的嘱托，更要对得起你……所以月月，你别跟妈妈生气了好吗？"

明月深吸一口气，平静地开口："希望有那么一天吧。"

"什么？"明向虞没反应过来。

明月顿了顿，缓缓开口："我能理解你的那一天，但是我觉得这辈子都不会有那么一天。"

她话音未落，明向虞的眼眶就已经红了，情绪再度处于失控的边缘："对你来说，他比妈妈、比你的学习、比你的将来都还重要？"

明月看了明向虞一眼，没再接话，拿着衣服进了卫生间。

暑假最后一周的第一天，明月看完了她那里所有的书，做完了买回来的所有卷子。她想了想，打算去书店买最新的高考模拟卷子回来做。

中午，她拎着帆布包出门前，特地去了明向虞的房间："我要去书店买辅导书，你要跟着就快点收拾一下，我在门口等你。"

明向虞正对着一张泛黄的老照片发呆，抬起头的时候，明月已经走出去了。她再次低头看着照片上五官线条硬朗的男人，眼泪汹涌而出。

她的命怎么这么苦，那么早就没了丈夫，一手拉扯大的女儿还不理解自己。

明月在外面等了快十五分钟也没等到明向虞换完衣服走出来，她知道明向虞不打算去了，立刻出门了。

她买完书从书店出来，有点饿，抬脚朝不远处的超市走去。

超市门口，一个胖男孩正堵着一个瘦男孩的路，两个孩子年纪都不大，看着像是八九岁的样子。

明月正想绕过两人进门，胖男孩突然伸手攥住了瘦男孩的衣领，并恶狠狠地问道："江远，你这个死娘娘腔，你是不是故意挡我的路？"

瘦男孩唇红齿白，长相清秀，因为害怕和委屈，说话断断续续的："明明……是……你……拦着……我……"

胖男孩凶道："少废话，把你身上的零花钱交出来！"

瘦男孩缩着脖子小声说："我……已经都……给你了……"

"就十块钱？你骗谁呢？你平时身上不都一百一百的吗？"

说着，胖男孩举起另一只手就要给瘦男孩一拳。

瘦男孩害怕地闭上眼睛，然而过了好几秒，拳头也没落到自己身上。他睁开眼睛，发现对方的手腕被一个漂亮的姐姐紧紧攥住了。

他眨了眨眼，呆呆地开口："姐姐？"

明月本来想和小胖子讲讲道理的，结果对方趁她被瘦男孩叫的那声"姐姐"分神的时候，挣开她的手飞奔出去，一溜烟地跑没影了。

她叹了一口气，上下打量了一眼瘦男孩："你没受伤吧？"

"没有。"

"他是你同学？"

"嗯。"

明月皱了皱眉："那他平时在学校就欺负你？"

瘦男孩犹豫了一会儿，点点头。

"那这件事你有告诉过你的家人吗？"

"爸爸妈妈只喜欢姐姐，不喜欢我，所以我不想和他们……"

他话没说完，不远处响起一个焦急的女声："江远，你怎么又偷跑出来了？"

明月觉得女声有点耳熟，抬头就看到马路对面江晚意正朝这边走来，而站在她身后的少年身形清瘦挺拔。

明月眼睫颤了颤，心脏像被尖锐的利器划破了一样，疼得厉害。

她扭头就要走，江晚意出声喊住了她："明月？"

明月只好回头，抿了抿唇，跟江晚意说了一下刚刚发生的事情后又要离开。江晚意突然小声开口："我也是刚刚在教育辅导机构门口遇到陈昭才知道我俩这个暑假在一个地方上课的。本来我跟他打完招呼就准备回家，结果家里阿姨给我打电话说我弟弟又跑出来了，我怕我弟弟出什么事，才拜托他跟我一起找的。"

明月一时之间有点茫然："啊？"

江晚意说完也有点尴尬，她其实是听了一些四中的八卦，担心明月会误会她和陈昭的关系才解释这么多的，但看明月的反应……她的话好像有点多余。

她摸了摸江远的脑袋："咱们回家了，快跟姐姐说再见。"

"明月姐姐，再见。"

明月朝两人挥了挥手。

余光里，陈昭还站在原地，正低头看手机。

许久未见，他瘦了，也白了，侧脸轮廓显得更加分明，眉眼一如既往的俊美好看，只是往那儿一站，就能吸引所有路人的目光。

明月眼角泛红，在视线彻底变模糊之前，她垂下眼。

她飞快地转身走进超市，买了一个面包出来后，那人已经不在了。

她松了一口气。等到绿灯亮起，她正要过马路时，拐角处突然冲出来一辆速度飞快的电瓶车。骑车的是个圆脸的女生，嘴里正大喊着："救命，我不会刹车！"

电瓶车直冲明月而来，就在她闪躲不及的时候，一只手从她身后攥住了她的手腕，稍稍用力，就将她拽进了一个温热的怀抱里。

明月视线所及是少年修长脖颈间凸起的喉结，视线再往下是他漂亮瘦削的锁骨和黑色的短袖，而他身上的气息熟悉得让她再次想落泪。

圆脸女生从明月眼前冲过去之后立刻选择了跳车，她的小电驴最终撞在了路边的垃圾桶上，发出"砰"的一声。

与此同时，陈昭放开了明月的手，往后退了一步。

明月眼睫颤了颤，将眼底翻涌的复杂情绪藏好，走向圆脸女生，柔声问道："你没事吧？"

圆脸女生一脸抱歉地看着她："我没事。对不起啊，我刚刚差点撞到你，我今天第一次骑车上路，实在太紧张了，忘了怎么刹车，你没被吓到吧？"

"没有。"明月摇摇头，"你没事就好。"

两人说话的时候，陈昭也走过来。他扶起那辆安静躺在垃圾桶旁边的小电驴，检查了一下，所有零件都完好，刹车也没有问题。

圆脸女生低头跟陈昭道了歉又道了谢之后，再次骑上车往前，很快就消失在明月的视野里。

云城今年的盛夏依旧燥热，明月看着离她只有几步远的陈昭。虽然顶着一天之中最强的日头，她仍然觉得这一刻真好，好到只要她努力向前，就能走到他身边。

可是她知道她可能走不过去了。

她心中一阵酸涩，连带着声音发哑："刚刚谢谢你，我回家了。"

她顿了顿，像是终于下定了决心一样，抿了抿唇，笑着朝他挥了挥手："再见啦。"

陈昭像是看懂了她眼底的决然，眸子瞬间暗了下去。他竭力克制着自己想要追上去的冲动，一直到她的身影消失在拐角处，他才闭上眼睛，将心里的酸涩感压下去。

是他自找的。

明月不知道吴克跟明向虞说了什么，本来明向虞比她自己更想她转学到一中去，但从家长会结束之后，明向虞就没再提过这件事，而明月冷静下来也发现难熬的时间所剩不多了。

明年这个时候，自己应该已经离开云城了。

到时候就不用再面对明向虞失望的眼神，不用再和她争吵，更不会再被她影响。

只是高三这段时间比明月想象的还要难熬多了，她又开始经常失眠。明明没有给自己压力，甚至大大小小的考试里她的成绩也都十分稳定，可她还是睡不着。

睡不着的时候，她还是会像以前一样，出门，漫无目的地闲逛。

秋天的月亮总是格外明净，她看久了就会不受控制地想起另一个人。

升入高三之后，明月一次也没在校园里遇到过陈昭，也没再听林听提过他。

不过她经常能听到女生八卦他的事情，说得最多的就是他高中毕业之后会跟着家人移民到国外再也不会回国这件事。

明月没去找任何人求证。她和他已经没有任何关系了，以后他们的人生都只属于各自的。

就像老杨曾经说的那样，等她上了大学，她会遇到形形色色的人，到时候她想要忘记一个人肯定比现在容易得多。

只是她十分清楚，这辈子她不会遇到比陈昭更好的人了。

高三几乎没有寒假，对大部分高三学生来说，吃了年夜饭再睡一觉醒来，新学期就开始了，一口气都不得歇。

三月下旬的时候，明月从明向虞和林听的口中知道了程北延虽然两次没能成功保送B大，但获得了B大高考降六十分的录取的资格，所以上B大对程北延来说已经是板上钉钉的事情了。

林听只是随口跟明月提了一下，而明向虞天天晚上在家里唉声叹气的，说程北延寒暑假都在B市参加培训，付出了多少努力，现在努力终于有了回报，他妈妈也不用担心他高考发挥失常。

明月听出明向虞话里面的深层含义后，只觉得好笑。

四中高三百日誓师大会是和成年礼一起举办的，明月作为学生代表坐在主席台上。到她领誓的时候，她站起来看了一眼坐在十七班家长区被众人簇拥着的明向虞，突然没了开口的勇气。

她紧紧地捏着写着誓词的A4纸边缘，直到指尖发白都没能发出声音来。

旁边的校领导们虽然着急，但是也没有催她。

明月忽然抬眸往后看，意料之中却又猝不及防地撞进了一个人的视线。

那个人敛着眸，平静地看着她，目光专注认真，如同从前每一次他看她的时候，只一眼就能让她沉溺。

明月飞快地收回视线："我是高三（17）班的明月，十年寒窗，三年苦战，百日征程……现在请高三全体同学起立，让我们庄严宣誓——我宣誓……"

高考前一天晚上，学生们大都看不进去书了，林听直接跑过来跟明月和冯舒雅提议翘掉晚自习去看电影。

冯舒雅正在折星星，闻言，立刻附和："我同意。"

明月也点头了。林听高考结束拿到毕业证书之后就要提前去伦敦适应留学生活，她们能聚在一起的时间不多了。

她们去了城中心的电影院，抱着想放松的目的，打算看影院门口宣传的当天上映的喜剧电影——《这个"盲人"不一般》。

电影剧情介绍很简单，女主角虽然从小失明，但是个乐天派，因为抗拒家人的过度保护而选择离家出走，途中遇到了男主角，发生了一系列的糗事。

明月和冯舒雅去旁边超市买了一大堆零食和饮料，回来的时候，林听已经买完票了。她将票递给两人，轻咳一声："今天人太多，没有连座了，我们都不在一起。"

明月按照电影票上的座位号找到自己的位子坐下来。她想拧开手里的饮料瓶瓶盖，没拧开，掌心反倒被磨得有点疼。她吸了一口气，放下饮料不动了。

旁边的人陆陆续续地找过来，一直到电影开场，右手边的位子还空着，她也没有在意。电影节奏很快，剧情也很新颖，笑点层出不穷，她看得很专注，时不时地跟着一起笑。

过了一会儿，她还是觉得有点渴，又试着拧开瓶盖，仍然没成功。她刚想放下饮料，一只手指修长、骨节分明的手伸到了她眼前，趁她怔住的时候，接过了她手里的那瓶饮料。

电影场景切换，从大银幕上透过来的光倏然变亮，照亮对方棱角分明的侧脸后又瞬间变暗。

明月没看清此刻陈昭脸上的神情。

陈昭拧开瓶盖，将饮料递给明月。

明月眨了眨眼，接过后没喝就又放下来。她坐直身体，试图继续专注地看电影。

电影放映到后面，陪伴了女主角好些天的男主角跟女主角约定，等她眼睛好了就带她去看海、看星星、看极光，跟她一起研究天体。女主角很高兴，对治疗的态度不再那么消极，医生也说她的情况越来越好。然而女主角的爸爸妈妈很快找了过来，他们觉得是男主角拐跑了他们看不见的女儿，带着女主角去了另一个城市生活。

后来女主角眼睛治好之后回去找男主角，却发现男主角在她当初被迫离开后的一个月就去世了。

原来男主角早就生病了，遇到女主角的时候，他已经时日无多，女主角的父母也知道这件事情，当初带她离开也是男主角拜托的。

影院里哭声一片，明月心中没有什么波澜，所以没哭，只是吸了吸鼻子。因为这两天她有一点轻感冒，怕影响高考，没敢吃药。

过了一会儿，陈昭的手又伸了过来。

他掌心里有个皱巴巴的东西，光线太暗，明月以为是面巾纸。

她突然就觉得十分生气，他凭什么觉得她会哭？是因为电影中男主角为了让女主角安心治疗，所以什么也没告诉她吗？还是因为电影中男女主角永远不可能在一起了？

这些她一点都不在乎。

她在乎的是，她很努力地远离他了，可他为什么还要出现在她身边？他不是说他一直都是在逗她玩吗？不是马上就要移民到国外再也不回来了吗？

那他为什么还要串通林听跑来看电影让她难受？

明月低头，狠狠地咬在了他的手腕上。

陈昭感受到手腕处传来的疼痛感，然而比这疼痛更甚的是，她落在他手背上的眼泪带来的灼烧感。

他闭了闭眼，喉结缓慢地滑动了一下，嗓音低沉沙哑："对不起。"

陈昭想起明月母亲过来找他的那天晚上。

夜里十一点半左右，他已经关灯准备睡觉了，听到外面响起一阵急促的敲门声。

打开门，一个陌生的中年女人用一种非常嫌恶的目光看着他。

"明月呢，她是不是在你这儿？你让她出来！"

陈昭立刻意识到眼前女人的身份，心底同时有了一个猜测，明月是不是跟她吵架之后离家出走了。

他蹙了蹙眉："她不在我这里。"

明向虞俨然不相信，一把推开他冲了进来，她在每个房间找了一遍后没发现人，这才稍微冷静了一点。

她看着陈昭，柔声说道："算阿姨求你了，你别再祸害我们家明月了，好吗？"

祸害？

陈昭舌尖抵了抵后槽牙，尽量克制自己，礼貌地回道："我不知道您对我有什么误解，但请您相信，我希望明月好不比您少……"

明向虞厉声打断他："你希望她好？明月成绩不稳定，她只要一分心考试就考不好。你不在乎学习成绩，她不行啊，她的未来只能靠她自己啊！你要是真的希望她好，你就答应我，以后离她远一点，别再跟她有任何接触了！"

陈昭压低嗓音："我……"

"你要是不想我今天死在你面前就赶快答应！"

明向虞不知道从哪里找出了一把水果刀，她右手用力握着刀柄，泛着寒光的刀刃紧紧抵在她的左手手腕上。

陈昭眼睫低垂下来，这一刻他忽然产生了自我怀疑，他究竟恶劣到了什么地步，才会让明月的母亲用死来威胁他让他离明月远一点。

他一直都知道，明月有坚定的目标，有她想要做的事，也一直在努力成为她想成为的人。总有一天，她会遇到更优秀的人。

而他除了她，不知道自己还想要什么，更不知道以后要做什么，所以他压根儿不打算放手。

但眼前的情况突然让他有了一种无力感。

明向虞不是在拿死威胁他，而是在逼明月在她和他之间做选择。

他沉默了很久，再开口时嗓音有些沙哑："行，我答应您。"

明向虞见他松口，语气再次缓和："听你们班主任说你家境不错，所以你和我们家明月注定不是一路人。我不求她以后能大富大贵，只希望她努力读书，以后做一个对社会有用的人。而她身边人的学历、目标应该跟她差不多，这样无论是在工作上还是生活中，才能对她有帮助。"

她走到门口，出门前再次转身，目光紧锁在陈昭身上："你跟月月说的时候，别说我来找过你，别让她误会我。我这么做都是为了她好，她以后会懂的。"

明向虞走后，陈昭在原地站了一会儿，给林听发了一条消息过去。

林听回复得很快："月亮没事，你放心吧，她在冯舒雅家，应该是怕咱俩担心，不让舒雅跟我说，所以你最好也装作不知道。"

陈昭跟林听要了冯舒雅家的地址，骑车过去之后本来想上楼找明月，然而等电梯到了，他却走了出去。

他就这么站在小区楼下看了一晚上的月亮。

第二天早上，明月给他发完消息过了很久，他才终于下定决心给她打电话。

然而电话接通之后，在听到明月声音的那一刻，他又忍不住想退缩。是不是等高考结束，她母亲就不会再管她了，他们之间就没有阻碍了？

可他比谁都清楚，她母亲从根本上否定的是他这个人。

从那天早上起，陈昭开始好好学习，他想，或许有一天等他赶上明月的步伐，他在她母亲眼里应该就没那么糟糕的。

但学习不是一下子就能找到诀窍的。

再加上这么多年他对自己人生的麻木和放弃，从他来到云城之后他根本没认真看过几次书，所以他一度无法理解故乡的杨梅和其他地方的到底有什么不一样，诗词里传递出来诗人什么莫名的情绪，还有物理磁场电场这些乱七八糟的玩意儿。

可即便如此，他也一直没有放弃。

直到高三开学前，他上完辅导班在书店门口遇到明月，他看到她眼底的决绝，还有誓师大会上她匆匆掠过的视线，都昭示着她在慢慢适应没有他的生活。

而他的成绩仍然那么糟糕，几次模拟考试成绩出来，他翻遍了往年 B 市高校的录取分数线，发现离 Q 大近一点的学校他的分数都远远够不上。

他好像终于到了不得不放手的时候。

今天晚上林听给他发消息说她们在电影院，问他要不要来的时候，他想着怎么也该像她一样正式告个别，于是说"好"。

可只要见面，只要看到她的脸，他所有的克制和隐忍都会瞬间化为乌有，更别提告别。

理智的城堡一点一点崩塌，在彻底毁坏之前，明月松开了他的手腕。

陈昭眸色晦暗，下颔紧绷着，不让自己失控。

电影已经结束，正在播放片尾曲，昏暗灯光下，明月看着陈昭白皙肌肤上明显的牙印，突然有些不知所措。

可能是马上要高考了，这段时间她神经太紧绷了，刚刚的行为完全没过脑子。

她转开目光，站起身："是我该说对不起。"

说完，她转身打算从左手边离开，顿了下，说："明天和后天加油。"

陈昭一动不动地看着她，嗓音沙哑："你也是。"

高考那两天云城都有雨，但好在并不大。

明月和冯舒雅都被分在了八中考试，两个人在陌生的地方能有个照应算是挺幸运的。

最后一门考完，明月从考场出去，站在八中门口等冯舒雅出来。她身边时不时地有人经过，或激动或沮丧地讨论着今年的试题。

"今年英语也太难了吧，时间根本不够，我阅读理解全是蒙的，这是什么变态卷子！"

"是啊，数学也难，我感觉我完了……"

"谁不是呢，数学大题我就没有一道写完了的，啊啊啊，我不想复读啊！"

冯舒雅很快走过来，她一把抱住明月，一边号啕大哭，一边哽咽着开口："呜呜呜，我的高中终于结束了。"

明月咬了咬唇，抬眸看向远方绚烂的晚霞，视线逐渐变得模糊。
是啊，都结束了。
她梦寐以求的这一刻终于来临了。

第六章

最好的陈昭

高考结束后的第三天是周一,四中高三学生回校拿毕业证书和拍班级集体照。

学校规定的返校时间是上午八点,但十七班的学生七点半的时候就全到了。

老杨则是踩着点进了教室。他站在讲台上,沉默地看着底下的学生,情绪有些复杂,许久才开口:"今天你们就毕业了,以后就要开启人生新的篇章了,老师除了祝福好像也没别的话可以说,就祝我们班所有同学一路繁花,前程似锦。"

大家看出了他的难过和不舍,立刻开口安慰道:"老杨,你别难过啊,我们会经常回来看你的。"

"到时候您别嫌我们烦就行。"

老杨低头笑了下,再抬头,他已经板起了脸,一脸严肃地道:"大学也要好好学习,没事少往家跑。"

等高三所有班级拍完集体照已经是上午十一点多了,学校也没别的安排了，放学生们离开了。

明月先回了一趟家，明向虞这两天身体不舒服一直躺在床上，一日三餐都是明月做的，她虽然做得不好吃，但至少全部煮熟了。

明月今天中午本来想煮饭，结果水加多了，煮出了一锅粥，好在两道菜的味道都不错——是在巷子口那家卤菜店买回来的。

明向虞饭吃到一半，还是放下碗，忍不住叹了一口气："月月，你马上就要离开家里了，该怎么办呢？"

高三这一年，明月虽然没能从明向虞身边逃离，但大部分在家的时间她都用沉默表达着她的疏远，但此刻她看着明向虞头上不知何时长出来的白头发，还是心软了："我会照顾好自己的。"

明向虞蹙眉："你连饭都做不好，到了其他地方怎么照顾好自己？"

明月咽下碗里的最后一口饭，回道："大学也有食堂。"

"那毕业之后你总要自己做饭……"

明月抿了抿唇，打断了她的话："我打算报考医学专业，以后工作了，医院里也有食堂。"

明向虞想了想，也是，要是明月将来当了医生肯定会很忙，也没多少时间自己做饭："那随你吧，我也好了，以后家里的饭还是我来做吧。"

她顿了顿，终于憋不住准备问明月高考考得怎么样，结果明月先开了口："我今天晚上要出去吃饭。"

明向虞下意识地提高了音量："和谁？"

明月抬眸，平静地看着她："我高中毕业了，也成年了。"

明向虞也克制着自己的脾气："你是不是觉得你长大了妈妈就管不了你了？"

明月深吸一口气，语气仍然平静："妈妈，我待在这里的时间不多了，我不想跟你吵。"

明向虞看着明月，从心底升起了一种不好的预感——明月离开后可能就不会再回来了。

她没有哪一刻像现在这样害怕，下意识地握紧了手中的筷子：

153

"你……考得怎么样？"

明月还以为明向虞不打算问了，迟疑了一瞬，开口："还行。"

明向虞沉默了一会儿，问道："你是不是还喜欢那个混混？"

明月皱眉，一字一顿道："我说过，他不是混混。"

明向虞冷笑一声："高中生天天骑个摩托车招摇过市，不是混混是什么？"

明月猛地站了起来，椅子被她的腿撞出去一段距离："你了解过他吗，或者说你真的关心过我吗？你知道我为什么从小到大都不敢主动交朋友吗？"

她扯了扯嘴角："因为我自卑，我从小就没了爸爸，学习成绩还不好，我连一中都考不上，所以高一的时候我没有一天不在想，我为什么会那么差，尤其每次面对你失望的眼神时，我都忍不住害怕，我怕我这辈子都没办法成为你期待的样子了……

"可是我为什么要变成你期待的样子呢？你口口声声都是为我好，说我长大之后就会理解你……我不理解，我这辈子都不会理解的！我不是你的附属品，我是一个独立的个体，我有我想变成的样子，我有我喜欢的人，他比谁都耀眼，也比谁都温暖，如果有一天我能成为他那样的人，我一定会非常高兴。"

明月从来没有一次说过这么多话，也没有这么坦白过自己的心思，明向虞彻底愣住了。过了一会儿，她红着眼睛本来想说些什么，但最后什么也没说，站起身回了房间并关上了房门。

晚上的饭局是林听组的，她马上要出国了，这周四早上坐飞机先去A市，再从A市转机到伦敦。

明月傍晚出门的时候，明向虞还没从房间里出来，她一整个下午都待在里面。

中午没吃完的菜晚上还能吃一顿，明月煮了饭之后才出门，到约好的饭店包间门口时正好六点整。

林听见人来得差不多了，立刻让服务员开始上菜。

孙浩宇从脚边搬上来一箱啤酒，打开，给每人发了一瓶："以后大家忙着自己的事情见面的机会肯定越来越少，所以今天咱们不醉不归！谁先倒下谁是狗！当然，你们几个女孩子倒点酒碰个杯就行了，剩下的是我们爷们儿之间的战斗。"

他的话音未落，门口响起一个低沉的嗤笑声。

明月背对着门口，感受到从那儿传来的炽烈目光，脊背慢慢绷直。

大概是散伙饭的原因，饭吃到一半没有人再说话了，几个男生安静地喝着酒，而女生们早就放下筷子紧靠在一起。

林听两只胳膊分别搭在明月和冯舒雅肩上，微微哽咽着："我会想你们的……"

冯舒雅看着对面正在喝酒的几个男生，眼珠子转了转："那你跟我说实话，等你到了国外，现场的几个人之中你最想谁？"

林听："……"

酝酿得好好的离别情绪瞬间消失殆尽，她瞪了冯舒雅一眼后，没忍住看向了程北延。

明月莞尔一笑，顺着林听的目光看了一眼程北延。她正要收回视线，陈昭突然抬眸朝她看了过来，他眸底幽深，像深夜无尽的海水，情绪汹涌而压抑。

目光相撞不到两秒，他就垂眸移开了视线。

明月心里有些难受，她倒了一杯啤酒，一口气喝完发现没什么感觉就又倒了一杯。

冯舒雅正要阻止，林听却摇了摇头，示意她别多管。

明月喝到第四杯的时候，脑子已经开始迷糊了。她举着刚倒满的杯子正在犹豫要不要继续喝的时候，看到陈昭起身朝她走了过来。

他下颌紧绷着，走到她面前的时候，微眯了眯眼，眸光锐利，没有一丝温度。

哪怕意识已经不太清醒，明月也看得出他现在的心情不太好。

陈昭抬手，正要将明月手里的杯子夺过来，她突然朝他笑了下，然后趁他愣神的那一瞬，仰着脖子"咕咚——咕咚"又将一整杯酒灌了下去。

　　陈昭眉微挑，轻轻"啧"了声。

　　明月喝完就觉得胃有点难受，眼前也出现了重影。她重重地放下杯子，扶着桌子站起身，看着旁边空空如也的座位说道："听听、舒雅，你们谁能陪我去卫生间洗把脸吗？我眼睛里好像进了脏东西……"

　　陈昭看她连说话时身体都摇摇晃晃的，拧着眉上前一步，拉开她身后的椅子，微微俯身，将人横抱着护在怀里，说了一句"我先送她回家"就往外走。

　　陈昭抱着人出了饭店，走到路边正要打车，本来安分缩在他怀里的明月动了动，开始挣扎："你快放开我，我不要回家。"

　　陈昭冷声问："那你想干什么？"

　　本来他没指望"醉鬼"能回答他的问题，结果"醉鬼"语气非常欢快："我要回去喝酒，我要气死陈昭那个浑蛋。"

　　陈昭快要被她磨得没脾气了，咬了咬牙，嗓音有些沙哑："你看清楚了我是谁。"

　　明月闻言不乱动了，真的认真地看了他一会儿。

　　她鼻尖酸意汹涌，眼圈也泛起了红。她抬起微微颤抖的手钩住了他的脖颈，而后唇瓣凑到他耳边："你是陈昭。"

　　明月定定地看着少年棱角分明的侧脸轮廓，在心底默默补充。

　　——你是最好的陈昭。

　　——如果没有遇到你，我只会一次次地陷入自我怀疑，只会觉得自己什么都做不好，只会胆小自闭到躲在无人的角落里。

　　她吸了吸鼻子，垂下眼睑，轻声开口："但……你也没那么好。"

　　怀抱里的人软而香，有点烫人，存在感十足，陈昭鼻子里全是她身上传出来的甜香，他的身体越来越紧绷，嗓子也发紧。

　　他的喉结艰难地滚动了一下，看着她，眼底藏着显而易见的情绪：

"什么？"

她刚刚像是在自言自语，声音非常轻，再加上他神经紧绷着，于是一点也没有听清。

明月也看着他，眼睫颤抖着，像是在空中飞舞的蝴蝶翅膀，如月色一般清亮柔软的瞳仁里映着他一个人的影子。隔了十几秒，她小心翼翼地开口："你能不能……再多喜欢我一点？"

她的声音软绵绵的，听上去像是在撒娇，又因为带着委屈的意味，更像是在卑微地求人。

陈昭的心脏一瞬间像是被一只无形的手攥住，被反反复复地、用力地揉捏。

他还能怎么办？理智早就缴械投降。

今晚喝醉的人应该是他才对。

陈昭压下眼底翻涌着的情绪，柔声问："现在放你下来能站好吗？"

她是又被拒绝了吗？

明月从醉酒状态里清醒过来，再次尝到了从心脏处泛上来的苦涩味道。她咽了咽，点点头。

然而她的脚还没踩到地面，刚将她放下的人突然用力地抱住了她，手臂越收越紧。他身上的T恤单薄，她能感受到他骨骼流畅的线条，鼻腔里也全是他颈窝处清冽好闻的味道。

许久，陈昭身体稍稍往后，拉开了一点两人之间的距离。

明月的手还搭在他的腰上，她紧紧地攥着他的衣服，不肯放开。

陈昭低头，一个轻柔的吻落在明月额头上。

他微凉的唇瓣摩挲着她细腻光滑的肌肤，带来一阵细小的电流。他的声音融在春末夏初的夜色里，带着些许躁意，沙哑又富有磁性："我已经够喜欢你了。"

他顿了一下，眼神里带着警告："以后我不在你身边的时候，不许喝酒。"

明月额头残留着酥麻感，刚褪下的醉意又缠上了神经，她整个人都有点恍惚："那你不出国了吗？"

陈昭唇瓣下移，又在她脸颊上亲了几下，嗓音缱绻温柔："谁跟你说我要出国，嗯？"

明月心中的石头彻底落了地，她问："那你以后是怎么打算的？"

陈昭淡声说："再读一年，然后去找你。"

他一定会早点赶上她的步伐，成为一个优秀的人站在她身边。

明月身体前倾，又紧紧抱住了他，在他胸口蹭了蹭："嗯，我等你。"

高三毕业之后的暑假对大部分人来说是漫长的，明月去书店买了大学的高数和物理教材，这些漫长的日子就待在家里整理题目，累了就翻翻大学教材。

六月下旬，离今年高考出成绩还有一天的时候，明向虞上午出门前接到一个电话，是B大招生办打过来的。听对方说了明月的高考成绩之后，她手机没抓好，直接摔在了地上。

好在手机抗摔，她再次捡起来，电话里的女声仍旧温温柔柔的："欢迎明月同学报考B大。"

明向虞挂了B大招生办的电话之后，还没缓过来，甚至还在思考这是不是诈骗电话，Q大招生办的电话就打过来了。

接完电话，她也顾不上出门了，回房间拿了她早就准备好的礼物进了明月房间。

明月正靠在床头看书，看着明向虞将一个盒子递到她眼前。

"月月，妈妈给你买的手机，你看看喜不喜欢？"

明月打开盒子，里面的手机款式和林听今年刚换的差不多，应该是同一个牌子。

她刚想说谢谢，明向虞抬手摸了摸她的头："月月，恭喜你，你考了全省第一！"

明月愣了一下，又看了盒子里的手机一眼，扯了扯嘴角："原来是这样。"

明向虞看她的表情不太对,立刻解释道:"你误会妈妈了,这个手机是妈妈早就买了准备给你的,手机卡也早就办好放进去了,你到外地读大学肯定需要……"

还没说完,院子里传来徐秉惠焦急的声音:"向虞,你还没起来吗?"

明向虞这才想起她上午和徐秉惠约好一起去医院检查,没等她出去,徐秉惠已经走了进来,抱怨道:"免费体检你都不积极一点,去晚了人肯定多,到时候又要排很长的队,我中午还得赶回来给我们家延延做饭呢!他马上就要去 B 市读书了,在家的时间不多……"

徐秉惠顿了顿,像是突然想起什么似的,关心地问道:"明天高考就出成绩了,月月考得怎么样啊?能上一本吗?"

明向虞看了明月一眼,笑着说:"刚刚 B 大和 Q 大招生办打电话过来,都说月月是今年云省的理科状元。"

"什么?"徐秉惠觉得不可置信,"省状元?你们家明月?"

说完,她意识到自己的反应太大了,立刻找补:"你们家月月从小就聪明,不愧是我看着长大的。"

明月笑了下:"是吗?我刚上高中的时候,阿姨不还觉得我很笨,所以只能上四中吗?"

徐秉惠掩饰住眼底的尴尬,赔笑道:"这孩子的嘴什么时候变得这么厉害了,怪不得能当状元。"

明向虞和徐秉惠出门之后,明月才捂着自己的胸口。感受到掌心下剧烈的跳动,她才真切地意识到她做到了。她弯了弯嘴角,拿起手机,拨了一个电话出去。

隔了几秒,电话接通,少年低沉动听的声音传过来:"哪位?"

明月软声开口:"陈昭,我知道我的高考成绩了。"

陈昭低笑出声:"我的小月亮这么厉害。"

明月耳朵发麻,抿了抿唇:"我还没说我考了多少呢!"

"往年都是各省状元提前知道自己的成绩。"

明月恍然,她清了清嗓子,开口:"我这段时间没事,重新整理了

159

一下高中阶段英语、数学和理综特别容易错的题，大概下周一之前能全部搞完。你下周哪天有时间，我……我拿给你？"

"这么想见我？"陈昭语调慵懒，尾音勾人。

明月忽然想起他们和好的那一天晚上，他不仅抱了她，好像还亲了她……每次回想起来，就觉得像做梦一样。

她的脸颊不受控地发烫，小声道："你能不能正经一点？"

陈昭"啧"了声："隔着电话我什么都做不了，哪里不正经了？"

明月没说话。

陈昭只好哄道："好了，我正经，你别害羞了。"

明月小声辩驳："我没有害羞，你快回答我下周哪天有时间……"

陈昭笑了两声，问："你周一之前来得及吗？"

"嗯，差不多，数学还差一点。"

"那就周一，可以吗？"

"好。"

挂了电话之后，明月又给林听和冯舒雅发了短信，告诉她们她也有手机了。

她注册完QQ，冯舒雅立刻将她拉进了两个群里，一个是班级群，一个是她们三个的闺密群。因为时差问题，林听隔了很久才冒泡。

第二天下午，云省高考成绩公布，十七班班级群里炸开了锅。

"膜拜大神，今年卷子那么难，竟然考了728分！"

"苟富贵勿相忘，大佬以后可别忘了咱们班这群兄弟啊！"

"我听说一中最高分还是程北延，677分！"

"所以月姐牛啊！足足高了50分！"

"老杨肯定乐开花了吧！"

"何止老杨，年级主任估计做梦都要笑醒了！"

"大神怎么不说话？我记得她昨天加群了啊！"

"@月亮……"

"@月亮……"

……

明月还在抓紧时间整理题目,放在床上的手机不断有新消息的提示音,她也没在意,直到冯舒雅打电话过来,让她赶紧上线制止班里那群发疯的人。

"我在,大家别'艾特'我了……"

"状元终于冒泡了!"

"来,让我们一起恭喜状元本人!"

"恭喜!"

"恭喜!"

……

明月觉得自己应该是完不成冯舒雅的任务了,她飞快地打了四个字"谢谢大家"发了出去,就直接退出了登录。

因为今年拿了高分的省状元出现在云城这个偏僻的小地方,省内各大媒体纷纷抢着打电话给明向虞,有的直接开始了电话采访,有的想要跟明向虞约时间线下采访。

线下采访明向虞一概拒绝了,但对方要是在电话里问什么,她也会简单地回两句,只是当人问到明月父亲的时候,她就会直接挂断电话。

明月一时间成了云省家喻户晓的人物,她的名字和高考分数出现在省内线下发行的报纸刊物上,也出现在线上流量大的网站上。

各大媒体为了制造看点和噱头,有的将她营造成了难得一见的天才,说她非常聪明,从小到大都是全校第一名;有的给她营造努力的人设,说她高中三年每天只睡三个小时,并且白天上课也不困,她对学习的渴望战胜了一切。

明月一开始会因为虚荣心发作而点开跟她有关的内容,等她冷静下来思考,才发现这么做毫无意义,甚至看久了还会对自己产生怀疑。她便克制着不再看跟她相关的新闻,无论好的坏的,一概忽略。

直到她看到一篇大标题是"向英雄致敬"的新闻。

而下面的副标题则是——今年云省理科状元的父亲是名警察,在追捕嫌犯时不幸牺牲。

明月手指颤抖着点了进去。

明月一直知道自己的父亲是一名人民警察，在执行任务时英勇牺牲。这是她们刚到云城时明向虞对外的说辞。

她一直记在了心里，但关于父亲到底是做什么的，为什么会牺牲等细节，她一无所知。

明月还记得小学时每个清明节，学校都会组织学生去烈士陵园扫墓，一开始她并不理解扫墓的意义，后来懂事一点了，才知道意义在于看望、铭记和缅怀。

于是她问明向虞："妈妈，我们什么时候去看爸爸？"

明向虞只说："你爸爸不需要我们去看他，只要你努力学习，好好长大，他就开心了。"

然而明月点开文章——前半篇叙述完警察经常要和穷凶极恶之徒打交道，工作非常危险之后，剩下两段又开始胡编乱造，说什么她父亲去世时虽然她还很小，但那个时候她已经决定继承父亲遗志，长大后要报考公安院校，成为一名光荣的女警，所以这些年她一直发愤图强，经过坚持不懈的努力，最终斩获今年云省的理科状元。

底下评论的人很多。

"致敬英雄。"

"好可怜，那么小就没了爸爸，这些年怎么过来的啊？"

"真的很励志，已转发给我马上要读高一的女儿。"

"这孩子一定能继承父亲遗志，成为一名优秀的警察，阿姨看好你。"

……

因为陈昭打电话过来了，明月没继续看下去。

电话一接通，明月鼻头忽然有些发酸。她吸了吸鼻子，声音很轻："陈昭……"

"我在。"陈昭嗓音低沉温柔,"现在方便出来吗?"

明月点点头:"嗯。"

陈昭说:"那你到巷子口这儿来。"

明月愣了几秒,反应过来他是什么意思后,立刻拿着手机往外跑。就在她要打开院门的时候,终于意识到自己身上穿的还是睡衣。

她快速回房间换了衣服,对着镜子看了眼,确定没什么问题了,这才将手机和钥匙装进包里,又小跑着出了门。

很快到了巷子口,看到熟悉的身影,明月停了下来。

她想起高二好多个兵荒马乱的早晨,陈昭都在巷子口等她,给了她一天的动力。然而明明只是一年多以前的事情,她却感觉已经过去了很久。

陈昭朝她走过来,揉了揉她的头发,漫不经心地开口:"怎么一见到我就发呆?不高兴?"

明月摇头:"怎么可能不高兴?就是你怎么突然来找我了,我题目还没整理完……"

陈昭勾了勾唇,回道:"因为想早点见到你。"

明月眨了眨眼,笑意不受控地从眼底弥漫出来,她轻咳了一声。

陈昭抬手捏了下她的脸:"吃午饭了吗?"

明月摇头:"没有。"

陈昭问:"想吃什么?哥哥带你去。"

明月想了想,说:"学校门口的米线。"

她顿了顿,朝之前他停车的地方看了眼,软声问道:"你今天没骑车呀?"

陈昭懒洋洋地说:"嗯,我们打车去。"

因为四中的学生还没放假,旁边的饭店都还开着,陈昭和明月刚好赶上饭点,两人排了十分钟的队,这才有空位。

等米线的时候,陈昭的手机一直在振动。明月戳了戳他的胳膊:"你不接吗?"

陈昭没什么表情地看了一眼手机屏幕,舌尖抵了抵后槽牙,起身出去接电话。

明月打开手机,看到她刚刚没来得及退出去的新闻界面此刻一片空白并显示未知错误,她点了下刷新也没有用,于是直接关掉了 QQ。

吃完午饭,陈昭送明月回去。分开前,明月突然意识到什么,眼睫颤了颤:"你今天是不是看到大家转发的我……爸爸的事了?"

陈昭低低应了声,忽然攥住她的手腕,将人拉进巷子里,俯身抱住了她。

明月的下巴抵在他的颈窝里,闻着他身上清洌干净的气息,柔声道:"我没事的,他走的时候我还很小,当时也不懂事,以为他还会回来,所以不怎么难过,后来懂事了,也习惯了没有爸爸的生活……"

然而说着说着,她开始哽咽:"可我……还是有一点想他……"

陈昭喉结滚了滚,手臂愈加收紧,抱紧了怀里的人,嗓音低缓:"以后有我陪着你。"

明月用力地回抱住他:"嗯。"

今年云城的夏天来得格外迟,七月中旬,知了还未准备好歌唱夏天,明月就已经收到了 Q 大的录取通知书。

然而过了几天,一个大三的学姐在明月所在的 Q 大医学系 12 级新生群里发了条消息,说张教授实验室最近在攻克一个课题,有兴趣的新生可以早点过来帮忙,名额只有一个。

学姐发消息的时候是早上六点多,明月几乎没有考虑,就直接报了名。

明月发完消息隔了十几秒就收到了学姐的私聊:"学妹,你最早什么时候可以来?七月底可以吗?"

明月回了个"可以",学姐就敲定了她。

此时群里还有其他人在问具体要做什么,会不会要碰尸体什么的。

学姐很快回了四个字:"很可能哦。"

明月跟学姐确定了具体时间之后，打算提前三天过去先收拾一下宿舍适应身份的转变，她本来已经买好了火车票，又被陈昭拿去退掉，换成了机票。

明向虞想送明月到机场，被明月拒绝了。

明向虞明白怎么一回事，早上送明月出门的时候，她长长地叹了口气："月月，你现在翅膀硬了，妈妈管不了你了，但大学还是要以学业为重，知道吗？"

明月敷衍地点了点头后，发现明向虞想抱她，她下意识地就要躲。然而看到明向虞受伤的神情，她还是忍不住抬手回抱住了明向虞。

不知道什么时候，她已经比明向虞高半个头了。

明月将内心那一点叛逆的心思压下去，软声道："妈妈，你也好好照顾自己，有事就给我打电话。"

明向虞点头："我能有什么事？你不用担心我，你照顾好你自己就行了。"

明向虞顿了一下，背过身去，用手背擦了擦眼睛："行了，你不是跟别人约好了吗？快走吧。"

陈昭还是在巷子口等明月。

去机场的出租车上，他一直牵着她的手，两人十指相扣。

明月感受着他掌心的温度，突然就不想离开了。她深吸一口气，在心里劝自己清醒一点，他们还没有完全长大，他们还不能随心所欲地想在一起就在一起，他们还有各自的未来需要承担。

下了车，陈昭将行李箱从后备厢中拿出来，拉开拉杆递到明月手里。

明月赶在不舍的情绪最大化之前笑着开口："谢谢，我走啦。"

陈昭站在原地，眯着双眸，烦躁地看着她的背影。他不在她身边的一年，她会不会遇到更好更合适的男孩子？会不会被人哄走？

她那么好哄，每次被他弄哭，他都没来得及哄，她就已经反过来安慰他了。

陈昭还在胡思乱想时，突然，一个温热的身体撞进了他的怀里。

165

明月又折返回来抱住了他。

她把头埋在他怀里,声音闷闷的:"陈昭,你说过的,以后要一直陪着我。你说话要算话,你不能再不要我了……"

一辈子太长,她也尚小,她到现在仍然不确定他对她的喜欢是否能维持那么久。

但是如果这辈子不能和他在一起,她也不会再和其他人在一起了。

这是她现在唯一能确定的事情,能在青春里遇到他,一定是她这辈子最幸运的事情了,所以不会再有别人了。

陈昭俯下身,亲了亲她的头发:"笨蛋。"

其实他比她更没有安全感,他也不是不相信她,只是不太相信爱情这玩意儿。

陈卫森和阮芳华就用行动告诉了他爱情到底有多短暂,短暂到他这个所谓的爱情结晶曾经谁都非常厌恶,谁也不想要。

他想过很多次,如果有一天明月不喜欢他了,他该怎么办?要是将她绑在身边,他肯定不舍得,他的月亮,应该站在高处,温柔且坚定地发着光,而不是被拘泥在只有他的黑暗和泥沼里。

明月低头看了一眼时间:"这次我真的走啦,你也快回去吧。"

陈昭点点头:"嗯。"

明月拉着行李箱走到门口,进去之前,又朝站在原地的陈昭挥了挥手。

她正要转身,眼角余光忽然扫到远处机场导航牌子后面站着一个披头散发的中年女人,正死死地盯着她这个方向。

明月本来没在意,结果左眼皮突兀地跳了一下,于是她又看了那个女人一眼。

隔了一段距离,她看到对方从包里拿出一个长形的黑色物品。

她还没反应过来那是什么,陈昭突然大步朝她冲了过来,挡在了她的前面。

下一秒,"砰"的一声,有温热的液体溅到明月脸上,耳畔同时响起尖叫声和哭喊声。

　　云城机场旁就是空港医院，救护车来的时候，明月正跪坐在地上，陈昭安静地躺在她怀里，他身上黑色的T恤破了一个小洞，滚烫的血液不断地涌出来，很快将衣服彻底浸湿。

　　明月想用手堵住他的伤口，想让他不要再流血了，但她不敢碰他，只能一遍一遍喊他的名字。因为内心极度的恐惧和害怕，她的声音控制不住地颤抖，还带着痛苦的哀求："陈昭……"

　　求求你了，千万不要再丢下我……

　　陈昭闭着眼睛，身体的知觉只剩下剧烈的疼痛感和逐渐蔓延上来的窒息感。听到明月的声音，他想要开口安慰她自己一定会没事的，然而试了好几次都是徒劳，他现在连睁开眼睛好好看一看她的力气都没有，甚至意识也开始模糊。他整个人仿佛又回到了小时候那个寒冷刺骨的冬夜，周围安静得可怕，就连他的心跳声也微弱得快要听不见了。

　　陈昭忽然想到一件事情——那天晚上夜空中有月亮吗？

　　他想，应该是有的吧。

　　只不过那天晚上，他被埋在雪地里，世界荒凉冷酷，所有事物都遥不可及，月亮的清辉也照不到他伤痕累累的身上。

　　但现在，他有了自己的月亮，她就在他的身边，在他抬手就能碰到的地方。

　　如果要是就这么去地狱的话，他绝不会甘心。

　　他还想带她去看一次海边的晚霞，还想牵着她的手走进礼堂，还想看她白发苍苍的样子。

　　为了以后能在她的身边，他都那么努力了，现在他不能放弃。

　　明月在抢救室门口站了快一个小时，明向虞找到了她。

　　看到她满身的血，明向虞险些昏厥过去。

　　明月朝明向虞摇了摇头，想说自己没事，然而她的声音嘶哑，只说了一个"我",眼泪就不断地滴落下来。

明向虞用力地抱住明月,轻声呢喃:"月月,你没事吧?你千万别吓妈妈……"

明月被她抱住,眼泪掉得更凶。

很快,几个警察找到了明月,简单地问了几个问题之后,就打算将她带去警局做笔录。

医院门口有很多记者蹲点,他们看到明月出来,纷纷拿着话筒上前想要采访她:"你就是今年我们省的理科状元明月吧?刚刚奋不顾身保护你的男生是叫陈昭吧?他是你什么人?"

明向虞将浑身发抖的明月护在怀里。

警察同时护住母女俩,其中一个年轻一点的警察对着记者呵斥道:"受害人不接受任何采访!请你们赶紧离开!"

母女两人从警局出来已经是中午了。明月坚持要直接回医院,明向虞叹了口气,柔声劝道:"月月,我们先回家吃点东西,你洗个澡换身衣服,妈妈再陪你去医院,好不好?"

明月摇了摇头,嗓子依旧哑得可怕:"我不饿,你先回去吃饭。"

明向虞刚刚在警局看了机场附近的监控,又在旁边听明月说完了整个经过,早就吓出了一身冷汗,尤其是她看到监控视频里那个歹徒手里的枪瞄准的是明月的额头的那一刻,她感觉浑身血液都凝固了,连呼吸都变得困难。

她现在一步也不敢离开明月,明月不肯回家,她只好陪明月回了空港医院。

记者们不知何时已经全部离开了,明向虞放下心来,让明月先去手术室,她则去医院食堂给明月买点吃的。

明月回到抢救室门口的时候,陈昭的手术还没有结束,只是门口多了很多人。

最显眼的是站在中间的两个人,左边的男人面容严肃,身形高大挺拔,穿着剪裁得体的定制西装,气质凛然从容,而右边的女人长相精致,她穿着蓝色的长裙，裙身面料柔软，勾勒出纤瘦紧致的线条，在医院昏暗的走廊里，她的皮肤仍然白得像是在发光。

明月觉得他们的面容看上去都有些熟悉。

还没等她想起来自己在哪儿见过他们，她已经意识到，现在站在这里的很可能是陈昭的父母。

两个人的身旁还站着好几个医生。

陈卫森看了一眼其中一个头发花白的医生："朱院长，不早了，你们先去吃饭，我们自己在这儿等就行了。"

朱院长点点头，又宽慰了两人几句"贵公子吉人自有天相""好人有好报"之类的话，就带着医生们离开了。

他们一走，阮芳华轻而易举地就注意到了站在不远处的明月。她朝明月看过来，语气平静地质问："我儿子现在躺在手术台上生死未卜，你还有脸出现在这里？"

明月垂着眼，轻声开口："对不起……"

阮芳华继续冷淡地审视她："他不肯跟我出国也是因为你？你是靠什么勾引他的？"

眼前的小姑娘虽然勉强能称得上漂亮，但绝对够不上惊艳，放在人群里也是很普通的存在，她实在不愿意接受陈昭的眼光和她当初一样差。现在回想起来，她当年看上陈卫森也是因为一时的鬼迷心窍。

陈卫森想起当初阮芳华也是当着公司所有员工的面这么质问他和罗妍的，看来这么多年过去了，她除了容貌没怎么变，咄咄逼人的脾气也是一点没变，他心底对她的那点愧疚一瞬间消失殆尽。

他冷冷地开口："这件事情跟她没有关系，你冷静一点。"

阮芳华看了一眼抢救室紧闭着的门，声音放低："让我冷静可以，你们都给我滚出去就行了。"

陈卫森眯了眯眼，走到明月面前停下来："能跟我出去谈谈吗？"

明月点了点头。

两人走到外面的走廊上，陈卫森开门见山地说道："不管陈昭今天是生是死，我都希望你以后不要再出现在他的身边。如果你能做到，你大学期间的所有费用都由我来承担。当然，如果你以后想出国深造，我也可以继续支持你。"

明月摇了摇头："我做不到。"

陈卫森面不改色："你的家世，还有你父亲的事情，我秘书跟我说过，我希望你知道，虽然今天这件事情不怪你，但陈昭确实是因为你而命悬一线。你应该也做过笔录了，警察没告诉你那个歹徒的身份吗？"

明月咬紧了唇，她还没来得及开口，就听对方继续说道："我接到警局电话的时候，那个歹徒的身份就已经调查出来了。你的父亲曾经负责抓捕他们一家，而她的儿子在抓捕过程中被你父亲击毙，她的丈夫和你父亲同归于尽，只有她一人跳河活了下来。警方查了她近一个月的行踪，发现她多次去你家踩点，所以警方认为这是一起有针对性的报复事件。"

他顿了顿，语速放缓，语气中带着些许请求的意味："这里山林众多，地形复杂，抓捕困难，她很有可能再对你的人身安全造成威胁，所以我希望你能站在为人父母的角度为我们，也为陈昭好好考虑一下。"

陈卫森这些年本来还想再生一个儿子，但一直没能如愿，本来以为是罗妍的问题，结果前几年他抽空去医院检查了下身体，发现是他失去了生育能力，所以他这辈子只有陈昭这一个儿子，他不能再放任陈昭处于任何危险的境地了。

明月脸色苍白，紧紧攥着自己被血染红的衣角："对不起。"

陈卫森语气低缓："我要的不是你的道歉，而是一个一生都能平平安安的儿子。"

明月咬着唇没说话，她也希望陈昭一生都能平平安安，她宁愿此刻躺在手术室里的是她自己。

陈昭说他足够喜欢她的时候，她当时都没完全相信，因为她觉得自己不配。

而现在，她觉得自己更不配了。

看到她神色里的动摇，陈卫森又说道："你父亲去世之后，你和你母亲没有什么依靠，现在她年纪大了，应该盼着你能拿到大学文凭找份好工作吧？所以你现在唯一可以做的就是放下其他所有事情，专心学习。"

他的语气仍然温和，却带着显而易见的威胁和警告。

陈昭的手术一直进行到晚上七点才结束，他直接从抢救室转到了重症监护室。

明月远远地站在走廊上，她听到医生对陈卫森和阮芳华说手术很顺利，陈昭体内的子弹还有弹片已经全部取出来了，不过虽然现在他的各项生命体征看上去很正常，但这一晚上还是随时可能有生命危险。

陈卫森在重症监护室门口安排了几个保镖，除了他和阮芳华，不让任何人靠近。

明月只想看陈昭一眼，只想确认他平安无事，但好像她连这个资格都没有了。

她一直待到夜里十二点，因为一天没吃东西，被明向虞强行带回了家。

回到家后，明月还是没什么力气，她脱了衣服冲了个澡，洗完之后，抱着自己的膝盖蹲在房间里发呆。过了一会儿，她迷迷糊糊地睡着了。

明月一直在做噩梦，她梦里的世界正在被血红色吞噬，她一个人被困在一个冰冷的地下室，她一直在寻找离开的出口，却怎么找都找不到。

她醒来的时候是凌晨三点，发现自己背后全是冷汗。

明月打开灯，睁开眼睛才发现她是在自己房间里。她起身走到窗户前，静静地看着外面漆黑的夜空。

不知道过了多久，明向虞推开门走进来："月月，早饭做好了，你吃一点，吃完我们再去医院。"

明月眼睫颤了颤，点头："好。"

到了医院，明月和明向虞刚从电梯里出来，就看到阮芳华抓着医生的袖子质问道:"你们怎么能这么不负责?明明都抢救成功了,夜里怎么会心脏大出血没救过来?"

明月的脑袋像是被人从后面重击了一下,疼得像要裂开来,五脏六腑也是,疼得她快要喘不上气来。她的手指甲用力地抓在自己手臂上,立刻出了血。

阮芳华已经没了昨日的冷静,她恶狠狠地看向明月,眼圈通红:"你害我儿子害得还不够,你还来做什么?"

明月的眼泪再次汹涌而出,她拼命摇头,语无伦次地说:"我知道你在骗我,你们不想我看他,我以后不会了,我只要再看他一眼就好。我以后不会再让他因为我受伤了,你们让我看他一眼……"

陈卫森神情同样疲惫,眼底布满了血丝。他走到明月面前停下来:"陈昭现在已经不在医院了,我已经让秘书联系了专门机构将他带回B市,他出生在B市,以后也会永远地留在那里。"

他顿了顿,从上衣口袋里拿出一封皱巴巴的信:"这封信是在他住的地方发现的,应该是给……"

没等他说完,明月眼前一黑,下一秒就彻底失去了意识。

明向虞慌乱地接住她。

陈卫森立刻让人找了一间空病房,有护士上前,陪明向虞一起将明月扶到了床上。

明向虞关上病房门前,陈卫森将信递给她,淡淡地开口:"希望您记住昨天答应我的事情,毕竟我们谁都不希望您女儿未来学业上出什么意外,对吗?"

明向虞接过信,回头看了一眼床上的明月,慢慢地点了点头。

陈卫森满意地勾了下唇:"至于您女儿的安全,请您放心,有关部门一定会加强对您和您女儿的保护。"

阮芳华不知何时也走了过来,她目光复杂地看着床上的明月,像是在重新审视一个人。

陈昭的情况其实比她和陈卫森预想的乐观多了，今天半夜一点他就醒过来了。医生做了全面的检查之后，说只要他不再昏迷，就代表他彻底脱离生命危险，可以转到普通病房去了。

然而他从醒来就一直看着门口的方向。

同时，他看阮芳华和陈卫森的目光不再是厌恶，也不是痛恨，而是彻底的无视，仿佛他的世界已经不需要父母了。

而在他需要他们的时候，阮芳华做了什么呢？她将他关在家里，让他和一个随时会虐待他的保姆待在一起，而她一个月都没发现任何异常，后来她更是因为爱情和理想先放弃了他。

阮芳华知道她没有资格得到陈昭的原谅，但陈卫森比她更没有资格。

眼下两人共同的危机感让他们达成了一个共识——如果不早点将这个女孩子从陈昭的世界排除出去，他们和陈昭的关系以后会更难修复。

早上陈昭刚转到普通病房，他就试图拔掉手背上的针下床，好在被陈卫森按住了。

"我要是你，一定不会这么冲动，我会好好调养自己的身体。"

陈卫森顿了下，继续说道："等你身体好了，能反抗我了，到时候你想做什么，都是你自己的事情。"

明向虞以为明月醒过来会吵着闹着要再去看陈昭，或者会大哭一场，然而从她睁开眼睛起，她一直很安静。

她这两天没看手机，好多人都给她发了消息。

明月沉默着回复了所有人。

前几天跟她联系的师姐也给她发了消息过来："师妹，新闻我看了，你现在要是不想提前过来，开学报到再来也没关系的。"

明月回复："我会准时过去。"

第二天早上，明向虞坚持将明月送到了机场，她这次没再说让明月好好学习的话："月月，你要相信这个世界上就没有过不去的坎。你现在还小，以后一定会遇到更好更适合你的人，所以你听妈妈的话，早点忘了他，在外面要好好照顾自己，好好吃饭、好好睡觉。"

到了 B 市之后，明月的生活就变得忙碌了起来。

她每天六点起床去图书馆看文献，学习分析软件的使用，八点去实验室给需要帮忙的师兄师姐打下手，下午洗实验室积累的烧杯、培养皿，然后烘干、消毒，还有打扫卫生，晚上还要去附近的小区做家教。

最轻松的日子反而是军训那段时间，从早到晚，所有时间都被教官占去了。

正式开学以后，在张教授的授意下，明月除了帮忙，还开始参与师兄师姐的课题，她每天实验室、图书馆、教室、宿舍，过着四点一线的生活，就连家教工作也因为时间不够，从晚上改成了周末和法定节假日。

然而她已经这么累了，每天晚上还是睡不着。

明月的身体快撑不住的时候，舍友许钱多拖着她去了校医院，医生给她开了三片安眠药。

许钱多担心明月突然想不开会做什么傻事，保管了那药片，每天只给她一颗。

明月觉得许钱多的担心实在多余，她的命是陈昭用他的换来的，她怎么舍得断送？

国庆节，明月每天上午去做家教，下午去图书馆，晚上去实验室帮忙。假期最后一天，实验室的师兄师姐们要聚餐，在群里问明月来不来。明月正要回复，高中班级群忽然有人发消息。

"我今天在医院看到陈昭了！"

"啥？他不是那什么了吗？"

"对啊，我听十一班同学说没救过来啊，你不会看错了吧？"

"对个头啊，到底谁传的假消息？我非常确定我今天在协和看到的人就是陈昭，他肯定是来复查的，不过他好像是跟他家人来的。说起来，你们有谁跟咱们班大佬联系过吗？虽然我跟她都在 B 市，但我的学校跟 Q 大离得好远，我都没见过她了。"

……

明月眼睛一眨不眨地看着他们的聊天信息，很快，她的视线就变得模糊起来，大颗大颗的泪珠落在屏幕上。

幸好，他们真的是在骗她。

翻过被预言是世界末日的 2012 年，新年的第一天，B 市下了一场很大的雪。

明月早上接到孩子家长电话，说今天雪太大，让她别过去了。

明月想了想，打算去图书馆。她正要从宿舍楼出来，忽然看到外面台阶上站着一个熟悉的身影。

他穿着白色羽绒服，黑发和长睫上落了雪，眉眼清隽干净，肤色白皙，气质凛冽，整个人像是要和身后的冰天雪地融为一体。

他那双漆黑狭长的眼睛一动不动地盯着她。

明月感受到落在身上的视线越发灼热，她努力克制住想要上前抱他的欲望，眼睫颤抖着说："陈昭。"

陈昭低低应了声，声音沙哑："快过来给我抱抱。"

明月没有动，移开视线："你身体完全好了吗？"

陈昭没说话，他眯了眯眼，直觉告诉他，明月不太对劲。

她看到他的第一眼，情绪就不太对劲了。

就像现在，她明明是要哭的表情，却硬生生地笑了起来："我想了很久，也没有想出来，如果那天是我发现你有危险，会不会不顾一切地挡在你前面。我想不出来是因为我不确定我有没有像你喜欢我那样喜欢你，所以……所以……"

陈昭眸光暗下来，一字一顿地问道："所以你打算抛弃我？"

"嗯，对。"明月声音哽咽，"你看吧，其实我这个人一点也不值得你喜欢……"

陈昭朝她走了几步，黑眸中戾气翻滚："你值不值得我说了算。"

明月深吸一口气："是啊，你说了算。但我现在对你只有愧疚，我不想一辈子都活在对你的愧疚之中，所以……你别再过来了。"

她想起她见到他的第一眼，少年穿着黑色球衣，整个人意气风发，桀骜不驯，像一团热烈的火焰。

脑海里又不受控制地浮现出那天他满身是血，毫无生气地躺在她怀里的画面。

明月再次抬头看他，眼泪还是没忍住掉了下来："陈昭，能遇到你我很幸运，但你不是……"

她说完，转身快步往宿舍里走。

只要他还活在这弥足珍贵的人世间，只要她偶尔能听到关于他的消息，只要她知道他喜欢过她，那就够了。

他以后会有只属于他自己的耀眼人生，没有危险，只有鲜花和掌声。

她不能再贪心了。

第七章　又见明月

明月在大一结束前将名字改成了陈明月，大二下学期，她发表自己人生中第一篇论文时，一作落款就是"Mingyue Chen"。

许钱多也将名字改成了许眠溪。

两人改完名字约好去学校外吃自助餐，她们看中的那家店除了菜品无限，酒水也无限。

许眠溪一瓶接一瓶地喝着酒，不知道喝到第几瓶的时候，她突然开始哭着说："我在农村长大，我爸我妈还有我爷爷奶奶都重男轻女，当初我爸给我取名许钱多，就是希望我长大后嫁人彩礼能多一点。我很小的时候就知道家里没有人喜欢我，所以我一直拼命读书。然而我考上Q大最高兴的是我爸，他说我以后要在大城市给我弟买大房子……我凭什么要给我弟买房子？虽然我现在嘴上顺着他们，但其实我早就想好了，等我以后真的工作了，除了生活费，别的一分钱我也不会给他们的！"

陈明月眼睫颤了颤，起身走过去给了她一个拥抱。

2015 年年初，陈明月和许眠溪结束了在 Q 大的医学预科培养，新学期回到了协和医学院继续学习，幸运的是，两人还是舍友。

当初陈明月在 Q 大校区时，何舟周末偶尔会来找她和程北延一起吃饭。

程北延在 B 大物理系，何舟在 B 市师范大学，学的是金融专业。

陈明月搬到协和医学院后不久，程北延公费出国留学，而何舟也开始实习，同时，他来的次数更多了，带陈明月去的餐厅也越来越高档。

原来他们三个是轮流请客，去的也只是一些苍蝇馆子。

陈明月每年都拿奖学金，再加上一直在做家教，手头虽然还算宽裕，但跟何舟吃了几次饭，为数不多的存款见了底。

一个周六的晚上，两人在外面吃过饭，何舟送陈明月回学校。

分开之前，陈明月一脸认真地建议道："要不我们下次还是约学校食堂……"

话没说完，她不知道想到什么，话锋一转："物美价廉的餐馆吧？"

何舟失笑："都说让我这个已经开始拿工资的人请你了。"

他顿了下，继续说道："不过下次吃什么我都听你的。"

何舟毕业之后，留在了 B 市工作，他去的是一家业内很有名的金融公司——君恒集团旗下的正阳资本。

没过多久，陈明月所在的临床医学专业照例去 B 市协和医院实习，她每天忙得不可开交，熬通宵都是常有的事情，周末跟何舟见面的次数也越来越少。

不过何舟仍然是她联系最频繁的高中同学，没有之一。

2016 年夏天，冯舒雅和孙浩宇从海大毕业，两人回云城前还来 B 市找何舟和陈明月一起吃了饭。

彼时，程北延和林听还在国外，程北延要在剑桥完成博士学位，林听已经找到了工作。

2019 年下半年，陈明月完成了在协和医院的规培，手头上的科研项目也进入了尾声，投出去的两篇文章改完了都通过了复审，毕业论文也得到了导师孟教授的认可。她难得地轻松下来，开始认真思考毕业之后的去向。

许眠溪、孟教授、何舟都劝她干脆留在协和算了，毕竟在这里实习几年，她已经熟悉院里的一切了，去其他医院还要适应新环境。

陈明月确实也考虑过这一点，但她发现，在B市生活的时间越长，有些记忆就越清晰。

她觉得自己到了该忘记的时候了，她也应该有自己的新人生了。

2019年年底，陈明月去了A市第一人民医院实习，次年五月，她回学校答辩拿到博士学位和毕业证书之后，正式成为A市一院心血管外科的一员。

到了A市之后，陈明月的生活依旧忙碌，只是身边一个熟悉的人也没有了。

不过很快她又认识了新的人。那天她夜里值班，医院来了一个特别漂亮的女人看病，除了她波澜不惊，其他人都快激动死了。

陈明月上大学以后就没碰过微博之类的社交软件，再加上她平时太忙，也没有什么业余生活，所以一直到对方走了，护士长跟她科普了半天，她才知道刚刚特地加了她微信的人是个很有名的女明星，叫晏苏。

后来两人慢慢熟悉起来，从一开始偶尔一起约顿饭，到后来晏苏隔三岔五来找她。

2021年，Q大110周年校庆，陈明月抽空回了一趟B市拍Q大宣传视频。

Q大校庆典礼那天，视频在网上发布，本来和Q大校庆一起挂在热搜末尾，结果因为晏苏评论了一句"我宝贝真漂亮"，冲到了热搜第一。

"视频里的小姐姐好好看！苏宝竟然认识她！美女果然和美女做朋友！"

"苏宝的宝贝都拍视频了，苏宝不考虑发张自拍吗？"

……

陈明月中午吃饭的时候，发现食堂里的人都在看她，本来她没在意，等她打开手机，看到晏苏给她发的消息才明白过来。

"月亮，我今天冲浪切错号，拿大号给你上次拍的视频评论了，对你会不会有什么不好的影响？"

陈明月懒得下载微博，直接打开浏览器登录新浪。看到热搜第一果然是她拍的那条宣传视频。

她长长地叹了口气，正要退出微博界面，无意间点开了热搜分类中的社会类别，看到最上面的两个词条——

"西南边境特大犯罪集团被剿灭。"

"7·22云城机场枪案嫌疑人被抓获。"

陈明月怔了十几秒才回过神来。她慢慢放下手机，揉了揉有些发酸的眼睛。

今年年初，程北延拿到了剑桥的博士学位和A大物理系的聘用通知。

他到A大报到的那天，何舟特地从B市飞过来，喊上了陈明月一起给他接风洗尘。

陈明月下午有一台手术，结束的时候就已经晚上八点了，好在她没和他们约晚饭。

带实习生们查完房，她再回办公室收拾完之后，开车去了跟何舟他们约好的酒吧。

这个点出来玩的人很多，她在附近转了半天才找到一个停车位。

陈明月停好车，先去前台点了一杯苏打水和一份蔬菜沙拉，再去跟两人会合。

在陈明月来之前，何舟和程北延两个人已经喝了好几轮了。此刻何舟已经有点醉意了，他看着她："许久不见，你好像有哪里不一样了。"

"是不是我的头发变少了？"陈明月叹气，"毕业之后，我的头发都一把一把地掉，要不是我发量多，估计早就秃了。"

何舟顿了下，说道："我最近看中了一个植发项目，觉得很有前景，需要把项目负责人的电话给你吗？"

陈明月笑着摇头："植发就算了，我不喜欢拆东墙补西墙，如果有假发项目可以给我推荐。"

何舟点头："没问题，到时候一定给你推荐。"

陈明月想到什么，看向程北延："对了，听听呢？她不是说也要回国的吗？"

程北延回道："她有工作在收尾，估计还要半个多月才能回来。"

明月点点头，起身去前台拿沙拉和苏打水。

何舟"啧"了声，问程北延："老程，你打算什么时候跟听听求婚？"

程北延沉默了几秒，摇头："还没到那一步。"

何舟皱眉："什么叫还没到那一步？你俩都在一起多久了，而且你们现在都多大了，也该结婚了。"

程北延端起酒杯，将剩下的半杯酒一饮而尽："那你呢，这么多年过去了，有任何进展吗？"

何舟没说话，静静地看着不远处正朝他走来的明月。隔了片刻，他笑了下："应该没有吧，不过也快了。"

陈明月只听到了何舟说的后半句"不过也快了"。她放下盘子，拿起叉子，边吃边问："什么快了？"

酒吧昏暗的灯光中，何舟眼角发红，语气却轻描淡写："阿昭也要来 A 市了。"

陈明月已经很久没有听到陈昭的消息了，她不知道他后来去了哪里，也不知道他现在在做什么。他们已经陌生到哪怕有共同的朋友，也终于成了两个世界的人。

陈明月也没想到何舟说的"快了"会这么快，更没想到她会偶然间遇到陈昭。

不过也对，A 市不比 B 市，总共就那么大点地方，碰见也很正常。

但也不能巧到就在一家饭店用餐啊……

181

陈明月肯定她刚刚是产生错觉了，他们太久没见了，才让她觉得他气质内敛了很多。

他明明是气质更加冷锐，看人的目光更具侵略性，偶尔落在她身上的视线，让她整个人都有一种被反复折磨和被灼烧感。

她甚至都想落荒而逃了，但成年人的世界哪能这么随心所欲？她努力维持着表面的冷静。

江远小声问道："师姐，这里的菜不合你胃口吗？"

陈明月摇了摇头，软声回道："没有呀，挺好吃的。"

江远看向她："真没有吗？我看你都没怎么动筷子。"

"嗯。"陈明月认真地点头。

她拿起筷子，给自己又夹了许多菜："快吃吧，你待会儿还要回学校，回晚了你们学校宿舍会关门的吧！"

江远不在意地笑了笑："没关系的师姐，宿管阿姨特别喜欢我，她每晚都会给我留门。"

说完，他的视线无意间扫到最后面大圆桌上聚餐的一伙人。他们像是很久没吃过东西一样，狼吞虎咽、风卷残云地消灭着桌上的饭菜。

江远忽然一顿，他发现唯一一个吃相优雅的男人有点眼熟。

没等他想起来在哪里见过对方，一伙人已经吃完，呼啦啦地就冲出去了，留下男人去柜台结账。

男人经过他们这桌时，江远灵光一闪，猛地站起身，并一脸惊喜地叫住了他："陈昭哥！"

陈明月身体一僵。

江远格外激动："陈昭哥，我小时候你救过我的，你还记得我吗？"

陈昭清隽的脸上没什么表情，淡声回道："抱歉，没印象了。"

江远有些失落，去年他到一院实习时，明月姐姐也是完全不记得他了，他可是见到她的第一眼就认出她来了。

江远不死心地继续问："那你还记得我姐姐江晚意吗？"

陈昭没说话。

陈明月倒是想起来了，高二上物理竞赛辅导班的时候，好像是听江晚意说过她有个亲弟弟……

"江远，我们以前在云城是不是见过一次？"

"是的，师姐。"

江远隐去眼里的失落，又对陈昭说："陈昭哥，你跟明月师姐应该认识吧，我就不用帮你们介绍了吧？"

陈昭喉结轻滚，声音更加冷淡："不认识。"

江远愣住了："我记得我姐跟我说过你们是一个高中的啊？"

陈明月抿了抿唇，开口解释："但他跟我不在一个班，而且就算在一个班也不一定有交集，不记得有这么个高中同学也很正常。"

陈昭漫不经心地敛眸，居高临下地看了陈明月一眼。

陈明月被他看得有点心虚，但她转念一想，反正是他先撇清关系的，她顺着他的话接下去应该没什么问题吧？

好在作为江远的实习老师，她说什么江远就信什么，没再多问。

江远拿出手机，点开微信二维码："陈昭哥，我们加个微信可以吗？我就在A大上学，以后你有什么事都可以找我。"

陈昭打开手机扫了一下，点了添加，正要将手机放回口袋，江远又热情地问："陈昭哥，你不加一下师姐的微信吗？她在一院工作，你以后看病可以找她，多方便！"

陈明月："……"

陈昭修长的手指翻转，手机在他手里转了一圈，又停住："是挺方便。"

话音刚落，外面有人走进来，催促道："陈队，你还没好吗？马上就到我们定好的时间了。"

看出陈明月没有拿出自己手机的打算，陈昭收起手机，抬脚，非常利落地离开。

结完账，从店里出去之前，他眯了眯双眸。

高——中——同——学。

183

好得很。

上学时，陈明月固定每周六早上给明向虞打电话，这个习惯也保留到了工作后。

母女俩的聊天内容也十分固定，一般都是关心一下对方最近有没有生病，询问一下对方今天打算做什么，嘱咐一下对方记得好好吃饭。

除了陈明月刚工作那段时间，明向虞每次都会问陈明月打算什么时候找对象，每次都被陈明月以手机没电快关机敷衍过去了，后来明向虞也就懒得再问了。

不过在陈明月的婚姻大事上，有个人表现得比明向虞还着急，那就是她的导师孟教授。

孟教授试图将自己每一届的得意男门生都介绍给陈明月。

早上七点，陈明月刚跟明向虞通完电话，孟教授的电话就来了。

"小陈啊，有个条件不错的男孩子你要不要认识一下？"

陈明月一脸无奈："老师，您直接说吧，这次又是您的哪届爱徒？"

孟教授噎了一下："这次这个不是，但条件也不差，他外公外婆我都认识，他也算是我看着长大的，比你大三岁，现在自己开公司，发展得很不错。"

他顿了顿，不容反驳地回道："下周他要到A市出差，下周五晚上你们见一面。他已经订好餐厅了，到时候你直接过去就行，他的电话还有餐厅地址我过一会儿让人发到你手机上。我今天上午还有个学术会要参加，不跟你说了。"

说完，他就挂了电话。

过了几分钟，陈明月收到她直系师妹发过来的手机号码。

她看着那串数字，犹豫着要不要现在联系对方取消见面。

然而她想起前几天见到的陈昭，看他现在的态度，如她当初所愿，他们已经彻底没可能了。

但她还是打心底里排斥相亲，她现在没兴趣、没时间，更没精力和多余的感情去认识其他人。

但如果没有孟教授的指导,她现在也不可能有这么多学术成果,所以她拂谁也不能拂了他的面子。

她犹豫了一会儿,还是决定下周五当面跟对方说清楚。

陈明月七点半到的医院,查完房她直接去了门诊部,她今天上午坐诊。

因为是周末,来医院看病的人很多。陈明月所在的心血管科相对于一院的几个重点科室来说还算轻松,大部分病人都是过来复查的,一般检查完都没什么问题。

陈明月一旦进入忙碌状态就会忘记喝水,等她觉得口渴的时候,嗓子已经有点哑了。

她看了一眼电脑屏幕,还剩下最后一个病人。

陈明月快速喝了口水,然后点了叫号。

门被人从外面打开时,陈明月还在认真整理病历,等人走近,她的视线才从电脑屏幕上移开。

"描述一下你什么症状,症状持续多久……"

没问完,她的声音在她抬头的那一瞬间戛然而止。

陈昭淡淡地扫了一眼她的胸牌,眼底情绪汹涌。

陈明月,心血管外科,主治医师。

陈明月抿了抿唇,声音很轻:"你哪里……不舒服?"

陈昭低垂着眼,遮住眸底意味不明的光:"心脏有点难受。"

陈明月想到什么,手指用力地按住了鼠标。隔了几秒,她深吸一口气,松开鼠标:"你坐,我先检查一下。"

她拿出听诊器,消完毒,戴上,侧头一看,陈昭已经将衬衫纽扣解开了大半。

陈明月的视线扫过他利落的下颌线、修长笔直的脖颈、漂亮瘦削的锁骨和衬衫缝隙间若隐若现的腹肌线条。

她的耳朵不受控地红了，慌乱地按住他还要往下解纽扣的手："你做什么？"

陈昭眉梢微挑："检查不需要脱衣服？陈医生。"

他的嗓音低沉悦耳，最后三个字被他咬得很重，尾音上扬，带着一点痞气。

陈明月低头不去看陈昭的眼睛，深吸一口气："现在这样就可以了。"

她松开自己的手，将听诊头塞进他的衬衫里面，紧贴着他胸口的位置。她稍稍倾身，神情专注地聆听着。

离得近，陈昭闻到了她身上淡淡的冷木香味，其中还夹杂着医院消毒水的味道。

他垂着双眸，一动不动地注视着她。

阳光透过百叶窗的缝隙落在她白皙的侧脸上，她纤长的眼睫毛还有细小的绒毛都被镀上了一层温柔的金色。她鼻子挺翘，唇瓣嫣红，和记忆里的少女模样渐渐重合。

陈昭眸光幽深，嗓音有些沙哑："还没好？"

陈明月直起身，拿掉听诊器，一边填着病历单，一边说："心率齐但过快，我给你开个检查单，你先去 E 区二楼做个心电图，结果出来我看有没有问题，如果有问题再做个彩超。"

陈昭慢条斯理地系上纽扣，淡声询问："是什么原因造成的？"

陈明月抿了抿唇："可能是你这段时间过于劳累、紧张、焦虑，或者连续熬夜导致的，也可能是……旧疾影响，我需要结合检查结果判断。"

她顿了顿，抬起手腕看了一眼时间，说道："我下午不在门诊部，你可以去住院部心血管病区 806 办公室找我。"

陈昭沉默了几秒，平静地开口："不必了，我待会儿还有事，不会再来找你了。"

陈明月皱眉："陈昭，你得对自己负责。"

陈昭咬了咬牙，语气中带着一丝自嘲的意味："陈医生是站在什么立场劝我对自己负责？是一个其他班级的高中同学立场，还是一个要对自己病人负责的医生立场？"

陈明月的心瞬间难受起来，像是被人狠狠揪住揉搓。她轻声回道："你要是不想看到我的话，下午我同事坐诊，我跟他说一声，你直接来找他就行。"

陈昭勾了勾唇，冷笑了一声："行。"

他起身，眸里汹涌的情绪平息，再次恢复成刚见面时那副孤傲淡漠的模样。

陈明月看着他转身离开，眼圈慢慢变红了。

许久，她拿出手机给何舟发了条消息。

陈明月："能告诉我陈昭现在在做什么、工作强度和最近一次的体检情况吗？"

何舟可能在休息，隔了很久才回复："你怎么突然问这个？阿昭是不是去你们医院了？"

陈明月："嗯。"

何舟："你放心，他身体没什么事，他在工作单位一直有定期体检的。"

陈明月看出来何舟是不打算告诉她陈昭的任何事情了。

这些年一直都这样，林听、何舟他们都对她和陈昭的事情避而不谈。上次要不是何舟有几分醉意，应该也不会在她面前提起陈昭。

陈明月下午和同事调了班，继续在门诊部坐诊，但一个下午过去了，她也没有见到想见的人。

她六点下班，一直在医院待到七点才离开。

接下来好几天，就像陈昭那天中午说的那样，他不会再来找她了，他再也没有在医院出现过。

周五晚上，陈明月提前十分钟到了孟教授说的那家意大利餐厅。一个金发碧眼的服务员上前来用英文询问她是否有预订，她点点头，报了相亲对象的名字。

服务员立刻带她去了最里面的靠窗的位子,这家餐厅位于五十八楼,能将整个城市的夜景尽收眼底。

陈明月看了一眼窗外,远处宽阔的江面波光粼粼。她刚把视线收回,一个身形颀长挺拔的男人出现在视野里。

他眉眼深邃,长相英俊,身上是手工定制的白色西装,袖口处的金色袖扣小巧却显眼,整个人的气质清贵。

"你好,盛明礼。"

"陈明月。"

两人落座,点完菜,盛明礼彬彬有礼地开口:"陈小姐是在Q大读的书?"

陈明月点点头。

聊了一会儿,陈明月觉得对方不愧是开公司的,虽然看起来不太好相处,但局面把控得非常好,抛出的话题既显得礼貌得体又能保持着几分疏离。

不过,她觉得他应该也是被强迫来的,毕竟他问的这些问题看她的个人简历也能得到答案。

陈明月还在发呆,对方带着磁性的声音响起来:"陈小姐?"

她回过神来,一脸歉意:"抱歉,你刚刚说什么?"

盛明礼笑了笑:"菜来了,吃完饭我送陈小姐回家。"

陈明月立刻明白了他的意思,点点头:"好。"

陈明月在市中心租的房子,离一院不远,她每天开车过去只要十分钟。

盛明礼只是来A市出差,并没有配车,说好的送陈明月回家,还是开她的车。

两人路上还商量了一下对孟教授和盛明礼外公外婆的回复,就说相处得很愉快,但性格并不合适。

盛明礼将人送到了小区门口,陈明月自己将车开到了停车场。她停好车,解开安全带,从手提包里面翻出一个黑色盒子,打开,里面是一只碎掉的手镯。

她不是十年前那个小女孩了,对现在的她来说,爱和被爱,已经没那么重要了。

陈明月看了一会儿才将盒子重新合上,下车准备上楼。

地下室有直接上楼的电梯,但位置不太好,与停车场隔了两堵墙,电梯口前的声控灯还经常不亮,陈明月习惯性地先打开手机手电筒再拐进去。

她按了电梯之后,身后突然传来脚步声,她没来由地一阵心悸。抬眼看到电梯停在3楼不动了,想到旁边就是楼梯,她直接转身往里走。

结果没走两步,身后的人就追上来了。

对方轻而易举地就拿走了她手里的手机,按灭手电筒,而后,他大掌攥着她的手腕往上,将她整个人抵在了墙上。

带着男性荷尔蒙的清冽气息铺天盖地落下来,密不透风地包裹着她,压迫感和侵略感十足。

陈明月夜视能力不好,她只模模糊糊地看到一个高大挺拔的身影。确定对方身上没有危险物品,她冷静下来,正想抬起膝盖给他某个地方一击,忽然反应过来他的气息有点熟悉。她愣了两秒的工夫,他已经分开她的双腿,用膝盖抵住,身体又朝她靠近了一点。

他的头发擦过她的额头和脸颊,激起一阵酥麻的电流。

电梯终于下行到负一楼,门打开,里面明亮的光线透过来,照亮男人棱角分明的侧颜和硬朗好看的眉眼。

昏暗的楼梯间,陈明月猝不及防地对上陈昭狭长幽深的双眸。他眸光中带着危险,眸底有直白赤裸的欲望,有浓重的偏执,也有压抑和痛苦。

陈明月怔了怔:"陈……"

没给她说完的机会,陈昭就低头吻了下来。

他的吻生涩,却像是疾风骤雨,猛烈粗暴,像是在用力索取着什么,又像是想得到什么回应。

陈明月身体紧绷着,她想起十年前那个出声提醒她下课了的少年,那个遇到危险时将她护在身后的少年,那个每天早上送她上学的少年。

她下意识地抬手握住了他扣在她腰间的手腕。

和云城燥热的夏天不同,A市的夏天是潮湿的,空气中的水分充足到随时都能凝结成水珠滴落下来。

不知道是眼泪还是汗水,两人唇齿间全是带着苦涩的咸味。

她听到他急促的喘息声,也听到了自己激烈的心跳声。

陈昭脑袋一偏,动作轻缓下来,用唇摩挲着明月的耳垂。他张嘴在她耳垂上咬了一口。

陈明月吃痛,更加用力地攥着他的手腕,于是他的动作就换成了轻轻的舔舐。

他到底还是舍不得让她疼。

陈明月却冷静下来,先松开了自己的手。

陈昭哑声问:"怎么不推开我?"

不等她回答,他低嗤了一声:"因为愧疚?"

陈明月眼睫颤了颤,嗓音很轻:"对不起……"

陈昭眼底像是有什么东西彻底碎开,他突然放开了她,下颌紧绷,竭力隐忍着:"该说对不起的是我,是我混账了。"

陈昭失控的那天晚上过后,陈明月又有很长一段时间没再见过他,朋友圈也没有任何跟他有关的消息。

她偶尔闲下来的时候,还想过他是怎么知道她现在住在哪里的。

一天早上五点,她接到医院打来的电话,机场高速上发生了好几起交通事故,急救那边转了一个病人过来,需要做紧急手术。

心肺方面的手术都是在和老天抢时间,早一分钟救治就多一分活下来的希望。陈明月匆匆穿好衣服拿着车钥匙出门,在小区门口等保安放行的时候,她从后视镜里看到一个熟悉的人影,正绕着小区中央公共绿地跑步。

陈明月一边将车开出去，一边漫不经心地想，原来陈昭也住在这个小区。

接下来半个月，她没那么早出过门了，也就没再撞见过他。

不知不觉就到了中秋节，当天，陈明月起床之后先给明向虞打了个电话祝她中秋节快乐，然后简单地收拾了一下就开车来医院了。

在食堂吃完早餐，她刚到办公室把包放下，正要脱掉外套换上白大褂的时候，放在包里的手机开始振动。

陈明月拿出手机，来电显示果然是晏苏。

她按下接听键，电话另一端女人好听的声音响起来："月亮，你今天还是六点下班？"

"嗯，怎么啦？"陈明月用耳朵和右肩夹着手机，一边换衣服，一边慵懒地回答。

晏苏说："晚上我去你们医院找你，我们一起过节。"

陈明月眨了眨眼："那某人怎么办？你现在是已经确定了你非跟他离婚不可吗？"

"差不多吧……"晏苏岔开话题，"你昨晚肯定又熬夜看病人资料了吧？马上就要上班了，你快抓紧时间再眯会儿。"

陈明月弯了弯嘴角："好，晚上见。"

下午六点，陈明月准时下班。她和晏苏先去吃了晚饭，然后去了她们常去的一家酒吧。

晏苏照例要了鸡尾酒，陈明月对着菜单挑了半天，这次要了一杯冰镇梨子汁。

酒吧里灯光不断流转，楼下舞池人头攒动，声色犬马。

晏苏嗤笑了一声："你还是未成年吗？怎么每次来这种地方都只喝果汁，上次西瓜汁，这次梨子汁。"

陈明月眼睫颤了颤，片刻，她笑道："是啊，我今年刚满十八岁。"

晏苏抬手摸了摸陈明月的头发："行吧，月亮小朋友，今晚乖乖跟在姐姐身边，千万别被坏人拐跑了。"

陈明月拉开她的手："晏苏同学，我比你大好几岁，请不要占我便宜。"

晏苏"啧"了声："你还知道你比我大呀？我现在都要离婚了，你却连个对象都没有。"

陈明月抬头看她："等你离了婚你不也没对象了。"

晏苏喝了一杯酒，扯了扯嘴角："这可不一定，对象这种东西姐姐随时可以找，而你是连找的欲望都没有。"

陈明月没说话。

晏苏认真地朝她看过来："陈明月。"

"啊？"

"你上次不是跟我说这么多年过去了，你早就放下你以前喜欢的那个人了吗？"

陈明月抿了抿唇："本来是快放下了，但最近又遇到了他。"

晏苏蹙眉："他已经结婚生子了？"

"没有。"

"他已经不喜欢你了？"

"不知道。"

"那他单身吗？"

"应该是吧？"

晏苏愣了愣："所以你们再次相遇之后，一句话也没说过？"

陈明月摇头："说过，他一开始说不认识我了，后面又去我们医院看过病，前不久……"

"前不久什么？"

陈明月低垂着眼，嗓音很轻："没什么。"

晏苏听得有点暴躁了："所以你现在是怎么想的？你想和他再在一起吗？"

陈明月呆呆地笑了一下："我还能跟他在一起吗？"

她看着空中，眼神涣散："我当初实习是在协和，那时候我在不同的科室，见了很多不同类型的痛苦和死亡，基本上每一天医院里都会有人离开，家属痛哭流涕。一开始我很难受很难受，可后来见多了，我也麻木了，偶尔还会有点庆幸我还活着，我还能做一点力所能及的事情，让一些人活得不那么痛苦，但另外一些人我就算拼尽力气也帮不了他们什么。

"我和他已经太久没联系过了，我早就不是十几岁时的那个明月了，我不确定现在的他会不会喜欢现在的我，也害怕我们就算重新在一起了，会不会还是像以前那样没有结果。所以我这些年的愿望都很朴实，只希望我和他都能好好活着，他万事如意，我生活安康。"

晏苏翻了个白眼："你怂就说你怂，别找理由，也少自我感动。"

陈明月想反驳，晏苏却没给她机会："行了，别说了，喝完你的果汁咱们走人。"

两人沿着楼梯下楼，快到一楼的时候，走在前面的晏苏被一个醉醺醺的肥胖中年油腻男挡住了路，她厉声道："让开。"

油腻男眼睛本来就小，这会儿还眯着眼，更显得贼眉鼠眼："哎哟，这不是许总太太吗？今天不是中秋节吗，许总怎么不陪你过节，去哪儿鬼混了？不过美人也别伤心，爷今晚可以陪你……"

说着，他的手就想往晏苏的脸上摸。

晏苏抬起腿，用高跟鞋狠狠地踹在了油腻男的裆部。

油腻男被踹倒，滚下了楼梯，捂着自己的身体痛得吱哇乱叫："给你脸不要脸，你给我等着，等许淮南不要你了，看还有谁能为你撑腰……"

晏苏拉着陈明月走下来，红唇微勾，从手提包里拿出一把修眉刀："月亮，你是医生，应该知道割人哪里既不伤人要害又能让对方痛不欲生吧？"

陈明月知道晏苏是在吓唬对方，她点点头，从晏苏手里接过修眉刀。

中年油腻男立刻惊恐地大叫："这里有人要杀人了，要杀人了！快报警！"

193

可能已经有人报了警，警察来得很快，将三个人全部带回了警局。

年轻的实习警察了解完事情经过，苦口婆心地调解了半天，中年油腻男还是不依不饶。他恶狠狠地看着晏苏："我的律师马上就过来，我要告你故意杀人……"

他的话还没说完，一个周身带着生人勿近气息的男人从外面进来，他身上的黑色大衣给人一种风尘仆仆的感觉。

油腻男瞪大了眼睛："许总，您怎么过来了？"

许淮南看他的目光像是在看垃圾，只一秒就收回视线，声音冰冷："来接我夫人。"

油腻男立刻清醒过来，他突然跪下来试图抱住许淮南的小腿，却被对方一脚踢开。

陈明月和晏苏坐在一旁的椅子上，看到许淮南，两人起身准备离开。

就在这时，实习警察一脸惊喜地看着门口："陈队，你执勤结束啦？"

陈昭颔首，漫不经心地扫了一眼大厅某个角落："什么情况？"

实习警察立刻凑上前，将笔录递到陈昭手边。

陈明月愣了半天才回过神来，难以置信地看向陈昭。

他穿着笔挺利落的制服衬衣，宽肩窄臀，黑色腰带勾勒出劲瘦的腰线，隐于藏青长裤里的一双长腿笔直清瘦。

这一身警察制服完全抹去了他身上的少年感，多了清冷和禁欲感。

陈昭突然抬眸朝她看过来，双眸幽深沉静，像是深夜平静的海面底下藏着无数暗流。

陈明月忽然意识到什么，背过身，并快速将头发放下来试图挡住自己的脸。

陈昭将文件夹和笔递到许淮南面前。许淮南签了字，看了一眼晏苏。

晏苏牵着陈明月的手往外走。

走到陈昭身边时，陈明月莫名有点紧张，她的脚顿了一下，下一秒，熟悉的蓝色文件夹挡在了她身前。

陈昭没什么表情地看着她："让你走了？"

陈明月虽然不是很了解流程，但有人来接她们不就可以走了吗？

她立刻用眼神向旁边的晏苏求救。

而对方却突然放开了她的手，并挽住许淮南的胳膊："我们快回家吧。"

陈明月："……"

油腻男见许淮南走了，又拔腿追了出去。

大厅内只剩下陈明月和两个警察。

她努力平静下来，看向刚刚让她做笔录的那个脾气很温和的警察："警官，我什么时候能走哇？"

对方露出一副爱莫能助的同情眼神："你得问陈队，我刚来分局实习不到一周呢。"

陈明月无奈，只好看向陈昭，嗓音轻软："陈警官……"

她没察觉到自己说话时无意识地拖长了尾音，听上去像是在撒娇。

陈昭眸光深沉，喉结滚了滚："在这儿等着。"

他往里走了几步，然后上了楼。

没过两分钟，陈昭换了一身衣服下来，黑衣黑裤，衬衫最上面两颗纽扣没扣，露出清瘦漂亮的锁骨和白皙的脖颈。

他走过来，在文件上签了自己的名字。

陈明月站在他旁边，没忍住，低头瞥了一眼。他的字迹比以前漂亮很多，遒劲有力。

陈昭掀起眼皮，声音冷淡："你怎么还不走？"

陈明月无语。

陈昭签完字将文件夹递给实习警察，淡声道："辛苦了。"

年轻的实习警察这才反应过来，陈队刚刚是在签字领人！

他瞬间就闻到了八卦的味道。

虽然他来 A 市公安分局还不到一周，但局里大大小小的八卦他都有所耳闻。

他前天还听刑警支队的前辈们说，自从他们陈队前两个月从 B 市公安系统空降过来,上到卢局,下到食堂打饭的阿姨,都秉着先下手为强的精神,上赶着给陈队介绍对象。

有一段时间更是夸张到每天都有人来他们公安局找陈昭,就差把他们大厅的门槛踏破了,其中还不乏电视台主持人、律师、小有名气的网络女主播。

然而他们陈队全然不近女色,一开始他还会因为良好的教养,礼貌地敷衍对方几句,后面大概是烦了直接不见不搭理。

久而久之,大家非常有默契地得出一个结论,他们陈队要么是性冷淡,要么就是性取向不正常。

陈明月发现旁边的警察小哥此刻看她的眼神变得火热起来,顿时有些茫然。

陈昭已经走到了门口,发现身后毫无动静,脚顿住,微微侧头:"还不过来?"

陈明月抿了抿唇,抬脚跟了上去。她默默腹诽:这人现在怎么这么喜怒无常、阴晴不定。

陈昭现在的座驾是一辆黑色大众,上车前,陈明月犹豫了一下,最后还是拉开副驾驶的车门坐了上去。

车很快驶出院子,两人一路无言。

陈明月坐姿十分端正,脊背挺直,目视前方。

陈昭突然侧眸看了她一眼,语气散漫:"吃晚饭了吗?"

陈明月点点头:"吃了,你呢?"

陈昭喉结滚了滚:"没有。"

陈明月下意识地接道:"那你准备回家吃还是在外面吃?你要是觉得不方便的话,在前面随便找个公交车站把我放下来就好。"

她的话音刚落,车内的温度骤然下降了一个点,气氛越发压抑。

直觉告诉陈明月,自己刚刚说错话了,她试图补救:"其实我晚上也没吃多少,你要是不介意的话,我请你吃饭?"

陈昭眯了眯眼，缓缓开口："不用，我不饿。"

"不按时吃饭对胃不好……"陈明月皱了皱眉，苦口婆心地说道。

陈昭哂笑出声，开口打断她："怎么？陈医生的职业病犯了，又想劝别人对自己负责？"

陈明月深吸一口气："行，我懒得劝你。"

她语气开始变得无赖："我晚上就吃了一份蔬菜沙拉，我饿了，要去吃东西。"

陈昭幽深的眸底染上一丝笑意，声音却依旧冷淡："吃什么？"

陈明月想了想："老西街那边有一家砂锅粥，味道还不错，你要去尝尝看吗？"

陈昭挑眉："好。"

老西街算是 A 市的一个旅游景点，不过因为今天中秋，砂锅粥店里的人比平常少一点。

陈明月点了这家店的招牌"民国美龄粥"。陈昭懒得看菜单，直接跟她点了一样的。

两人喝完粥出来，发现外面变天了，厚重的乌云将农历十五的月亮完全遮住，夜空像是被墨水覆盖，一丝光线也没有。

风很大，从城市上空经过，道路两旁的梧桐树叶哗哗作响。

"现在送你回家？"陈昭问。

"你方便送我回医院吗？"陈明月想起她的车还在医院。

陈昭低低应了一声。

再次回到陈昭的车上，陈明月终于想起来找晏苏算账，拿出手机给她发了消息。

"晏苏苏，你今天好样的。"

过了好几分钟，晏苏才慢吞吞地回复："不用谢。"

陈明月："？"

晏苏："今晚拦住你不让你走的那个男人就是你一直念念不忘的人吧？你知道我从他看你的眼神里看出了什么吗？"

陈明月:"看出了什么?"

晏苏:"看出了这样的人你绝对不能再错过一次。"

陈明月被晏苏说得有点心动,或者说,从再见到陈昭的第一眼开始,她的心就逐渐不受她自己控制了。

她咬了咬唇。

反正当初那个想报复她和明向虞的女人已经被抓住了,危险解除了。

陈明月拿着手机,身体往后靠在椅背上,眼睛一眨不眨地看着车窗上映照出来的男人轮廓分明的侧脸。

那她现在应该做些什么?确认一下他现在是不是单身,然后再加个微信?

陈昭黑眸直视前方,脸色阴沉,目光犀利,心想:刚刚和她发消息的人是那天晚上送她到小区门口的那个男人吗?

陈明月没注意到陈昭的情绪变化,她还在脑海里不断构思着自己的追人计划,结果不知不觉就有了困意,慢慢闭上了眼睛。

黑色大众从一院侧门驶入,在医院露天停车场停下。

旁边的人迟迟没动静,陈昭这才发现明月不知道什么时候睡着了。

他垂下眸,定定地看着她。这么多年过去了,她长高了一点,眉眼也长开了,更加漂亮了。

她今天穿着件白色长款针织外套,里面是件棉质连衣裙,两条细细的带子绑在脖颈后面,衬得肤色雪白,脖颈修长。

再往下是饱满圆润的曲线和盈盈不堪一握的腰肢。

他想起那晚掌心里她腰肢的触感,柔软脆弱,仿佛他稍稍一用力就会断开,让他感到害怕。

他在最危险的边境线时都没那么害怕。

尽管热带雨林中无数高大的树木遮天蔽日,看不见星星,更看不见月亮,只有漫无边际的黑暗和血腥,但他还是更怕他的月亮不喜欢他了,怕她真的不要他了。

陈昭的眸光一点一点沉到最深处，最后他终于忍不住了，解开安全带，倾身，缓缓朝她靠近。

陈明月是被外面的风声吵醒的。她睁开眼，映入眼帘的就是男人近在咫尺的俊脸，还有紧紧锁住她的幽深双眸。

陈明月还有点恍惚，眼睫颤了颤，凑上去在他的嘴角吻了一下后又闭上眼睛，准备换个姿势继续睡觉。

而后，她在自己失控的心跳声中彻底清醒过来，微微睁大了眼睛。

她刚刚做了什么？

陈昭怔了一秒，嘴角扬起一抹不易察觉的弧度。

他似笑非笑地开口："陈医生刚刚是在轻薄我？"

毕业以来，陈明月从来没有如此慌乱和不知所措过，此刻所有冷静的表面伪装被撕下来，她的脸颊瞬间通红，耳根发烫。

她解开安全带，推开车门，风卷着冰冷的雨砸在她脸上。

外面在下雨，但好在并不大，她迅速下车，关上了车门往外走。

结果没走几步，她就被陈昭扣着腰肢拽回来压在了车门上，铺天盖地的薄荷气息落下来。

他俯身含着她的耳垂，声音沙哑，像是被海风裹挟着的沙砾："你想跑哪儿去？嗯？"

陈明月没说话，她觉得眼前的陈昭有一点陌生。

她还在发呆，陈昭又偏头，重重咬在了她的唇上，在她吃痛的时候，撬开了她的齿关。

他的舌尖在她口腔里横冲直撞，吮得她唇瓣舌根都发麻了。

他粗糙的指腹还不断摩挲着她细腻的后颈肌肤，她大脑一片空白，只有体温节节攀升。她像是一条严重缺水的鱼，无意识地绷紧了自己的身体。

不知过了多久，雨骤然变大，陈昭亲吻的动作一顿，他一只手抱着陈明月往后退了一点距离，另一只手摸到车把手，想要拉开车门上车。

陈明月突然伸手拦住他，攥着他的手腕不让他动，然后将自己的手指慢慢塞到他的指缝间，与他十指相扣。

而后，她踮脚再次吻了上去，她柔软的舌尖细致地描摹着他的唇形，耐心十足，动作虔诚。

心跳声和雨声交融在一起，陈明月已经分不出来他们谁的心跳声更剧烈一点。

但她清楚地知道，今晚她应该是疯了。

所谓成年人，大概就是无论前一天晚上在暴雨中和谁接了一场多久的吻，也无论今天早上起来发现自己烧到多少度，也要在节假日期间强撑着去单位值班。

陈明月早上出门之前喝了碗稀饭，吃了一颗退烧药，到医院的时候脑袋还是昏昏沉沉的，她换上白大褂，去洗手间用冷水洗了一把脸之后才清醒了几分。

带实习生查完房，她回到办公室，做好日常病人情况记录，正想要趴在桌上眯一会儿，办公室的门被人敲了两下。

陈明月清了清嗓子："请进。"

江远拎着一杯饮料走进来，开口说话的时候耳朵红得像要滴血："师姐，你今天是不是身体不舒服？我给你买了红糖姜茶……"

陈明月意识到对方可能误会了什么，轻咳一声，顺着他的话回道："对，最近换季，我有点感冒。"

江远愣了一下，耳朵更红了："姜茶可以驱寒，师姐，你快趁热喝了吧。"

"谢谢。"

陈明月打开杯盖，抿了一口茶，红糖的甜味完全掩盖掉了姜片的辛辣刺激。

她没来由地就想起昨晚和陈昭的那个吻。

她唇齿间全是他的气息，清冽冷淡，还带着点玫瑰花瓣的清甜。

陈明月本来苍白的面色慢慢染上了一点潮红。

她连忙抛开脑海里乱七八糟的想法，问江远："李主任不是给你们实习生放假了吗？你怎么没回家？"

她的嗓子还有些沙哑。

江远笑了笑："因为我姐说要来A市看我。对了，师姐，你今天中午有时间吗？我姐说要过来，她千叮咛万嘱咐让我喊上你一起吃顿饭。"

陈明月想起2016年的夏天，冯舒雅来B市找她时还提起过江晚意。

说江晚意大二暑假在学校外面兼职模特被星探发现，没过多久就出演了一部古装剧的女主角，后来那部剧大火，她也成为大家眼里遥不可及的大明星。

陈明月点点头："好。"

中午，陈明月换好衣服，正要从办公室出去，就看到江远和一个戴着口罩、墨镜的高挑女人正朝她这边走来，两人手上还拎着好多打包盒。

江晚意走近，摘下墨镜，笑着喊道："明月。"

陈明月眉眼弯了弯，侧身让两人进来。

江晚意放下手里的东西："按理说咱们这么久没见，我应该请你去饭店吃，但假期人多，我贸然出现在公众场合多半会给你和小远带来麻烦，所以委屈你了。"

陈明月看了一眼打包盒上的餐厅商标，摇头说道："这哪里算得上委屈，已经够让大明星破费了。"

这家三星米其林餐厅算不上是A市最好吃的，但绝对是A市最贵的一家。

江晚意眨眨眼："哇，明月，你现在不仅越来越漂亮，竟然还学会打趣人了。"

陈明月失笑："我说的明明是实话。"

吃过饭，江晚意挽着陈明月的胳膊到沙发上坐下来，留江远一个人收拾桌子。

"小远，你收拾完就先去忙你自己的事吧，我跟明月叙会儿旧。"

江远说了声"好"，将空出来的打包盒全部塞进一个大垃圾袋里，拎着出去了。

江晚意犹豫了片刻，还是直接问道："听小远说，你们在A市见到陈昭了？"

没等陈明月回答，她又笑着继续说："你们高中时候的事情我当时听说过一点，后来我见到你还觉得挺尴尬的。"

陈明月表情有些茫然："啊？"

江晚意平静地看着她："那会儿我对陈昭挺有好感的，想跟他做朋友，不过被他拒绝了。"

陈明月这才反应过来，为什么高二运动会之后江晚意就没怎么跟他们一起玩了。

她抿了抿唇："那你现在是单身还是有对象了？"

江晚意笑道："我现在对男人毫无兴趣，一心只想赚钱。"

过了一会儿，她又状似不经意地问道："对了，孙浩宇和冯舒雅是不是在一起了？"

陈明月摇了摇头。

江晚意收了笑容，声音低下来："没在一起吗？我还以为……"

陈明月笑了笑，意有所指地说："我的意思是我不知道。"

江晚意这才反应过来自己的小心思已经被人看破了："古人诚不欺我，士别三日，当刮目相看，你真的不是高中时的你了。"

她顿了顿，一脸认真地说道："说真的，你现在不仅很优秀，还自信从容了很多。"

陈明月也认真地看了一眼江晚意："你也是。"

江晚意笑着起身："商业互捧结束。我下午还有工作，咱们加个微信，你以后有什么事都可以找我。"

送走江晚意，陈明月量了下体温，37.5℃，比早上低了一度。

她倒了杯温开水喝完，从柜子里抱了条毯子出来，准备在沙发上睡一会儿。

然而刚闭上眼睛，她耳畔就一直在回放江晚意刚刚说的话。

她又想到昨晚雨停之后,她丢下一句让陈昭赶紧回家换衣服的话就匆匆上了楼,到现在两人连个微信都没加上。

陈明月还在胡思乱想时,值班的护士突然敲门走进来:"陈医生,813的病人又说他手术伤口裂了,您要不过去看看?"

陈明月眉眼间有些疲惫,813的那个男病人隔三岔五就要整这么一出。她深吸一口气:"我马上去。"

等安抚完病人回到办公室,她已经完全没了睡意,只好继续工作。

下午六点整,值夜班的同事过来,陈明月下班,走出住院部大门。她今天没开车,正准备打车回去,发现外面在下雨。

她可不敢再淋雨了,哪怕明天一天她都休息。

她刚想上楼拿伞,眼角余光扫到有一道清瘦挺拔的身影正从门诊部那边过来。

他穿着件黑色外套,手里拿着一把红色格子伞,衬得他肤色雪白,手指修长,骨节分明。

眼前男人的身影和记忆中少年的身影渐渐重合。

这一瞬间,横亘在他们之间的那么多年时光消失得无影无踪。

仿佛他们从未分开过。

陈明月看着陈昭缓缓走到她面前站定,眼睫颤抖:"你怎么来了?"

陈昭眉梢微挑,哼笑出声:"过来问问你,占了便宜打算怎么负责?"

陈明月嗓子有点难受,她咽了下口水,很小声地说:"我在想怎么追你了……"

陈昭嘴角勾了勾,正想接话,却注意到她唇色苍白。

他蹙眉,抬手碰了碰她的额头,声音低沉,语调微冷:"知道自己生病了吗?"

陈明月点头:"嗯,我早上吃过药了,现在感觉好多了。"

陈昭舌尖抵了抵后槽牙:"没空腹吃药?"

陈明月愣了下，回道："没有。"

陈昭将伞塞到她手里，脱了外套披在她身上："知道自己生病还穿这么少？"

陈明月低头看了一眼自己的穿着，刺绣衬衫和浅蓝色牛仔裤，也不少了。

她弯了弯唇，懒得反驳他。

陈昭开车过来的，他本来准备带陈明月去吃海鲜，知道她不舒服后，便带人去吃了昨晚的砂锅粥，然后将人送回了家。

进门前，陈明月打开手机，点开微信二维码递到陈昭眼前："我们先加个微信？"

陈昭"啧"了声："等你先追到我再说。"

陈明月无奈。

晚上睡觉前，陈明月又量了一次体温，烧终于退了。她洗了澡后，一边敷面膜，一边百度该怎么追人。

她手里还拿着笔和本子，看到自己觉得有用的建议便会记下来。

第二天早上，陈明月起来看到外面没下雨，换了一身运动服，五点准时下楼，准备去楼下陪陈昭一起跑步。

这些年，她和陈昭对彼此的生活一无所知，她决定先从小事开始，慢慢融入他的生活。

陈明月在楼下绿地前站了快十分钟才等到陈昭。

男人穿着一身黑色球衣，下颌线清晰流畅，肤色白皙，手臂修长，身材清瘦，肌肉线条坚实有力量。

陈明月等他走近后，漂亮的眉眼弯了弯："好巧。"

陈昭直勾勾地看着神采奕奕的她，片刻，薄唇微勾道："巧？陈医生这么早准备去医院？"

陈明月觉得无论是年少时的陈昭还是现在的他，她都有点招架不住。

然而她表面看起来十分平静，声音柔软："陈警官难道没看出来我现在是在追你吗？"

陈昭眉梢微挑："所以你特地在这里等我？"

陈明月无奈。

哪里是她招架不住，明明是他现在很难哄。

她磨了磨牙，一字一顿地说道："不是，我是来跑步的。"

说完，她转身向后跑去。

陈昭"啧"了声，懒洋洋地跟在她身后。

绕着绿地跑到第三圈，陈明月就跑不动了，天知道她有多久没锻炼过了。她站在原地平复了下急促的呼吸后，找了条长椅坐下。

陈昭又跑了好几圈，见陈明月还赖在那儿不动，跑到她面前停下来。

陈明月正低头跟晏苏发消息，感受到一道暗影覆下来，她抬头，细声说道："你自己跑吧……有句老话说得好，磨刀不误砍柴工，我打算今天先回去好好准备，明天我再开始追你好了。"

陈昭轻嗤一声，黑眸沉静幽深，没什么情绪地看着她："你要不从明年开始？"

闻言，陈明月眼睛亮了亮，金色的晨曦里，她漂亮的眉眼更加动人："我觉得可以。"

陈昭的神情有些无奈，他喉结轻滚，伸出手递到她面前："手给我。"

陈明月看着他掌纹干净的手心，心跳莫名漏了几拍。

明明他们抱也抱过，亲也亲过，但每次牵手的时候她都会难以抑制地心动。

她眨了眨眼，将手放了上去："那你跑慢点吧，不然我跟不上。"

早上六点半，陈明月筋疲力尽地回到家，她觉得自己刚刚一定是被美色迷惑了，不然也不至于在吃早饭前跑了整整一个小时的步。

她暗自下定决心，以后说什么也不跑了。然而第二天，她还是没能忍住诱惑，再次累得像条狗。

一连好多天，她和陈昭的关系丝毫没有进展，她的体力倒是越来越好了，现在她在手术台边站一天也没那么累了。

周五下午一点，陈明月完成两台手术。从手术室出来后，她换下手术服，洗手消毒后准备去食堂。经过门诊楼的时候，她发现很多人堵在一楼大厅门口，里面还传出小孩子撕心裂肺的哭声。

她疾步走过去，人们看到穿着白大褂的人，立刻让出了一条路。有个男人扯开嗓子冲着里面大喊："有医生过来了，快放开无辜的孩子！"

陈明月走近了才看清里面的情况，一个披头散发的年轻女人正拿着一把水果刀抵在一个八九岁的男孩子的脖子上，锋利的刀刃反射着冷光，格外刺眼。

旁边还有个老人瘫在地上，他看着女人，目光中半是恐惧半是哀求，声音沙哑："求求你放过我孙子……"

急诊的翟护士看了陈明月一眼，继续劝女人："这位女士，您的儿子和您的母亲在送往我们医院的途中就已经停止了呼吸……"

女人阴狠地看过来："你们放屁！你们救都不肯救，算什么白衣天使？你们再不让那天接诊的医生过来，我现在就杀了他！"

说着，她将刀往男孩的脖子上抵了抵，立刻有血丝沁出来。

翟护士连忙指着陈明月说道："夏医生现在不在医院，这位是心血管科的陈医生，您先跟她沟通可以吗？"

女人的精神眼看着就到了崩溃的边缘，她大吼道："我管你们什么医生，快让那个医生来！"

陈明月深吸一口气，柔声安抚道："我跟夏医生关系很好，你有什么事可以先和我说。我过去，你让那个孩子过来好不好？夏医生他很快就会过来的。"

女人眼睛通红，高高举起手里的刀："你说的是真的？他很快会过来？你要是敢骗我，我真的会杀了他的！"

因为害怕，陈明月心跳得很快，但她声音依旧温柔："我不骗你，他知道我在这儿肯定会立刻赶过来的。"

翟护士也帮腔道："对，在我们医院，陈医生人缘可好了，夏医生非常喜欢她，肯定马上就到。"

女人维持着右手高高举着刀的姿势，厉声对陈明月喊道："那你先过来！"

陈明月指尖轻颤了一下，握紧拳头，慢慢地朝对方走过去。

女人用左臂钳制着小男孩的脖子，在她正准备松开的时候，男孩突然低头狠狠地在她左手上咬了一口，然后飞快地跑开了。

女人受了刺激，也顾不上管面前的女医生了，她拔腿就去追男孩，并在快追上的时候，准备拿刀去捅他的后背。这时，陈明月已经冲了过来，电光石火之间，她抬起腿，用力踢向对方拿刀的右手。

女人手腕吃痛，伴随着一声尖叫，刀掉落在地。

女人蹲下身子要去捡，然而陈明月速度更快，死死扣住女人的右手臂，接着重心一低，狠狠地将人摔了出去。

女人疼得全身缩在一起，想爬却没能爬起来。

刚从不远处一个命案现场赶过来的 A 市公安分局刑警支队的警员们看到这一幕愣了一下后，才走上前将女人从地上拖起来，戴上手铐。

一个叫张颂的警察押着女人，扭头看向旁边侧脸轮廓坚硬、神情冷峻的男人："陈队，我们要不要顺带着把这些目击者……"

他的话还没说完，就看到他们入职不到三个月就已经拒绝了无数大美女的冷淡队长走向了刚刚救人的女医生。

陈明月站在原地，因为害怕，无意识地不断吞咽着口水。

突然，有人揉了揉她的头发，声音低沉温柔："不怕，没事了。"

陈明月抬头，神情有些恍惚："你怎么在这里？"

陈昭弯腰俯身，将明显吓得不轻的陈明月抱在怀里，低声轻哄道："我的小月亮还是这么厉害。"

陈明月瞬间红了眼睛。

十六岁时的明月，孤僻安静，总是一个人待在无人的角落里，不敢接触任何人，唯一的亲人也对她感到失望，她觉得自己不被这个世界喜欢。

她第一次在篮球场旁边的体育馆里听到陈昭这个名字，以为是朝阳的朝。

少年的球衣灌满了风，他迎着光奔跑的样子像一团永远不会熄灭的火，也像永远不落的朝阳。

后来，十六岁的明月和他在夏天的尾巴上相识，他们在秋天的傍晚一起看过最美的晚霞，又在冬夜里看了第一场焰火，却在新年的第一天分离。

这么多年，陈明月只敢让十六岁的明月藏起来，甚至都做好了永不相见的准备。

许久，陈明月才哽咽着开口："谁是你的小月亮？你不是说不认识我吗？"

她的声音还在发抖，陈昭抬手，轻轻地拍了拍她的背，充满耐心地安抚道："是我错了。"

陈明月张嘴咬住他脖颈处的肉，闷声说道："陈昭，你浑蛋，以后你再说不认识我，我就咬死你。"

陈昭感到脖颈处传来疼痛感，然而比这疼痛更甚的，仍然是她滴落在他皮肤上的眼泪。

陈昭的手臂紧紧地箍着她，任由她咬出了血，也没有放手。

第八章 明月入我怀

翟护士帮刚刚被女人挟持的小男孩处理完脖子上的伤口，又询问了一下在场的人还有没有谁受伤，确定没有其他人受伤之后，她才松了一口气。

她想起刚刚也吓得不轻的陈明月，迟疑着走上前："陈医生，你还好吗？"

陈明月已经在清洌好闻的熟悉气息中平静下来，听到同事的声音，她才反应过来还有其他人在旁边，于是立刻抬手，一把推开了紧紧抱着她的男人。

陈昭舌尖抵了抵后槽牙，他碰了下脖颈上隐隐作痛的牙印，"啧"了一声。

张颂克制住想八卦的冲动，平静地继续问："陈队，要把目击者带回去做笔录吗？"

陈昭点头，声音淡淡的："嗯。"

陈明月待会儿还有一台手术要做，时间不够，没法去警局，最后翟护士作为目击者陪同男孩和他爷爷去做笔录了。

下午五点,陈明月顺利完成一场心脏瓣膜修复开胸手术,病人转入监护室,她回到办公室写完今天的医嘱和病历,又马不停蹄地赶去病区查房。

查完房,陈明月准备下班,路过护士站时,被护士长喊住了。

"陈医生,我都听说了,今天下午你从一个拿刀的精神失控者手里救下了人质,你太厉害了!"

陈明月眉眼弯了弯:"谢谢夸奖。"

护士长又凑到陈明月耳边,小声问道:"我还听说今天出警的警察里面有个特别帅的小哥哥,陈医生,你……"

她的声音突然戛然而止。

陈明月疑惑:"什么?"

护士长咽了下口水:"你看是那边那个大帅哥吗?"

陈明月顺着她的目光看过去,一眼就看到了站在走廊尽头的陈昭。

橘红色的余晖从落地窗洒进来,男人冷峻好看的脸一半沉浸在阴影里,轮廓更加分明。他身上穿着一件黑色薄外套,肩膀宽阔,腰窄腿长。

陈明月怔了怔。

护士长推了推陈明月的胳膊,催促道:"陈医生,帅哥都来接你下班了,你还发什么呆,快去啊!"

陈明月朝陈昭走过去,她看着走廊上两个人的影子渐渐靠近,最终重叠在一起。

陈昭俯身,很自然地将她的手牵起来,攥在掌心中,牵着她去坐电梯。

陈明月看着两人交缠在一起的手,眼睫颤了颤,安静地跟着他往外走。

一直到上了陈昭的车,陈明月才意识到什么。看着男人雪白的侧脸,她问道:"我现在是追到你了吗?"

陈昭侧眸,定定地看着她,声音有点沙哑:"你说呢?"

陈明月有些委屈："我不说，应该是你给我一个答案。"

陈昭眼睫低低垂下来，遮住眼底的情绪："我的答案是——"

他顿了一下，伸手捧着陈明月的脸，拇指指腹摩挲着她柔软的耳垂，缓缓说道："帮我问一下十年前那个叫明月的小姑娘，现在她的男朋友能转正了吗？"

陈明月眼眶有些湿润，她吸了吸鼻子，笑着回道："她说你让现在的她追了那么久，还天天逼她跑步，她得再好好考虑一下。"

陈昭失笑。隔了几秒，他捏了捏陈明月的脸颊，哼笑出声："你不好好锻炼，就你现在的身体素质，折腾不了两回估计就不行了。"

陈明月的耳垂不知道是被他的手捏的，还是被他的话刺激的，发烫又发麻。她深吸一口气，拉开他的手："你目前还没转正呢，少不正经。"

陈昭勾了勾唇，眼神扫过她圆润饱满的曲线，意有所指地说："你们学医的人体结构不是看得多了？而且你现在也已经不小了，还害羞什么？"

"谁害羞了？"

陈明月又想咬他了。她突然想起下午自己松口的时候，嘴里有一股淡淡的血腥味，她应该是将他的脖子咬破皮了。

她皱了皱眉，问道："你的脖子处理过了吗？"

"没。"陈昭懒懒回道。

他将自己的外套衣领往下拽了拽，露出脖子上被她咬出来的红色印记。

陈明月只看了一眼就心虚地移开了视线，认真地嘱咐："你家里有碘酊吗？你回去之后给伤口消个毒，再贴个防水的创可贴。"

陈昭眯了眯双眸，面色平静，淡声回道："没，我家里什么都没有。"

陈明月想了想，又说："那我们吃完晚饭回去之前先去药店。"

陈昭："……"

啧，他们还没亲过几回，她这就开始防他了？

吃完晚饭，陈明月拉着陈昭一起去了药店，除了碘酊和创可贴，她还买了一大堆常用药——感冒药、止痛药、烫伤药等等。

回家的路上，陈明月还在不断跟陈昭科普她买的那些药的使用方法。

陈昭嘴角翘了翘，一路上都十分耐心地听着。

两人虽然住在同一个小区，但楼栋不挨在一起，陈明月住在中间的第6栋，陈昭住在最后一栋。

黑色大众在6栋2单元楼下停稳，陈明月下了车，刷门禁进了单元门。

隔了一分钟，她又折返回来，绕到驾驶座敲了敲车窗。

车窗缓缓落下，男人那张清俊硬朗的脸庞露出来。他压低声音说："怎么？想跟哥哥回家？"

陈明月无语。

她抬手指了指自己的脖子："我是来提醒你，回去之后记得处理伤口。"

陈昭沉默了几秒，挑眉："没了？"

陈明月点点头，回道："还应该有什么吗？"

陈昭没说话，双眸一动不动地盯着她，眸光暗沉，像是黑夜里匍匐在丛林中耐心等待着猎物的猛兽的眼睛。

陈明月轻咳了一声："我先上去了，拜拜。"

回到家，陈明月洗完澡，一边敷面膜，一边看最新发表的医学文章。

明天早上无手术，她今晚打算熬夜改自己的论文。

论文改到一半，陈明月突然意识到明天她还要早起去陪陈昭跑步，看了一眼时间，已经十二点零五分了，想了想，决定明天不去了。

她正想给陈昭发条消息，拿出手机才意识到她到现在都还没加上他的微信。

陈明月在睡觉和继续改论文之间犹豫了一分钟，最后她长长地叹了口气，乖乖合上电脑，准备上床睡觉。

她关了灯，躺下之前又习惯性地打开手机看了眼微信，这才发现通知栏里面有一条申请添加好友的消息。

陈明月点进微信添加好友页面,发现对方没有填任何验证信息,微信名字就是一个大写的英文字母"C",头像是一张图片——纯黑的背景中央有一轮圆圆的月亮。

几乎是本能反应,看到图片的那一瞬,陈明月就想到了陈昭。

她点了通过之后大概又过了两分钟,对方也没有任何反应。

因为看不到对方申请添加好友的时间,陈明月在想陈昭是不是早就发过来了,现在是不是已经睡着了。突然,聊天框最上面的状态变成了对方正在讲话。

陈昭给她发了一条语音消息过来。

陈明月将手机拿到耳边,点开,男人低沉好听的声音响起来,其间还夹杂着一点喑哑的喘气声:"我在你家门口。"

她愣了一下,顾不上穿拖鞋,下了床,穿着睡裙光着脚就冲到了门口。她拉开门,看到门口那道清瘦挺拔的身影,刚想问他怎么过来了。陈昭突然向前一步,从外面跨了进来。

没给陈明月任何反应的机会,陈昭一只手搂着她的腰,另一只手捏着她的下巴,迫使她抬头,而后,他低头用力地吻了下来。

这个吻霸道又猛烈,来势汹汹又毫无克制。

陈明月鼻腔里全是男人身上清冽干净的薄荷气息,带着一点罗勒的苦味,让人沉溺。陈明月心跳加速,来不及抵抗就已经彻底沦陷了。

感受到她的乖顺和配合,陈昭亲吻的动作变得温柔起来。他松开她的下巴,手掌缓缓移到她的后颈,粗糙的指腹在她敏感细腻的后颈肌肤上不轻不重地摩挲着。

他的呼吸和手指都十分滚烫,空气像是被一团无名暗火点燃,烧得陈明月一丝清醒也不剩。

直到她快喘不过气来,理智才跟着回笼。眼角余光看到门还开着,她呜咽了一声,抬起手就抵着陈昭坚硬的胸膛将他往外推。

像是惩罚她的不专心,陈昭凑到她耳边,张嘴,在她耳朵上咬了一口，而后用舌尖反复吮着。

陈明月浑身发软，断断续续地开口："你……让开，我要……关门……"

陈昭俯下身，结实有力的胳膊托住她的臀将她整个人竖着抱了起来。

他抱着怀里的人转身，空着的另一只手快速将门合上。

陈明月见门关上了，挣扎着要下来，却被男人压在了门板上。他分开她纤细的腿迫使她缠在他身上，而后，他整个人向前靠了靠，两人的身体紧紧贴在一块，严丝合缝。

陈明月清亮的瞳仁上氤氲着淡淡的水汽，她眼角微微发红，声音也控制不住地发软："你快放我下来……"

陈明月身上只穿了一件单薄的真丝睡裙，感受到独属于她的曲线和柔软，陈昭的身体越发僵硬。他利落的下颌线条紧紧绷着，眸光沉得厉害，嗓子同样哑得不像话："让我转正？嗯？"

陈明月顺了顺呼吸，又看了一眼他放在她胸前的那只手，深吸一口气："你是打算威逼利诱？"

陈昭哼笑出声："是不是你都给我受着。"

陈明月沉默片刻，突然偏头舔了舔他的耳郭，细致地描摹了一会儿，又轻轻咬了一口："我明天不陪你跑步了，可以吗？"

陈昭呼吸本来就还乱着，现在又变得急促起来。他将人放下来，往后退了半步。

他鸦羽一样的眼睫垂下来，狭长的黑眸一动不动地盯着她。

陈明月眉眼弯了弯，像两弯漂亮动人的月牙："不要以为就你会这样……"

陈昭嘴角再次上扬，黑眸深处有藏不住的愉悦漫溢出来。

他喉结滚了滚，眉梢微挑："你是不是以为我不敢继续？"

说着，他伸出手，重重地揉了一把。

陈明月猝不及防，喉间的声音溢出来之前，男人再次垂头含住她的唇，舌尖轻而易举撬开她的齿缝，将她的嘤咛声全部吞咽进肚。

半个多小时之后，靠改论文已经冷静下来的陈明月听到浴室里的水声停止了，她按着鼠标的手指顿了一下。

陈昭拉开浴室门，从里面走出来。他身上还穿着刚刚穿着的黑色T恤和长裤，头发湿着，发梢上不断有透明的水珠顺着他轮廓分明的侧脸落下来，打湿了一小片衣领。

陈明月眼睛盯着电脑屏幕，余光却落在男人雪白修长的脖颈和上下滚动的喉结上。

她喉间无意识地咽了下："你今晚……不回家了吗？"

陈昭用毛巾随意地擦了两下头发，漫不经心地开口："嗯，监督我女朋友明早去跑步。"

陈明月无奈。

她起身，从茶几下面拿出吹风机递到陈昭手里。

她忽然想到什么，眨了眨眼，软声问道："那你睡哪儿？我这里只有一张床。"

陈昭顿了两秒，瞥了一眼四周："沙发。"

陈明月看了看她那张拥挤的单人沙发，叹了口气："你回家睡吧，我明天早上会准时下楼的。"

陈昭的头发剪得很短，已经擦得半干，热风吹了两三分钟就差不多干了。

他平静地关掉吹风机，背对着陈明月，声音低沉："明天早上我要出差，我只是想多跟你待一会儿。"

陈明月眼睫颤了颤，向前一步从背后抱住了陈昭，脸颊在他宽阔的背上蹭了蹭："你明天要去哪儿出差啊？要去多久？"

陈昭转身将她搂进怀里，淡声回道："藤市，去多久不确定。"

他骨节分明的手穿过陈明月乌黑柔软的发丝，揉了揉她的脑袋："不早了，快睡吧。"

陈明月点点头，给他拿了枕头和衣柜里刚晒过的被子。

关了灯,陈明月却一直没睡着,她翻了个身,眼睛盯着沙发的方向看。

窗幔合着,屋里黑漆漆一片,什么也看不清。她抿了抿唇,将她一直想问却很多次都没能问出口的问题抛了出来:"你后来……为什么选择做警察?"

陈明月等了很久,也没等到陈昭的回答。

她不知道他是已经睡着了,还是不想回答。

想到他明天一早还要出差,她便没有继续问了。

两人虽然确定了关系,但因为陈昭归期不定的出差,陈明月觉得自己的生活没什么变化。

虽然他们已经加上了微信,但他们都不是爱分享生活的人,并且两人的工作都很忙,一般只有早上和睡前他们会聊几句。

不知不觉,就到了九月的最后一天。晚上七点半,陈明月从住院部出来,正要去停车场准备开车回家,放在外套里的手机振动起来。

来电显示是何舟。

陈明月按下接听键,笑着开口:"你这个金融圈的大忙人怎么想起来给我打电话了?"

何舟跟着笑了声:"我们俩到底谁更忙?你现在下班了吗?"

陈明月"嗯"了一声:"不跟你开玩笑啦,你打电话给我是有什么事吗?"

电话那端的人沉默了几秒才继续说:"我现在就在你们医院门口,晚上方便的话一起吃顿饭?"

陈明月愣了下,一边往门口走,一边问道:"你什么时候来的A市,过来出差的吗?"

何舟说:"是啊,办完事回去之前来找大学时期的饭搭子叙个旧。不过老程他现在已经在回云城的飞机上了,不然就又是咱们铁三角的聚会了。"

陈明月本来国庆休假也打算回云城一趟的,但陈昭昨天晚上说他过两天就回 A 市了,她就跟明向虞说了一声她国庆有其他计划之后就退了回去的票。

她走出医院大门,看到旁边一辆白色大 G 正打着双闪。没等她走过去,何舟已经从车上下来,提前替她拉开了副驾驶的门。

陈明月快步走了过去,说了声"谢谢",上车系好安全带。

两人还是像以前那样找了一家物美价廉的苍蝇馆子,吃完饭,何舟送陈明月回去。

到了小区门口,陈明月解开安全带:"下次见。"

说完,她推开车门下了车,进了小区往里走了一段距离后,又听到身后何舟的声音:"明月。"

陈明月脚一顿,回头:"嗯?"

何舟走过来,手里还拿着一个信封。

陈明月这才发现他的情绪不太对劲,关心地问道:"你是不是遇到什么事了?工作上还是生活……"

何舟笑了笑,眼底却没有笑意,只有苦涩和难过:"这个给你,等你回家了再看。"

陈明月接过来:"这是什么?"

何舟没答,他整理了一下情绪,平静地开口:"你和阿昭要好好的,如果他哪一天欺负你了,一定记得告诉我,我找老程他们帮你一起教训他。"

陈明月轻咳了一声:"你怎么知道我和他……"

何舟这次是真的笑了:"因为我了解他,也了解……你。"

他顿了顿,眼圈微微发红:"我要说的就这么多了,再见。"

陈明月看着他离开的背影,没来由地想起今年上半年他俩和程北延一起聚的那次,何舟当时情绪好像也不太对劲,但那会儿他是喝了酒,而今天他们只是像大学时那样,很平常地一起吃了顿饭。

陈明月又想到这么多年过去,何舟好像从来没谈过女朋友,她突然想到一种可能性,却又不太敢相信。

她咬了咬唇,转身往家走,余光不经意扫到前方不远处的一道身影,她的眼睛顿时亮了。

他怎么提前回来了?

男人靠在路灯下,长腿交叠,嘴里呼出的白烟模糊了他的面部轮廓。

他垂着手,修长手指间的那一点猩红,在秋日微凉的晚风中闪烁,明明灭灭。

见陈明月朝自己走了过来,陈昭将刚吸了一口的烟掐灭。

陈明月感受到他周身的低气压,关心地问道:"你案子办得不顺利吗?"

陈昭张开手臂,俯身将人抱住。他声音微哑,带着点显而易见的疲惫:"很顺利,所以提前回来了。"

这次因为藤市警方的配合,他们提前抓到了犯案的那对夫妻,并连夜押回了 A 市。经过今天一天的审讯,两人已经将这些年他们在西南边境和内陆犯的几起拐卖案的细枝末节全部交代了。

陈昭的脸埋在陈明月的颈窝中,他温热的吐息落在她光洁细腻的皮肤上,弄得她有些痒。

她抬手摸了摸他的寸头:"那……你怎么不太高兴?"

她顿了下,语气突然变得焦急:"你是不是哪里受伤了?"

陈昭直起身,冷峻的脸上恢复了以往的漫不经心,眉眼桀骜:"你放心,我没那么容易受伤。"

陈明月认真地将人从头到脚打量一遍,确认他真的没受伤,这才松了一口气,又想起什么:"何舟来 A 市出差了,现在应该还没离开,你想跟他聚一下吗?"

陈昭眼睫低垂,不动声色地扫了一眼陈明月手里的信封,没什么情绪地回道:"等林听下个月回国的时候再聚。"

陈明月"嗯"了一声:"你吃过晚饭了吗?"

陈昭面不改色地摇了摇头。

陈明月抬起手腕看了眼时间,说:"这么晚了,我给你做,我们先回家吧。"

陈昭眉微挑："你做？"

陈明月眼睫颤了颤："对啊……怎么了？"

应该没有人告诉过他，她的厨艺一直维持在将食物用水煮熟的水平吧？

陈昭勾了勾嘴角："荣幸之至。"

陈明月没来由地就心虚了，她轻咳一声："其实现在也不算晚，要不我还是陪你出去吃吧……"

陈昭抬手捏了下她的脸颊："别尿。"

陈明月立刻拍掉他的手，大言不惭："谁尿了？我是怕你吃过一次之后赖上我。"

因为陈明月家的沙发实在太短，陈昭的长腿无处安放，他这次带着她回了他的住处。

陈明月跟着陈昭进了他的家门之后，看到无比宽敞的客厅，不禁感叹有钱人和普通人的生活就是不一样。

他家是三室一厅，还带一个超大的阳台，屋子装修简洁，色调非黑即白，走的是冷淡风。家里的东西也不多，看久了还会觉得有些空荡。

陈明月说："你这里也太冷清了，你要不要从我那里端几盆植物回来？我家的多肉生命力格外顽强，一个月浇一次水就行。"

陈昭想起出差那天早上，他一睁开眼，就看到陈明月窝在她小小的阳台上，给她那些长势繁茂的花花草草浇水。

她眉眼漂亮，侧脸光洁动人，神情带着十足的温柔和耐心。

那一刻，他感到了前所未有的幸福，让他有一点舍不得离开。

他喉结轻滚："好。"

厨房的门开着，陈明月走了进去。她拉开冰箱门，看到里面满满当当的新鲜蔬菜和肉，知道他平时肯定请了阿姨做饭和打扫。

她扭头看了眼站在门口的陈昭："你想吃什么？"

陈昭挑眉:"你做什么我就吃什么。"

陈明月从冰箱里翻出一袋未开封的鸡蛋挂面:"那就吃面,浇头的话……就青椒牛肉吧。"

她和陈昭有很多相似点,例如这些年两人的口味都没怎么变,和高中时候一样,两人都能吃辣,但只能吃微辣,辣椒一般就用来调味。

陈明月准备先做浇头,等她费劲地切完牛肉,正在思考要加哪些调料进行腌制,要不要拿出手机再看一眼食谱时,陈昭走过来接过她手里那满满一大勺盐:"乖,去客厅玩一会儿,我很快就好。"

陈明月一愣。

陈昭迅速处理好牛肉,开始切青椒。

看着男人格外娴熟的刀工,陈明月好奇地问道:"你什么时候学会做饭的?"

"上个月。"陈昭头也没抬,认真干活。

陈明月想了想,决定不在这里给自己添堵了,便听他的话去了客厅。

陈明月拿出手机看了一会儿学习视频,忽然想起何舟今晚给她的信封,于是将封口打开。

里面只有一张照片,已经泛黄,但很显然被人保存得很好。

陈明月将照片抽出来,正面朝上,看到照片上的人是穿着四中校服的自己,不由得再次愣住。

她本来以为就算何舟对她有些许好感,也应该是在大学期间才有的。

但这张照片……她记得好像是她高二时物理竞赛获奖之后,教导主任找人拍了放在学校橱窗展示的。

陈明月又想起何舟晚上对她说的那些话,心情瞬间变得沉重,还夹杂着愧疚感。

她还在胡思乱想时,突然听到身后的脚步声,她眼睫颤了颤,飞快地将照片塞进了自己包里。

陈昭注意到她的动作,眸光暗了一瞬,随即又恢复沉静,说道:"面好了。"

陈明月点点头，起身来到餐桌边。陈昭应该知道她已经吃过晚饭了，给她的那碗面并不多。她坐下来，看着男人慢条斯理地吃着面，也拿起筷子吃了起来。

吃完面，陈明月又喝了一口汤："要不是晚上跟何舟一起吃过饭了，我应该会把汤全部喝完，太好吃了。"

陈昭吃面的手一顿。等咽下最后一口食物，他没什么情绪地看着她："这些年，你跟他处得倒挺好。"

陈明月本来跟他面对面坐着，闻言，她起身走到他身边："哎呀，我们阿昭是不是吃醋了？"

她侧坐着，两只手臂环住了陈昭的腰，下巴抵在他坚硬的肩膀上，声音柔软，像是在撒娇："所以你是吃你好朋友的醋，还是吃你女朋友的醋？"

陈昭没说话，片刻，他舌尖抵了抵后槽牙，笑了。

他屈起手指，在陈明月额头上轻轻地敲了一下，声音清冷低沉："坐好，别赖在我身上。"

陈明月摸了下额头，直起身，叹了口气："本来我打算洗碗，既然你家暴我，那就算了，你自己洗吧。"

说着，她就要起身离开，结果又被男人搂着腰摁在了怀里："行，我洗，但你得陪着我。"

陈明月国庆一共有五天假，一号到五号，而陈昭只有前三天调休。

陈明月干脆搬到了陈昭这里住，她拿了一些换洗的衣物过来，霸占了他的主卧。

两人假期一直待在一起，每天早上一起出去跑步，在外面吃完早餐回来后，陈明月忙着改自己的论文、看文献、整理病人资料，陈昭大部分时间都在睡觉，头枕在她的腿上，闻着她身上的气息，睡得格外沉。

陈明月闲下来的时候，他们会一起看电影、玩游戏。

时间过得飞快，陈昭假期最后一天开始补结案报告，从中午吃完饭一直补到傍晚才弄完。陈明月见他这么辛苦，也不让他做饭了，提议出去吃。

两人也没走远，就在小区外面选了一家人最多的家常菜馆。

点完菜，等菜上来的时候，陈明月给晏苏发了句感慨过去："我感觉这几天我们就像结婚几十年的老夫老妻，有一种岁月静好的安逸感。"

晏苏大概结束今天的拍摄了，回消息回得很快："哦，那你们这几天都干吗了？睡了吗？"

陈明月："没有。这几天我们就各干各的事了……"

晏苏："是你不行，还是他不行？"

陈明月："你才不行！上次我们差一点就要成功了，但因为我没做好准备，所以他最后没继续……"

晏苏："你是个学医的，人体结构你都那么熟悉了，你需要做什么准备？"

陈明月深吸一口气："学医的怎么了？上床又不是上手术台。"

晏苏："行行行，你说的都对。不过你记得做好安全措施，你现在正值职业上升期，我记得你明年就可以评副高了吧？"

陈明月："我不跟你说了，我要吃饭了，拜拜。"

陈明月有点后悔找晏苏叨叨了，关了手机好几分钟了，她的脸还是烫的。

吃完饭从餐馆出去，陈昭走在前面，陈明月慢吞吞地跟在他身后。

陈昭突然回头，懒洋洋地问："你是不是有什么事没告诉我？"

陈明月清了清嗓子："没有啊，我就是想去超市买点东西，你要一起吗？"

陈昭："行。"

进了超市，陈明月才发现这个点来超市买东西的人还挺多，而且陈昭就在她旁边，她实在不好意思特地去某些货架上拿些计生用品。

两人没拿推车，陈昭就陪着她在超市里一圈又一圈漫无目地瞎逛。

最后，陈明月自己受不了了，决定放弃，去饮料区随便拿了两瓶水就要去结账。

结完账,陈明月拉着陈昭的胳膊匆匆出了超市的门,递了一瓶水给陈昭。

陈昭接过来,似笑非笑地看了她一眼,尾音上扬:"你来超市就为了买两瓶水?"

陈明月知道自己那点小心思已经被陈昭看穿了,正想鼓足勇气跟他坦白,他们早就不是十七八岁的高中生了,成年人之间有什么好遮遮掩掩的?

下一秒,她大衣口袋里的手机突然振动起来。

她拿出手机,看到"妈妈"两个字,下意识地看了陈昭一眼才接起来:"喂,妈妈?"

电话那端先传来一阵嘈杂的声音,片刻,明向虞的声音响起来:"月月啊,我现在到了你们这里的火车站,这边出口太多了,妈妈不知道该走哪个。还有,你上次跟我说你住在哪个小区来着?"

陈明月愣了愣,回道:"你站在原地不要动,我马上过去接你。"

挂了电话,她抓着陈昭的左手晃了晃,跟他商量道:"你先回家吧,我妈突然来找我了,我得去一趟火车站。"

陈昭反握住她的手,嗓音低沉:"我跟你一起。"

陈明月迟疑了下,点了点头:"嗯。"

陈明月就今年过年的时候回了一趟家,待了不到两天,因为医院有急事就回来了。她跟明向虞大半年没见了,她以为明向虞过来找她是因为想她了,但接到人之后才意识到不对劲。

因为明向虞看到她身边的陈昭竟然丝毫不觉得意外和惊讶。

回去的路上,陈明月陪明向虞坐在后座,她正在犹豫要不要趁这个机会告诉明向虞她和陈昭现在的关系。

陈昭从后视镜里看了她们一眼,先开了口:"阿姨,最近店里面生意还好吗?"

223

陈明月更加茫然了。

2015年年初的时候，明向虞在云城四中门口开了一家小吃店，因为手艺不错，每天傍晚前来光顾的学生很多，生意一直很红火。

但这件事陈明月没跟任何人说过，陈昭怎么知道的?

明向虞笑着回道："生意挺好的，正好这几天学生放假了，我也歇息歇息。"

陈明月住的小区离火车站不远，不到十五分钟就到了楼下，陈明月和明向虞下了车一起往楼上走。

陈昭回家了，就剩下母女两人，陈明月开口时有些迟疑："妈，你和陈昭……"

明向虞平静地打断她："上个月他来云城找过我。"

陈明月脚一顿。

"他跟我说了一下他现在的工作情况，还给我看了一份他早就签了字的财产转赠协议，问我现在能不能接受他追求我的女儿。"

明向虞顿了顿，继续说道："其实我心底是不赞成的，你爸就是警察……如果以后真的出个什么事，你怎么办？我不想有一天你像我一样，在这个世界上无依无靠的。"

陈明月抿了抿唇，没说话。

明向虞又说："我知道他的家境很好，他的父母完全有能力替他换一份安稳体面的工作，甚至他都不需要工作。那份财产转赠协议我当时都没数明白到底有几位数，所以我问他能不能放弃现在的工作，如果能的话，我就支持你们在一起，毕竟这么多年过去了，你们都还惦念着对方，真的不容易。"

陈明月忽然开口："他拒绝了对吗？"

明向虞带着些许感慨回道："是的，他说从他入职宣誓那一天开始，他就已经没有退路了……但我还是同意了。月月，你知道为什么吗？"

陈明月像是在和谁赌气一样，轻声说道："我怎么知道？反正你同不同意都跟我没关系。"

明向虞看了一眼现在已经比她高了快一个头的女儿，笑了笑："因为我从他坚定的眼神里看到了跟你爸爸一样的光彩，我想，如果你爸爸还在，他一定会同意的。"

她抬手替陈明月理了一下头发："说实话，这些年你是不是一直在怪妈妈当初没让你们在一起？"

陈明月眼圈一红，眼泪打湿了鸦羽似的睫毛："没有。"

明向虞眼神中还带着歉疚："但妈妈当初真的是为你好，这两年我一直在想，要是你爸爸能看到现在这么优秀的你，该有多好。"

陈明月眼睫颤了颤，声音哽咽："爸爸应该看到了。"

明向虞点点头，拉着她进了屋，关了门之后，又从包里拿出一个存折："之前你买车宁愿找朋友借钱也不肯收我的钱，现在我又往里面存了一笔，密码还是你的生日，你要还想跟他在一起，就把嫁妆收好。虽然他答应过我一定会好好照顾你，会一直陪着你，但你也不能就全部指望他了，知道了吗？"

"知道啦。"陈明月张开手臂，轻轻地抱了抱明向虞，"妈，你真不来A市跟我一起住吗？我这间房子快到期了，你要是来的话，我就找个大一点的房子。"

明向虞拍了拍她的背："现在还是算了，等你们结婚生了孩子之后，我再考虑要不要过来照顾我的外孙。"

陈明月耳垂微微发烫："我们才刚开始谈恋爱，结婚生孩子什么的都还早呢。"

明向虞皱了皱眉，想劝明月趁还没到三十岁早一点把孩子生了，想了想，还是放弃了，女儿已经大了，她现在可管不了了。

陈明月还有两天假，她本来熬夜做好了A市旅游攻略，打算明后两天带明向虞到处转转，结果第二天上午起来，明向虞就说要回家了。她拗不过明向虞，托朋友买到最近一班A市飞云城的机票之后，打车送明向虞去了机场。

过安检之前，明向虞还是像每次挂电话前一样，嘱咐了明月很多事情，让她不要老熬夜，工作再重要也没自己重要，一定要照顾好自己的身体。

陈明月耐心地听完了，同样嘱咐道："妈，你也要好好照顾自己。"

送完明向虞回到家，陈明月还有些困，她准备先吃个早饭再继续睡，进了厨房正要淘米，却看到电饭煲的保温键亮着，餐桌上还压着一张字条。

"妈妈烧了很多菜都放在冰箱里了，你们记得早点吃完，别放坏了。"

陈明月鼻子一酸，眼泪又掉了下来。

在她已经不纠结爱与被爱的时候，才发现明向虞一直是爱她的。

陈明月睡不着了，她工作了一会儿，给陈昭发了条微信："你今天中午有时间吗？我去找你一起吃午饭。"

过了快一个小时，陈昭才回复："嗯，你十一点半过来。"

陈明月知道他应该在忙，就没再回消息。她将屋子收拾了一下，洗了两个饭盒，打包好饭菜，出了门。

陈明月到A市公安分局的时候是十一点过十分，她是坐地铁过来的，本来打算在门口等会儿，结果一个穿警服的年轻警察从外面回来的时候看到她，一脸惊喜："你是来找陈队的吧？他们刑警支队今天上午在西郊那边训练，马上就回来了，你要不要进来待会儿？"

陈明月回忆了几秒，才想起来眼前的小帅哥是上次给她和晏苏做笔录的那个实习警察。她点点头，跟着进去了。

没过几分钟，一群穿着黑色作训服的警察们下了车纷纷往里走。

其中最显眼的就是走在中间的那个人。男人眉目俊朗，侧脸轮廓分明，脖颈线条修长利落，一身黑衬得皮肤更加白，腰窄腿长，脊背劲瘦挺拔，整个人气质清冷。

他身后还跟着一群叽叽喳喳的年轻人。

"队长，你是怎么做到百发百中的？你以后多教教我们射击的技巧呗！"

"就队长那枪法,你再练个十年也赶不上他一半……"

这时,张颂眼尖地发现了陈明月,声音洪亮地喊道:"嫂子,你怎么过来了?"

陈明月:"……"

她就不该过来。

刑警队尽是一群不会看人眼色、情商有些堪忧的小伙子,听到张颂的话,竟然有人惊奇道:"嫂子?队长什么时候有女朋友了?"

"你个蠢材,一院那个见义勇为的女医生肯定就是队长的女朋友。队长平时离女性生物都三米远,但跟她都抱在一起了!"

张颂快要被这些人蠢死了,他压低声音,话语几乎是从牙缝里挤出来的:"当着队长和嫂子的面讨论,你们是活腻了吗?"

大家这才反应过来,齐刷刷地朝陈明月看过来,声音格外整齐:"嫂子好。"

陈明月再也不想来这个让她"社死"的地方了,她现在只想挖个地洞钻进去。

陈昭没什么表情地扫了底下的人一眼,冷声道:"别瞎起哄,都滚去吃饭。"

他顿了顿,不知道想到什么,嘴角扬起一抹向上的弧度,低沉的声音里带着点痞气:"我媳妇儿脸皮薄。"

陈明月:"……"

五号凌晨,今年第十三号台风从 A 市隔壁的海市登陆,A 市受到影响,下起了暴雨。

六号早上,整座城市仍在雨水里浸泡着。

陈明月的车还在医院停车场,这个天不太好打车,她本来想让陈昭送她去坐地铁,结果陈昭直接将车开到了医院门口。

车停下,陈昭朝她看过来:"晚上我过来接你。"

"好啊。"陈明月弯了弯嘴角。

她解开安全带，朝他挥了挥手："那男朋友，晚上见。"

陈明月一手拿着伞，另一只手正要去推车门。

陈昭抬手扣住她纤细的手腕，温热的指腹在她脉搏跳动处摩挲，声音微哑："没了？"

陈明月茫然地回头："啊？"

陈昭眉微挑，慵懒地问道："你真把我当司机了？"

陈明月还是一头雾水："谁把你当司机了？"

陈昭"啧"了声，手掌往下移，钩住她的腰，将人从副驾驶抱过来，压在方向盘上吻了下去。

这段时间，两个人的吻技都有所进步，但很明显陈昭更胜一筹，陈明月被他亲得有些腿软。

外面的雨更大了，硕大的雨滴不断砸在车窗上，掩盖住了车内的温暖缱绻。

不知道过了多久，陈明月的大脑短暂地恢复了清明，她觉得这个吻再继续下去，他们俩今天就不用去上班了。

陈明月的双手抵着陈昭的肩膀，借着他的力量往后靠了靠，小声地埋怨："你昨晚还没亲够哇……"

她唇微肿，脸颊微红，清亮的瞳仁像是含了春水，水光潋滟。

陈昭看着她，快要控制不住身体反应的时候，立刻转开视线，下巴抵在她柔软的肩膀上，抱了一会儿将人松开，放她下了车。

陈明月回办公室换了衣服之后，直接戴着口罩去病区查房。

她查完房正要回办公室的时候，李护士匆匆跑过来找她："陈医生，暴雨导致南山乡一个村庄房屋大面积坍塌，现场多人受伤，杨主任让你跟急诊科的同志们一起去现场支援。"

因为是国庆假期，来看病的人很多，急诊科明显忙不过来，所以才紧急从其他科室抽调人手。

南山乡在 A 市最南边，离市中心有一段距离。路上，陈明月本来为了待会儿能更好地投入救援工作，正在闭目养神，而同事们正在讨论灾情。

"哎，我刚刚看新闻说南山乡的年轻劳动力都去大城市务工了，所以这次受伤的大多数是老人和小孩，还有好些人被埋在废墟里，也不知道现在救出来没？"

"救援哪有那么容易，我们到那里了都不一定能全部救出来。"

"我还看到微博上有人说，一个十几年前的杀人犯跑南山乡去了，今天去抓人的民警里有个小伙子被埋在了废墟里。"

"啊？都十几年前的案子了，为什么民警要选暴雨天去抓人啊？"

"犯人警惕性很高，今天不抓，明天跑了怎么办？"

陈明月想到了陈昭，她立刻拿出手机给他发了一条信息过去："你今天还是在局里值班吗？"

然而，等A市一院的医疗救援组到了南山乡，陈昭都没有回复消息，她的心情一下子沉到了谷底。

南山乡当地的乡医院已经在村口的空地上支好了帐篷，只是由于医疗物资短缺和人手不够，很多伤员都还没得到救治，小孩子们的哭声在大雨的冲刷下显得格外凄惨。

陈明月一行人下了车，只看了一眼现场的情况，就匆匆投入到了救援工作中。

过了一会儿，其他大医院的医疗组也过来了，所有人齐心协力，一直忙到下午一点，被救出来的伤员已全部得到了救治。

一院带队的是急诊科的夏明医生，他和其他医院的负责人商量了一下，一院的救援组先休息三十分钟吃午饭，然后换其他医院的医疗组休息。

食物只有泡面、饼干和面包。

南山乡本来就偏僻，再加上暴雨导致信号不好，陈明月站在帐篷最外面，她也不管身上的血污，就这么透过外面连成线的雨幕看向已经是一片废墟的村子。

她心里不断祈祷着陈昭千万别受伤，他一定要没事。

夏明见陈明月没去领午饭，拿着两个面包走过来，递了一个到陈明月眼前，温声开口："陈医生，我们下午还要继续工作，饭不能不吃。"

陈明月将面包接过来，道了声谢之后，正要撕开包装袋，眼角余光注意到又有新的伤员被送到了隔壁瑞和医院的帐篷里，是个年轻男人，有些眼熟。

她心里"咯噔"一下，手一松，还没拆开的面包掉到了地上。

张颂也看到了陈明月，他一脸惊喜："嫂子？"

瑞和医院的骨科医生白雪上前替他处理伤口，她一边拿消毒之后的剪子剪开他腿上破掉的裤子，一边问道："你和一院的陈医生认识？"

布料已经和血肉混在了一起，张颂疼得直冒冷汗："是啊，她是我们队长的女朋友。"

白雪以为他是消防队的，点点头，继续处理伤口。

张颂忽然想到什么，扭头看向陈明月："对了，嫂子，陈队他没事，他和其他人现在还在村里面帮忙救人。"

陈明月暂时松了一口气，又问道："蔡顺成是你们队的吧？"

张颂眼睛亮了亮："是啊，嫂子，你都把我们所有人记下来了？"

果然像陈队说的那样，嫂子就是个过目不忘的学霸。

陈明月没回答他的问题，只说："小蔡他手术很成功，不过一直没醒，上午已经转移到了离这里最近的医院了。"

白雪正在固定张颂的伤腿，他倒吸了一口凉气，忍着痛，笑了一下："我就知道他没事，那小子福大命大。"

晚上六点半，雨势减小，只剩淅淅沥沥下着的小雨。

此时所有人都被救了出来，村干部对着名单清点了一下人数。确认没遗漏之后，一整天都没休息过的消防队、武警队，还有A市刑警支队的几个队员收到命令可以撤离了。

受轻伤的村民很快被安排到了最近的酒店休息，伤重一点的也都被转移到了医院里，各大医院的医疗组完成工作后也都撤离了。

只有一院的陈明月和乡医院的人还在原地驻守，陆陆续续有人过来处理身上被水泡得有些发炎的伤口。

陈明月替消防队的一个队员处理好手臂上的划伤,放在白大褂里的手机突然振动起来。她摘掉手套,把它们扔进垃圾桶,拿出手机看了一眼。

来电显示是陈昭。

她将手机放到耳边。

男人低沉的嗓音在淅淅沥沥的雨声中格外悦耳:"今天出外勤了,现在才看到你的消息。"

陈明月正要说话,却看到不远处正朝帐篷这边走过来的男人。他一身漆黑的作战服,靴子上全是泥土,袖子和腿部不知道被什么划破了,露出来的伤口在夜幕中看不出深浅。

见陈明月没回答,陈昭脚顿住,声音温柔,带着哄人的意味:"生气了?"

陈明月吸了吸鼻子:"我没有。"

陈昭乌黑的眼睫垂下,轻笑了一声:"我宝贝脾气这么好。"

陈明月的声音有点哽咽:"你能不能别再淋雨了。"

陈昭愣了一下,抬眸,不经意地朝前方的帐篷看过去。

正正方方的棚子里,光线明亮,她就站在那儿,一动不动、眼睛通红地看着他。

视线撞上的那一刻,陈昭的心脏猛地一抽,疼痛感在身上蔓延开。

陈昭走过来的时候,陈明月已经收起了脸上所有的情绪。

她一副日常工作时沉静冷淡的口吻:"到屏风后面把衣服脱了,我给你检查一下身上。"

陈昭挑了下眉,非常配合地绕到屏风后面,在折叠床上坐下来,长指慢慢解开上衣纽扣。

陈明月拿着药箱进来的时候,陈昭刚好手搭在人鱼线上方,他慢条斯理地将皮带抽了出来。

陈明月的视线在他胸口上方的十字疤痕处停留了两三秒,眼睫颤了颤:"你先别脱了,背对着我。"

陈昭喉结轻滚,转过身去。

看到他背上和胳膊后面错落分布着的几处大大小小的旧伤疤,陈明月的心脏像是被人用钝刀子反复割着般,痛感愈来愈强,她的眼眶再次不受控制地发酸。

她抿了抿唇,努力克制住激动的情绪,弯腰低头,动作很轻地给他今天新添的伤口消毒。

将他背后的伤口全部处理好了之后,她轻声开口:"好了,你转过来。"

陈昭回过头来,看到她的眼睛又红了,不由得叹了口气:"不疼,我早就习惯了。"

陈明月本来藏得好好的情绪因为他这句话瞬间破了防,她低着头,眼泪大颗大颗掉下来,肩膀也跟着颤抖。

陈昭狭长的黑眸中流露出无奈之色,他起身,掌心放在明月脑袋后揉了揉,微微俯身,抱住了她,声音柔软低沉:"多大人了,还要哥哥哄。"

陈明月把脸埋在他的颈窝里,过了许久,她才闷声说道:"要不你辞职吧,以后我养你。"

陈昭哼笑出声:"行,我明天就辞,以后我二十四小时跟着你,你走到哪儿我跟到哪儿。"

陈明月张嘴,牙齿在他脖颈上磨了磨:"你正经一点,我是认真的。"

她温热的呼吸落下,在他的皮肤上带来一阵痒意,陈昭低低地"咝"了一声。

陈明月立刻紧张地问道:"我弄疼你了吗?"

陈昭正要开口,外面传来乡医院负责人的声音:"陈医生,你在里面吗?"

陈明月直起身,声音还有些紧张:"在的,有事吗?"

"我们那边已经结束了,大家开始收拾东西准备回医院了,我来看看你这边需不需要帮忙。"

陈明月柔声回道:"我这边还有一个病人,马上就好了,东西不多,我自己收拾就好。"

"那好吧,要是需要帮忙随时喊我。"

"好的,谢谢。"

未等外面的男人离开,陈昭忽然开口:"宝贝儿,你先出去收拾东西,剩下的我自己来。"

陈明月微微睁大眼睛,听到外面匆匆离开的脚步声,顿时耳朵发烫。她瞪了陈昭一眼,就逃命似的匆匆小跑出去了。

陈昭处理好剩下的伤口,穿戴整齐提着药箱出来,正要帮自家宝贝一起收拾东西时,他年轻的队友们不知道从哪儿冒了出来。

"陈队,伤口是你自己处理的?怎么没让嫂子帮忙呢?"

"是啊,陈队,你是不是说了什么惹嫂子生气了?"

陈昭没什么表情地看了他们一眼:"把帐篷拆了。"

小伙子们被他的眼神吓到,立刻噤声,开始拆帐篷。

陈昭倒是反应过来了,这些人应该早就从张颂那里得知他家宝贝在这里。

怪不得刚刚一股脑全部冲到了对面的棚子里。

陈明月跟着陈昭他们的车回了市里。到公安局之后,她本来打算和陈昭一起回家,结果刚下车就接到科室值班医生打来的电话。

"陈医生,你从南山乡回来了吗?"

陈明月点头:"我已经到市里了。"

"那就好,801室三号床病人情况恶化,需要进行二次手术。"

"好,我马上来。"陈明月看了陈昭一眼,"我得回……"

陈昭点头:"我送你。"

二次开胸手术难度高于第一次手术,一直到半夜一点手术才结束,病人送入ICU观察了一会儿,见体征正常,没有大出血,参与手术的所有医生这才松了一口气。

陈明月已经累得不行,她换了衣服就准备回家,经过护士站时,被今晚值班的护士长喊住:"陈医生,你男朋友给你送了吃的过来,应该还没凉,你快趁热吃。"

陈明月从护士长手里接过那个用好几层保温袋包着的东西,眨了眨眼,突然觉得身体也没那么疲惫了。

她回到办公室,拆开保温袋,里面是她高中那会儿最喜欢吃的黄金糕,还有一袋温热的豆浆。

陈明月弯了弯嘴角,打开袋子咬了一口黄金糕,丝丝缕缕的甜味立刻溢满了口腔。

将所有食物吃完,陈明月下楼往停车场走。

她余光先注意到了花坛边停了一辆熟悉的车,车里的灯开着,照出驾驶座上那人的瘦长身影。

陈明月小跑过去,认真地看了看,发现陈昭好像睡着了,便抬脚走到副驾驶旁边。

副驾驶的门轻轻一拉就开了,她害怕吵醒他,小心翼翼地上了车,又轻轻关上车门。

陈明月看着男人熟睡的英俊脸庞,喉间无意识地哽咽了一下。

他侧脸对着她的方向,睫毛长而浓密,低低垂落下来,像两把漂亮的小扇子,鼻骨挺直,唇薄而红,下颌线和脖颈线条流畅好看。

陈昭换掉了警服,现在身上是件黑色短袖T恤和运动长裤,乍一看,还带着一种浑然天成的少年感。

看了一会儿,陈明月将车里的灯关掉,也靠着椅背闭上了眼睛。

一夜无梦。

陈明月再次睁开眼睛时,眼前还是男人轮廓分明的侧颜,她脑子还有些混沌,一时没反应过来此刻身处何方。

房间窗幔合着,屋里光线暗淡,隔了十几秒,她终于认出是陈昭的房间。见他还熟睡着,她试图将他横在她腰间的手臂拿开。

然而她刚拿开不到三秒，他的手又落了下来，还慢慢往下，捏了一下她的臀部。

陈明月："……"

这个流氓行为立刻让她意识到他在装睡。她顿了顿，把手从他T恤下摆钻进去，很轻很轻地挠了挠。

陈昭忍着酥酥麻麻的痒意，向她靠了靠，紧紧抱住她，下巴在她头顶上蹭了蹭，声音又沉又哑，带着哄人的意味："乖，别闹，再睡会儿。"

陈明月被蛊惑，闭上眼睛，隔了一会儿，她又睁开眼睛，近乎咬牙切齿道："陈昭。"

陈昭嗓音仍旧慵懒，一副没睡醒的样子："嗯？"

陈明月深吸一口气，说话声音很轻，像是有些难以启齿："你不难受吗？不需要去解决一下吗？"

陈昭低笑了一声："什么？"

感到他又故意朝她贴了贴，陈明月觉得自己整个人都要烧起来了。她抬手想要推开他，结果这人就跟铜墙铁壁似的，推了半天也纹丝不动。

在陈明月恼羞成怒之前，陈昭终于松开了箍住她的手臂。

陈明月立刻翻了个身，迅速下床，站在床边，正要恶狠狠地瞪某个登徒子一眼，就对上对方戏谑的黑眸。

陈昭"啧"了一声，懒洋洋地开口："你高中时理综不是接近满分吗？不知道什么叫正常反应吗？"

陈明月已经记不太清高中时生物到底教了什么，但她忽然想起来，眼前这人高中那会儿好像就不太正经！

虽然她知道成年人谈恋爱，坦诚相对这种事情是不可避免的，但想象和实践终究天差地别，她现在只觉得羞耻。

陈明月尽量克制着自己的视线不落在陈昭身上此刻最显眼的地方。她轻咳一声，问道："现在也不早了，你想吃什么，我去做。"

陈昭敛着眸，浅浅的眼皮褶皱舒展开，语调勾人："我现在想吃什么，你不知道？"

话音落下,见陈明月脸上又是一副恨不得立刻咬死他的表情,陈昭笑了一声,坐起身:"我先冲个澡再去做饭,你看看要不要再睡会儿。"

说完,他踩着拖鞋进了主卧的浴室。

陈明月咬了咬唇,走到窗户边,拉开窗幔,放眼往外望去。

东边天际一轮红日高挂,绚烂的朝霞将人间照亮。

暴雨过后的天空总是格外美丽,像是加上了一层不真实的滤镜,然而,死在昨日的人却再也看不到了。

陈明月凝神看了一会儿朝阳,听到浴室门再次被拉开的声音,她转身扑过去一把抱住了陈昭。

陈昭"啧"了声,掌心在她腰间摩挲了两下,哑着嗓子问:"刚冷静下来你又来撩拨?故意的?"

陈明月将脸埋在他的颈窝里,声音闷闷的:"陈昭。"

陈昭这才意识到她的情绪不对劲,昨晚她看到他身上那些伤疤时也这样。他黑眸中浮起晦涩难明的神情,手臂愈加用力地搂紧了她。

须臾,陈明月直起身,软声开口:"我去做早饭,你再睡会儿。"

陈昭眉微挑,语气毫无波澜:"你确定想吃你自己做的?"

陈明月:"……"

两人最后还是去早餐店解决的早饭。

吃完,陈昭先送陈明月去了医院。

有昨天的教训在,陈昭今天没说晚上来接陈明月下班了。

陈明月中午正要午休,接到林听打来的视频电话时愣了好几秒。

高中毕业之后,陈明月去了最北边的 B 市,冯舒雅去了最南边的 H 市,而林听远在国外。刚开始,她们还会经常联系,后来因为时差还有圈子不同,联系得越来越少,只有偶尔寒暑假聚在一起的时候,还能找到当初亲密无间时的影子。

陈明月的指尖轻轻滑动,点了通话按钮。

出现在屏幕里的林听穿着一身运动服,盘着丸子头,正在做瑜伽,她看到陈明月身上的白大褂和她身后的办公室，愣了一下："陈大医生真的好辛苦，法定节假日还要工作。"

陈明月笑了一下："是有点辛苦。对了，你回国的机票订了吗？"

林听叹息了一声："还没呢，遇到了点小麻烦，不过最快下周就能搞定。"

陈明月点头："那你加油，我们都很想你，都在等你回来呢。"

"你们指的是……"林听顿了一下，"你和陈昭？"

陈明月咳嗽一声："我说的是我们大家。"

林听翻了个白眼："我都知道你们俩在一起了，不用跟我遮遮掩掩的。"

她继续说："我还记得大学那会儿你突然跟我和冯舒雅说，你打算放弃这段感情了，我当时特别想骂你，陈昭这个人你打着灯笼这辈子也找不到第二个，竟然说放弃就放弃。"

"你当时也骂了。"陈明月慢吞吞地提醒她。

林听认真地回忆了一下："好像是哦，不过我觉得我那时候已经很克制了。"

说着，她勾唇笑了笑："你们现在能如愿以偿真好。"

"你和程北延打算什么时候结婚？"陈明月问。

林听语气平静："可能结不了了，因为我现在也想放弃了。"

陈明月："……"

林听长长的眼睫低垂下来："我跟他在一起的时间越长，就越觉得我从来没被他坚定选择过，这些年来主动的一直是我，是我先喜欢他，也是我先提的在一起，但现在不想求婚的也是我……所以我已经想好了，回来第一件事就是先跟他分手。"

不等陈明月表态，她匆匆说了一句"我上午约了朋友看展，快没时间了，先不说了，拜拜"，就挂了电话。

今天陈明月在门诊部坐班看诊，快下班的时候，她接待完最后一个病人，回到住院部。

值班的李护士从离走廊最近的病房走出来，看到她，立刻想到什么，说："陈医生，刚刚有人来找你，现在应该还在你办公室等你。"

陈明月道了声谢，转身往办公室走。

她推门进去，看到沙发上坐姿优雅的女人，愣了一下，然后平静地走到饮水机前，拿了纸杯和茶叶出来，倒了一杯茶递到对方面前。

做完这些，她回到办公位子上，继续处理今天没完成的工作。

阮芳华定定地看着被放在茶几上的纸杯，精致的面容上始终没有一丝情绪。过了一分钟，她才看向不知道是真的在工作还是装样子的陈明月。

陈明月对她的目光毫不在意，专注地整理今日病历。

阮芳华忽然开口："这就是你对待长辈的态度？"

陈明月的视线短暂地从电脑屏幕上移到阮芳华脸上："这里是医院，我还在工作，并没有下班，如果您觉得我怠慢了您，您下次可以等我下班之后再来，或者跟我约个别的地方，我去找您。"

阮芳华没接话，她没想到在她记忆里一直没什么闪光点的小姑娘如今已变得伶牙俐齿，甚至有一瞬间，还从这个姑娘的身上看到了陈昭的影子。

或许是惊讶，或许是妥协，又或许是无奈，她笑了一声："他的眼光确实还不错。"

说完，她又沉默了许久。她想起陈昭当初昏迷的时候，嘴里一直念叨着"月亮"两个字，醒来的第一件事也是想去找对方。

她原本以为年少时的感情虽然容易上头，但时间长了就会淡忘，就像她自己后来一直不能理解自己为什么会喜欢上陈卫森。

明明当时除了一张脸，陈卫森算得上是一无所有，一个农村长大的穷小子，靠着她家的关系、时代的红利，还有几分小聪明才有了几分作为，身上却还有男人的通病，有了一点钱就出轨。

她竟然看上过这种人。

至今她都觉得可笑。

她以为陈昭看上的也是这种人，有几分小聪明所以精于算计，会哄人高兴，然后骗人为其付出。

所以在阻止陈昭这段不理智的感情上，她和陈卫森站在了一边，他们都觉得这段感情对陈昭而言百害而无一利。

陈卫森希望陈昭能和一个门当户对的姑娘从恋爱到结婚，然后顺利地继承公司，而阮芳华只是单纯地不想陈昭重蹈她的覆辙。

然而陈昭压根儿不听他们任何一个人的，哪怕他们一家人之间的关系已经有所缓和。

陈昭复读一年之后报了警校，毕业之后，又不顾他们的反对，加入了刑警队。

阮芳华当时气急了，直接从国外跑回来质问他："是不是因为你高中时喜欢的那个女生？"

见他默认了，她一字一顿地问："她有什么好，值得你惦记到现在？你知不知道，你当初因为她差点连命都没有了，你是不是还嫌自己命大？"

阮芳华还记得自己说完这句话时，陈昭的眼神瞬间变得冷漠，他们仿佛又回到了母子之间关系最差的时候。

他说："这条命我愿意给她就给她了，用不着您来操心。"

陈明月突然得到阮芳华的肯定，有点意外。她眨了眨眼，继续处理工作。

过了一会儿，她整理完今日病历，将电脑关机，准备下班。

与此同时，阮芳华也收回不断发散的思绪，站了起来："我就不耽误你工作了，我今天来找你也没什么别的目的，就是想在我们关系改变之前先见你一面。"

陈明月一时之间没反应过来阮芳华话里的意思。

阮芳华却一脸了然的样子："看来你们两个的进度还没到那一步，

怪不得陈昭一直没带你见我。我还以为你在生我跟他那个人渣父亲的气，所以不肯来见我，毕竟我们以前给你留下的印象应该不太好。"

陈明月抿了抿唇："已经过去了。"

"是啊，都过去了……"阮芳华叹了一口气，轻声呢喃，"陈昭真的把一辈子的耐心都给了你。"

这些年，他一边守护她，一边在等她回头。

结果看她一直没有回头找他的打算，他终于坐不住了，调到了她身边工作。

陈明月没完全听清阮芳华的最后一句话，眼看人要走了，她忙不迭地开口："我已经下班了，您再等我几分钟，我请您吃晚饭吧。"

阮芳华脚一顿，回头："这顿饭还是留着下次见面吃吧，我希望你们俩不会让我等太久。"

陈明月："……"

所以她这是又被催婚了？

阮芳华离开后，陈明月换了自己的衣服却没走，她右手撑着下巴，对着黑漆漆的电脑屏幕发起呆来。

在和陈昭重逢之前，她压根儿没有考虑过结婚的事情，重逢之后，大概因为年少时的遗憾，她还是比较享受当下谈恋爱的感觉，但如果陈昭想现在结婚，她应该也会毫不犹豫地答应。

余生能和自己非常喜欢的人在一起是一件多么幸运的事情。

这么想着，陈明月的嘴角不自觉地弯了弯，笑了起来。隔了几秒，她突然发现眼前的电脑屏幕上除了她的影子，还映着一个清瘦挺拔的身影，她视线往上，看到那张眉眼英俊、轮廓分明的脸庞。

她吓了一跳，还以为自己出现幻觉了，一回头，发现是真人，脑子一时短路，问了一句废话："你今天都下班了？"

陈昭低低"嗯"了一声，微微俯身，用大手捏了捏她的右脸，嗓音低缓温柔："刚刚在想什么那么专注，还笑得跟个小傻瓜似的？"

陈明月抓住他的手，与他十指相扣。她双眸含情，如同黑夜里两弯发着光的月牙，明亮而柔软："在想你呀。"

陈昭被她的直球击中，心脏微颤，眼睛微眯。

他家宝贝什么时候这么会勾人了？

陈明月对陈昭的反应浑然不觉，拉着他的手就要起身离开，结果才走到门口，就被他抵在了门板上。

她刚想开口说些什么，办公室的灯突然灭了，室内瞬间陷入一片黑暗。

陈明月还没来得及适应，陈昭就低头凑了上来。秋天的空气是干燥的，他微凉的唇摩擦着她的耳郭，激起一阵细细麻麻的电流。

他的声音格外沙哑，直勾勾地盯着她的黑眸里藏着显而易见的欲望："接个吻再回家。"

陈明月听到门外走廊上的脚步声，心跳不受控制地加速。她摇了摇头，正准备严词拒绝，陈昭抬起她的下巴，磨人地舔了舔她的唇，压低声音，耐心地哄着她："宝宝，张嘴。"

他落在她脸上的气息滚烫，而她鼻尖下却又萦绕着他身上清洌好闻的薄荷气息。冰火交替间，他粗糙的指腹不轻不重地揉搓着她耳朵的软肉。完全的黑暗里，她所有的感官都像是被他掌控，由不得她拒绝。

她轻轻地咽了咽口水："那你快点……"

第九章

明月昭昭

十月底，A市气温骤降前，林听从英国回来了。她先回了一趟家，在云城待了快一周的时间，才来A市的国内分公司报到。

给林听接风洗尘的那天，程北延学校有事没能过来，何舟倒是从B市赶了过来。

不过今天B市大雾，飞机晚点了一个半小时，他到大家约好的饭店的时候，其他人已经吃完了。

何舟看了一眼桌上已经凉透的剩饭剩菜，开玩笑道："我辛辛苦苦地大老远赶过来，你们就给我留了这么一点剩菜剩饭？"

林听笑着回道："还能给你剩点就不错了，你该知足了。"

何舟像年少时那样习惯性地看向陈昭："阿昭，她欺负我，你快管管她。"

陈昭挑了挑眉："她说得很对。"

陈明月看不下去了，嘴角弯了弯道："给你点了几道菜都还没上呢，你自己去前台催一下。"

何舟想了想:"不是还要去唱歌吗?走吧,我打包带过去吃,到时候馋死你们三个。"

林听点头:"行,那你跟阿昭留在这儿打包吧,我跟月亮先去旁边超市买点喝的。"

陈昭撩起眼皮,没什么情绪地看了林听一眼。

林听没忍住,翻了个白眼。

他那是什么不放心的眼神?好像这么一会儿她就能把他女朋友拐跑了似的。

出包厢之前,陈明月下意识地回头看了一眼陈昭跟何舟。

林听挽着她的胳膊,"哼"了一声,故作不满地说道:"月亮,你变了,你现在变得重色轻友了。"

陈明月立刻笑着反驳:"哪有,你别冤枉我。"

等出了包厢门,她正想跟林听解释,林听却笑了笑,一脸淡然地开口:"他们自己能解决好的,我们几个是一起长大的发小,这一点这辈子都不会变。"

陈明月讶然,沉默了几秒,问:"你什么时候知道的?"

林听故作一脸茫然:"知道什么?我什么都不知道哇!"

陈明月:"……"

等两个女孩子的身影彻底从眼前消失,何舟才将视线收回。

他想到前不久林听突然发短信问他是不是一时冲动跟明月表明心意了,他愣了半天才意识到陈昭可能知道他喜欢明月这件事了,不然林听也不会那么问。

虽然他不清楚陈昭是怎么知道的,但他能肯定的是,绝对不可能是明月自己说的。

何舟指尖在桌上轻轻地敲了敲,笑着先开了口:"我发现一个人的出场顺序很重要,往往是出场早的人容易获得先机。"

陈昭不喜欢打哑谜,言简意赅地说:"不是出场顺序。"

他顿了下,看着何舟,一字一顿地认真说道:"是她喜欢的人只会

243

是我。"

陈明月挽着林听的胳膊从超市出来的时候,陈昭跟何舟正站在超市出口不远处的广场上等她们。

两人虽然穿得很休闲随意,但他们身形清瘦挺拔,面容俊朗,气质高雅,路过的人不免要多看他们好几眼。

有人拿着手机刚想上前要联系方式,就看到其中穿着黑色卫衣和运动长裤的男生往前走了几步,停在两个漂亮惹眼的女生面前。

他俯下身,十分自然地准备接过其中一个女孩子手里的物品。

陈明月弯了弯唇:"我拎吧,不重。"

陈昭眉梢微挑,不由分说地将塑料袋接了过来,而后转身牵起了她的手。

周末出来逛街的人很多,再加上林听、何舟都在旁边,陈明月突然觉得有点不好意思。她偷偷用力想要挣开陈昭的手,却被他十指相扣握得越来越紧。

她轻咳了一声,求饶似的看向陈昭,然而男人始终没放开她的手,甚至还特别平静地跟她对视。

陈明月:"……"

还被陈明月挽着的林听倒是起了一身鸡皮疙瘩,她二话不说抽出自己的胳膊,并将手里的袋子也塞到陈昭手里后,小跑到何舟面前。

林听稍稍踮脚,将胳膊搭在何舟肩膀上,叹了口气道:"舟舟,你看咱俩也老大不小了,要不咱俩也凑一对算了。"

何舟拿掉她的胳膊,无情地建议:"大小姐,您还是去祸害别人吧。"

林听笑盈盈地看着他,说道:"你喊一声姑奶奶,我立刻考虑祸害其他人。"

何舟一脸冷漠:"走开。"

一行人今天都没有开车,坐出租车去KTV的路上,陈明月余光盯着陈昭线条分明的侧脸,一双灵动漂亮的眼睛亮晶晶的。

下车后,她拉着陈昭走在最后面,轻轻晃了晃两人还紧紧扣着的手。

陈昭嘴角微勾,嗓音低沉,带着宠溺的意味:"刚刚不还不乐意牵我的手,现在怎么这么开心?"

陈明月软声回道:"谁不乐意了?"

不过她现在确实很开心,她还没听过陈昭唱歌,也没跟陈昭来过这些地方。

她正胡思乱想着,陈昭搁在兜里的手机突然响了起来。

陈明月心底立刻升起一种不好的预感。

果不其然,男人接起电话时,精致好看的眉眼变得严肃,声音也变得冷淡起来:"嗯,我马上来。"

陈昭挂掉电话,将手机揣回兜里,抬手揉了揉陈明月的头发。

没等他开口,陈明月已经点了点头:"你工作时注意安全。"

陈昭"啧"了声:"好。"

见他要走,何舟走过来将他手里的袋子一并接了过来。

林听拍了拍何舟的肩膀:"我买了酒,阿昭走了,月亮酒量不行,看来今天只能你陪我喝了。"

何舟挑眉:"行啊,你先喊声爷爷我听听。"

林听舔了舔唇,面无表情地看着他:"你是不是想死?"

陈明月走在两人旁边,笑着听他们拌嘴,忽然有种回到了高中时的错觉。

她眼睫颤了颤,又想起上次唱歌还是跟课题组的师弟师妹们一起,当时她在紧张地准备毕业答辩,他们非要拉着她出去放松放松。

一转眼,已经两年过去了。

进了包厢,她先坐在高脚凳上连续唱了两首歌。

何舟在包厢入口右手边的吧台上吃东西,林听靠着包厢后面的沙发慢吞吞地喝酒,偶尔会跟着唱两句。

陈明月起身走到林听身边坐下来,将林听手里的酒杯拿开,换成了话筒:"听听,该你选歌了。"

林听随便点了两首周杰伦的歌,拿着话筒背对着何舟和陈明月站在屏幕前面。

《晴天》那令人熟悉的前奏很快从音响里流出。林听没关原音,一开始,她的声音透过话筒还能清晰地听见,唱着唱着,她突然停住,只剩下原唱的声音响遍包厢每个角落。

> 刮风这天我试过握着你手
> 但偏偏雨渐渐大到我看你不见
> 还要多久我才能在你身边
> 等到放晴的那天
> 也许我会比较好一点
> 从前从前有个人爱你很久……

陈明月跟何舟很快发现了林听的不对劲,两人走过去的时候,林听已经抬手抹掉了脸上的眼泪。

她好笑地看着眼前紧张的两人:"你们看我干吗?我就是刚分手还没习惯……"

话没说完,她像是终于演不下去了,声音逐渐变得哽咽起来:"我不该选这些歌……算了算了,我不唱了。"

何舟语气温柔:"嗯,我陪你喝酒。"

林听吸了吸鼻子,点头:"好的。"

何舟又洗了两个玻璃杯,从袋子里挑了一盒白桃味的牛奶打开,倒了一杯给陈明月后,随意地给自己倒了杯啤酒。

他端起杯子喝了一口:"高中毕业之后,大家一直聚少离多,趁今天有时间,正好我们可以先分享一下。"

林听知道何舟在转移她的注意力,但她不得不承认这一招很管用,这些年她确实攒下不少事情想和他们分享。

三个人聊起大学和工作期间的事情便没完没了，时间不知不觉地过去，一直到服务员敲门提醒他们结束时间快到了，大家才意识到已经晚上七点多了。

何舟刚想问两个女孩子晚上吃什么，手机突然振动起来，他看着来电显示皱了下眉。

他顿了顿，又看了一眼明显已经喝多的林听，低声对陈明月说："明月，我去接个电话，你看着听听一点。"

陈明月点点头："好，你去吧。"

何舟离开包厢后，林听脑袋一歪，倒在了陈明月的肩膀上。林听轻声开口："月亮，你知道吗，我没勇气当面跟他说分手。我回云城那天给他发了消息，问他我们要不要到此为止，他过了很久才回我。我本来以为他隔那么久是在想怎么挽回我，结果他说好……"

"其实我一直知道他妈妈不喜欢我，知道他家人不同意他跟我在一起，但我一直觉得无论发生什么，他都会站在我这边，会坚定地选择我……"林听越想越觉得自己可笑，笑着笑着，眼泪愈加汹涌，"我真的好讨厌那个喜欢一个人很久很久的自己。我怎么会那么傻，他有什么好的，值得我喜欢他十几年……"

她摇了摇头："不说了，喝酒，喝酒。"

陈明月抿了抿唇，抽了纸巾替她擦了擦脸："马上吃晚饭了，你别喝了。"

林听下午在超市买的一堆酒现在就剩下半瓶清酒了，陈明月担心林听再喝下去胃会受不了。看林听举着酒瓶就要灌，她干脆利落地抢过来，一口气将半瓶酒灌了下去。

林听瞬间清醒了几分。

何舟接完电话从外面进来，就看到两个女孩各占了一半的沙发，侧躺在上面睡得正熟。

他沉默了十几秒，去前台续了时间，借了两条干净的绒毯分别给两人盖上。

做完这一切，何舟又给陈昭发了消息，问他什么时候有空来接人。

陈昭已经在过来的路上了，消息回得很快："还有十几分钟到。"

他到的时候，林听已经醒了过来，正在跟何舟玩飞行棋，而陈明月还缩在沙发上睡觉。

陈昭走到她的旁边，垂眸扫了一眼她长长眼睫下面还未消散的酡红，沉声问道："她喝酒了？"

林听酒还没完全醒，忙不迭为自己澄清："这可不关我的事啊，是月亮自己抢我的酒的！"

陈昭侧眸，看到林听明显肿起来的眼圈，低嗤了一声："出息。"

林听觉得很不服气，拍了下桌子，反击道："你好意思说我？是谁二十岁的时候红着眼睛，恶狠狠地放话说这辈子都不想再见到月亮了？"

陈昭懒得理她，弯腰将睡着的陈明月连人带毯子一起抱起来后往外走。

到门口的时候，他脚顿了一下："程北延在楼下，你自己决定要不要把他喊上来。"

陈昭的车就停在路边，他抱着陈明月走到车旁边，小心翼翼地将人放下来之后，一只手扶着她的背，另一只手拉开车门。

陈昭刚要俯下身继续将人抱上车，陈明月忽然抬起手臂，紧紧地抱住了他的腰。

她的额头抵在他的颈窝处，巴掌大的脸埋在他怀里，声音闷而哑，还带着一丝不易察觉的哭腔："我好想你。"

陈昭嘴角微微勾起，他的宝贝现在喝了酒竟然可以变得黏人。才分开一个下午的时间，她就这么想他了。

他轻轻地拍了拍她的背，压低嗓音说："宝贝，我们先回……"

陈昭的话还没说完，就有滚烫的液体顺着他皮肤纹理落到锁骨上，他愣住了。

陈明月的声音忽然变得哽咽起来："可是我真的真的好想你……"

陈昭沉默了片刻，压抑着情绪低声问道："说说怎么想我的？"

陈明月直起身，咬了咬唇，没说话，只看着陈昭的脸，无声地流着眼泪。

陈昭叹了一口气，修长的手指轻柔地划过她的眼角。而后，他想到什么，咬了咬牙，双眸一动不动地盯着她的眼睛，嗓音听上去有些淡漠："那你一次也没找过我？"

深秋的晚风在城市高大的建筑群里不断穿梭，道路两旁的梧桐树叶纷纷坠落，有几片落到陈明月的头发和肩膀上。

她被迫听了一下午的情歌，还喝了点酒，此刻情绪越发难以控制，因此也哭得越来越厉害。她瘦弱的肩膀不断颤动着，看起来怪可怜的。

陈昭看着她一副红着眼睛被欺负惨了的模样，眸色暗了暗，语气有些无奈："还没欺负你就哭成这样了。"

他顿了顿，舌尖抵了抵上颌，轻叹着说道："遇见你之后，我好像就没赢过。"

陈明月没听清他的后半句，刚想让他再说一遍，额头上就猝不及防地烙下一吻。

陈昭有些干燥的微凉唇瓣摩挲着她柔软细腻的肌肤，他闭了闭眼："我也很想你。"

尤其是刚毕业那会儿参加工作，他每次出危险任务，不确定能不能活着回来的时候，他总是格外想她。

后来他习惯了危险，也习惯了随时有意外发生，却还是很想念她。

陈昭抬手将她头发上明黄色的梧桐树叶拿下来，漫不经心地问道："你是不是长高了？"

陈明月点点头："嗯，长高了一点点。"

她高中毕业时是一米六四的净身高，读大学的时候又长了四厘米，现在已经有一米六八了。

陈昭眉微挑，语气开始不正经："赚了。"

"啊？"

陈明月眼神茫然地看着他。

陈昭的视线扫过女孩艳红的唇,哼笑出声:"可以再亲久一点了,要不现在试试?"

陈明月脸颊上被酒意渲染的绯红刚消下去,又因为羞赧染上了一层浅淡的粉。她迟疑了好几秒才拒绝道:"不试,我要回家。"

她没敢看陈昭,迅速拉开副驾驶的门上了车,并随手关上了车门。

黑色的卡宴S在皎洁的月光下行驶,窗外绚烂的霓虹灯如一串串漂亮的彩色宝石流光溢彩。

十月初到现在,陈明月一直住在陈昭那儿,她自己的房子租期到明年一月中旬,本来国庆假期结束后她准备搬回去住,明年再决定要不要跟陈昭同居。结果她刚搬回去的那天晚上,陈昭就以他一个人住害怕为由,霸占了她房间里的沙发。

陈明月当时还很认真地建议他,感到害怕的时候,就给自己的同事们打电话,却被他不识好人心地按在她一个人睡都觉得挤的小沙发上"教训"了好久。

最后,陈明月为了不让某人辛辛苦苦工作一整天下班回家之后只能可怜兮兮地睡小沙发,又搬了回来。

两人大部分时间还是分开睡,偶尔陈明月早上被热醒,睁开眼睛就看到陈昭抱着她。

醒来第一眼就能看到喜欢的人,她那天的心情也会格外的好。

黑色卡宴S缓缓驶入小区地下停车场,停稳之后,陈昭解开安全带,侧眸看了安安静静靠在座位上的陈明月一眼:"要我抱你下去,还是想试试我刚刚说的?"

陈明月眼睫颤了颤,轻声开口:"我想过的。"

陈昭一时之间又没反应过来,他倾身,替她解开安全带,又抬手捏了捏她的脸,嗓音低沉慵懒:"想过什么?"

陈明月看着男人轮廓分明的雪白侧脸，眼眶又不受控制地红了："你说我一次都没找过你，但其实我想过的……"

——甚至想过很多很多次。

她去过他复读的学校，也去过好几次他的大学。

然而她不敢联系他。

她唯一一次见到陈昭是他在他们学校门口值班，少年穿着湛蓝的警服，肩膀宽阔，脊背清瘦挺直，像是西北漫天风沙里的一棵沉默青松。

后来她就没这么好的运气了，于是她只能让自己忙起来，忙到没时间去想一个人，忙到自己都要受不了。

时间就这么一年一年地过去，一直到她进医院开始实习，白天她已经很少再想起他了。

她以为他已经和她的青春一起都被她淡忘了，可是夜里她经常梦到他，梦到十八岁的少年对十六岁的少女说，今晚的月亮很好看，你也是。

梦醒之后，她不断劝自己该放下了，都过去那么久了，他可能早就忘记她了，可能已经遇到了更喜欢的人。

陈明月深吸一口气，正想继续坦白，耳垂忽然一痛，接着，男人温热的呼吸洒下来："不管你想还是没想过，我这辈子压根儿没打算放过你。"

陈明月忽然想起年少时他好像也说过类似的话，不由得又愣了一下。

陈昭抬手，指腹抚平她因为疼痛微微蹙起来的眉心后，掌心托着她的脸颊朝他靠近。他幽深的眸里情绪翻涌，嗓音喑哑："所以，我现在能亲自己的女人了吗？"

陈昭和陈明月两人离开之后，何舟又陪林听玩了一会儿飞行棋。

何舟见林听一直心不在焉的，打开手机看了一眼时间后，替她做了决定："你还是跟老程好好谈一谈吧，你们俩的事情，我们其他人也不好插手，只能你们自己解决。"

他顿了顿，起身："我今晚不回B市，你有事就给我打电话。"

林听本来垂着眼看着自己的棋子，看到何舟走到门口了，她才抿了抿唇，正要开口说再让她考虑一会儿，何舟已经拉开门走出去了。

她现在是一点也不想见到程北延。

下午她哭了那么久，脸上的妆花了，眼睛也肿了，她现在肯定丑死了。

虽然她跟程北延认识那么多年，在一起那么久，她什么样子程北延都见过了，但现在他们已经分手了，被他看到她这副凄惨的模样岂不是显得她更没出息了？

林听越想越觉得她还是先跑吧。她迅速站起身，手忙脚乱地拿起外套，也顾不上穿了，小跑着冲出了房间。

经过走廊拐角的时候，她差点跟迎面走来的程北延撞上，好在她及时停下了脚步。

两人之间的距离只有一只手掌那么宽，她闻到对方身上新雪一般干净冷冽的气息。

紧接着，男人低醇的嗓音响起来，音色带着大提琴的质感："林听。"

林听蹙了蹙眉，抬起双手用力地捂住脸，声音闷闷的，还有些嘶哑："你谁啊？我都不认识你，你是不是认错人了？快给我让开，别挡我的路……"

程北延迟疑了下，握住林听的手腕，将她的手拽下来。目光触及她红肿的眼眶时，他狭长的双眸里有复杂的情绪涌起。

他愣了片刻，缓慢开口："对不起。"

听到他道歉，本来还在挣扎的林听不动了，身体里的某处阀门像是又被打开了，眼泪止不住地往下流。

她咬了咬唇，抬头直视他的眼睛："程北延，你跟我说实话，你是不是不喜欢我了？"

林听的语速很慢，语气里全是不易察觉的委屈和难过。

对上她流泪的眼睛，程北延的心脏像是被酸水腐蚀得千疮百孔，疼得厉害，他喉头发紧，几乎是毫不犹豫地回答："不是。"

林听咬了咬唇："你没不喜欢我，但你也没那么喜欢我了对不对？

你一直不肯跟我求婚,是因为你压根儿就没想过娶我对不对?"

她顿了一下,继续问道:"就算我这次不跟你说分手,你迟早也要跟我说分手,是不是?"

程北延沉默地看着她,没有说话。

年少时,他清楚地知道他和陈昭、何舟不是一类人,他们的家境天差地别,所以他一直格外努力地学习。那时候他以为只要自己足够努力了,长大以后就能把最好的东西给他喜欢的姑娘了。

可现实是什么呢?是他在国外读书的那几年拮据到无法带女朋友去她平时去的地方购物,是他现在的工资要很久才能买得起 A 市市中心的房子,是他长大以后才发现很多事情他都无能为力。

而林听身边有很多比他优秀的男人,哪一个都能给她富裕的生活,只有他会让她委屈自己,他什么也给不了她。

林听以为他是默认了,用力地挣开了他的手,抬手擦了擦眼泪,挤出一个笑容:"爱情这玩意儿本来就是愿赌服输,我也不怪你,是我眼瞎了,但你以后千万别再出现在我面前,不然我见你一次就……骂你一次。"

说完,她绕开他飞快地下了楼。

陈明月被陈昭扣着后脖颈和侧腰,两人在逼仄的车里接了一个冗长的吻。

结束的时候,陈明月腰有点酸,腿有点软,舌根疼得厉害,舌头和嘴唇发麻,心跳也乱糟糟的。

她深深地吸了一口气之后,瞪了一眼站在敞开的副驾驶车门旁的男人。这人的身体素质为什么能那么好?可以那么长时间不换气……

陈昭见她看过来,幽深的眼底带着愉悦和戏谑,嗓音磁性动听:"这么看我做什么?没亲够,还想再来?"

陈明月很想骂他,但是碍于舌头疼,不敢开口说话。想了想,她点了点头。

253

她眸底映着车里柔和的光,像是无尽的银河。陈昭一看就知道她在想着什么坏主意,但他还是弯腰低头凑了过来。

陈明月用手臂勾住他的脖颈,在他嘴角上不轻不重地咬了一口后,无情地一把推开了他。

陈昭直起身,左手拇指随意地抹了一下嘴角,懒懒散散地开口:"啧,谋杀亲夫啊。"

陈明月弯了弯嘴角,笑了起来。

上楼的时候,她突然想起什么,不顾舌根隐隐作痛,问道:"程北延是你喊过来的吗?你说他跟听听会和好吗?"

陈昭开门的手一顿,侧眸,没什么情绪地扫了她一眼:"你怎么知道程北延来了?"

陈明月眨了眨眼睛,表情非常无辜:"你跟林听说他在楼下的时候我刚好醒了。"

陈昭眼尾微挑:"你醒得还挺凑巧。"

陈明月愣了好几秒,见他没有继续挑破她刚刚装睡的意思,才面不改色地点了点头:"嗯,对。"

她也不打算继续跟陈昭讨论林听和程北延会不会和好的话题了,轻咳了一声:"我饿死了,我们快点进去吧。"

两人住一起以后,陈昭请的阿姨每天下午会过来买菜做饭,他们只要热一下就行了。

吃完饭,两人一起洗了碗筷,一起下楼扔了垃圾,散了会儿步,上楼之后又一起窝在客厅沙发上看了一会儿电视,才各自回了房间洗漱。

睡觉前,陈明月从行李箱夹层里抽出一个蓝色封皮的本子。

她已经很久没写过日记了,也很久没有打开过这本高中时候的日记本了。

陈明月发了一会儿呆,才将日记本打开,翻到后面的空白处,在泛黄的纸张上写了两句话。

——致十六岁的明月。

——恭喜你梦想成真，现在的我很幸福。

十一月初，A市连续下了两天雨之后，气温骤降。

每年下半年换季的时候，陈明月的工作就会变得格外忙碌，一周七天基本每天都在医院连轴转，晚上下班也很晚。

而陈昭工作照旧，偶尔会去外省出差，不出差的时候，他每晚都会过来接陈明月回家。

陈明月觉得很神奇的一件事是，无论那一天她有多忙多累，晚上见到陈昭之后，身体的疲惫总是能一扫而光。

十一月底，科室没那么忙的时候，陈明月和另外一个男同事代表一院心血管科去B市参加协和医院主办的全国胸外科学术交流和培训会。

陈明月的导师孟教授作为协和医院的副院长也出席了这次交流会。他一见到陈明月，看到她身边站着的男同事，便找了个机会将人喊到一旁，悄悄问道："跟你一起的是你男朋友？"

"老师，那是我同事。"

陈明月有些无奈，孟教授一向比明向虞更关心她的婚姻大事。九月份她和陈昭还没确定关系的时候，孟教授又给她打电话推荐了好几个青年才俊，想让她都见一见，当时她直接告诉孟教授她已经有了男朋友，他才作罢。

"你怎么没把男朋友带过来给我看看？"孟教授问。

陈明月更加无奈："老师，他是警察，不好请假的。等下次我们一起休假的时候，我们再来B市看您。"

孟教授继续问："有照片吗？"

陈明月愣了一下，她忽然意识到她手机里竟然一张男朋友的照片都没有，当然也没有她自己的照片。

平时她工作太忙了，手机对她来说只是一个可以打电话、发消息、查资料的实用工具。

她轻咳一声，摇了摇头："没有。"

孟教授狐疑地看着她:"你是不是不想相亲,骗我说有对象了?"

陈明月觉得好笑:"老师,您看我是那样的人吗?"

孟教授板着脸回道:"读书时你确实不是,谁知道你工作了两年变成什么样了呢。"

陈明月"哎呀"一声:"我真有男朋友了,是我很久以前就喜欢的男生。"

孟教授一副恍然大悟的样子:"怪不得我给你介绍了那么多优秀的男孩一个都没成。你喜欢的男孩子到底什么样?"

陈明月想了一下,眉眼情不自禁地弯起来,嗓音也变得柔软:"他赤诚善良、温柔正直,是个非常好的人。"

孟教授笑了笑:"怪不得他会选择警察这个职业。这么说起来,你们俩还挺合适,老师为你感到高兴。"

陈明月再次怔住。

她前不久还纠结过陈昭为什么会做警察,现在听了孟教授的话才反应过来,这么明显的答案她竟然没想到。

她点点头:"谢谢老师,有机会我一定带他来见您。"

交流会加上培训一共五天,因为陈明月前段时间一直很忙没怎么休息,科室主任还额外给她放了两天假。

交流会结束之后,陈明月被孟教授喊到家里吃晚饭,她刚好将她给孟教授还有师娘准备的礼物送了出去。

晚上回酒店之后,她又给当初她在协和实习时带她的师姐李伊发了消息。

"师姐,我后天早上回去,你明天什么时候方便,我们俩约个饭?"

李伊:"没问题,我今晚夜班,明天中午我下班前给你发消息。"

第二天,陈明月本来打算一觉睡到中午,但可能是认床,她一大早就醒了,躺着跟男朋友聊了一会天,起来洗漱化妆。

她住的酒店离协和不远,收到李伊"十五分钟后医院侧门见"的消息之后就出了门，打算走过去。

她走到门口只用了十分钟，又等了十五分钟，李伊才出现。

"小陈师妹，实在不好意思，快下班的时候被一个病人缠着，所以耽搁了一会儿。"

陈明月表示理解，笑着回道："没事，我也没等多久。"

她们就近找了一家饭馆，点了菜后开始闲聊。

两人过得都不错，聊了一会儿对方的目前情况，李伊的手机响了，是医院打来的电话。

李伊去外面接了电话进来，见陈明月担心地看着她，叹了一口气，说："放心，我不用回医院，还是那个病人在闹……"

她喝了口水，继续说："她是冠心病晚期，几年前我做的手术，本来我估计还能活个十年，结果前年她女儿改嫁移民到了国外，把她一个人丢在了养老院再也没回来过。也不知道养老院怎么照顾的人，上个月她被送过来的时候心脏已经严重衰竭，还有各种并发症。

"她也知道自己没剩多少日子可活了，天天在护士和我面前说她放不下的事，说她年轻的时候当保姆，因为虐待雇主家的小孩坐了两年牢，说她对不起当时的雇主，还说想要当面忏悔，求我们帮忙找人，结果还只记得雇主小孩叫什么照照，母亲是开画室的。

"不说这已经过去多少年了，B市那么大，我们去哪儿给她找人？就算有一天能找到，她多半也不在这世上了。而且她现在也算遭到报应了，人都快死了，唯一的女儿也不愿意回国看她最后一眼……哎，菜来了，不说了，吃饭。"

陈明月刚要拿起筷子，脑海里一瞬间不受控制地提炼师姐刚刚话里面的几个词汇——小孩叫照照，母亲开画室，生活在B市。

她突然想到了陈昭。

她眼睫颤了颤。

应该不会有那么巧的事情吧？

吃完饭，李伊要回家补觉，陈明月跟她分别后，回酒店收拾东西打车去了机场。

她到柜台将机票改签，换成了今天下午最近一趟飞 A 市的航班。

A 市今天天气预报说有雨夹雪，但陈明月傍晚从机场出来的时候还没有下，她只感受到了刺骨的冷风。

天色暗淡，城市霓虹灯被一层雾气包裹着，看不真切。

陈明月看了眼时间，直接拖着行李箱去了市公安局。

正是下班高峰期，她从出租车上下来的时候是五点四十五分，陈昭平时不加班的话五点半下班。

外面淅淅沥沥地下起了雨，她担心陈昭已经回家了，顾不上从包里拿出伞，打开手机给他打了一个电话过去。

铃声响了十几秒，没人接。

雨势大了一点，陈明月叹了口气，将手机放回大衣口袋，正要拿伞，一把黑色大伞出现在了头顶。

身后男人熟悉的低沉嗓音响起来："下雨了也不知道打伞？"

陈明月回头，视线从男人握着伞柄的骨节分明的大手慢慢上移到他冷峻好看的眉眼。

视线对上，她无辜地眨了眨眼，语气带着撒娇的意味："我不是担心你已经走了嘛，我好不容易有时间来接你一次。"

陈昭摸了摸她有点湿了的头发，又揉了揉她耳朵的软肉，才缓声问道："不是说明天回来？这么想我？"

陈明月抿了抿唇："嗯，很想你。"

陈昭低笑了声，说："我也是，这几天你不在，我一个人都有点不习惯了。"

回了家，陈明月本来想先收拾行李，被陈昭威胁再不洗澡就帮她洗之后，立刻起身去了浴室。

今天做饭阿姨有事请了假，但好在冰箱里有昨天下午买的食材。陈明月洗个澡将头发吹干的工夫，陈昭已经做好了两菜一汤。

吃完饭，陈昭要收拾桌子，陈明月推了推他的胳膊："我来吧，你快去洗澡。"

陈昭眯了眯眼，本来想问些什么，想了想还是作罢。

陈明月快速洗好碗收拾好厨房，洗了手，回房间将身上的家居服脱了下来，换了一件淡黄色的棉质睡裙。

她打开房门，客厅里，陈昭已经洗完澡，正坐在沙发上一边看世界杯，一边懒洋洋地用毛巾擦着头发。

陈明月走过去，从他手里接过毛巾，说："我帮你擦。"

她侧着身，一只膝盖抵在陈昭腿旁，上半身倾向陈昭，两只手攥着毛巾像是按摩一样，非常有耐心地一点一点擦着他许久未剪的短发。

许是屋里暖气太足了，陈昭觉得嗓子有点痒，尤其是离得近，她身上那股淡淡的奶香味一个劲儿地往他鼻子里钻。

而且，她柔软的身体不经意间就会挤压到他的肩膀。

他喉结轻轻滑动了一下，嗓音有些沙哑："陈明月。"

陈明月软声应道："嗯？"

陈昭眸色更深了，掀起眼皮睇她一眼："你确定你不是在勾引我？"

陈明月的手顿了一下，轻声回道："我哪有……"

她还没说完，陈昭忽然站了起来，结实有力的手臂揽住她的腰将她往怀里一搂。

陈明月还没来得及反应，天旋地转间，她就被他压在了沙发上。两人额头相抵，他深沉的黑眸紧锁着她，眸底浓烈的情绪翻滚，像是在隐忍什么，一字一顿道："宝贝，我们六天没见了。"

他说话时，温热的气息尽数落在陈明月脸颊上，酥酥麻麻，有一点痒。她亲了亲他的嘴角，刚想纠正他是五天，男人呼吸一重，偏头吻了下来。他的舌尖几乎是毫不费力地撬开她的齿关钻了进去，与她纠缠在一起，如疾风骤雨一般缠绵又热烈。

亲久了，陈明月还是有些喘不过来气，意识开始混沌，思绪也发散到很久很久以前——陈昭还是那个不学无术的少年的时候。

259

过了一会儿，陈昭收回手，抱着怀里的人起身，脸埋在她的胸口，对着那块肌肤又啃又咬又舔，直到陈明月没忍住嘤咛出了声，他才说道："平时这么摸你，你早把我踹开了，说吧，今天为什么这么乖？"

陈明月皱了皱眉，立刻辩驳道："你那是摸吗？"

陈昭眼角一挑，笑容有些痞："不是吗？"

不说还好，一说陈明月的脑子里全是该有的、不该有的乱七八糟的画面，整个人都要烧起来。她深吸一口气，抬手将皱巴巴的睡裙下摆从腰上拽下去："我说不过你，你说是就是吧……"

陈昭哼笑出声，亲了亲她的耳朵，诱哄似的："有事就说，别憋着，听话。"

陈明月迟疑了一下。她还记得高二林听过生日那次，她试着了解他的过去，但当时他什么也没说，只说等他做好准备会告诉她的。

现在他做好准备了吗？

她不知道。

今天听了师姐跟她说的事，她很害怕那个小孩是他。

回来的路上，她只要一想到这个可能性，心脏就会一抽一抽地疼。

陈明月抿了抿唇："真没什么……"

陈昭的舌尖点了下嘴角，滚烫的掌心再次按上她柔软的腰："行，既然你不说，那我就继续了。"

陈昭很快就发现自己的"威胁"没用了，因为无论他做什么，怀里的人都一直紧紧搂着他的脖子，一副乖巧顺从的模样，像是默认了他现在可以对她为所欲为。

他狭长的眸子里闪过一丝无奈，嗓音轻而缓："我妈又找你了？嗯？"

陈明月缓慢地咽了口唾沫，从他腿上下来，在他旁边坐好："你知道她找过我？"

陈昭"嗯"了一声，语气平淡："有一天晚上，她突然给我发消息说你现在越来越像我了，我就知道了。"

陈明月眼睫颤了颤，她看了一眼陈昭那张过分好看的脸："我什么时候像你了？"

陈昭挑了挑眉，一动不动地看着她的脸，笑着说："她的意思是觉得我们越来越有夫妻相了。"

陈明月突然有点害羞，掉开脸，努力将疯狂上扬的嘴角压了下去，才将脸转回来。

她盯着陈昭看了一会儿，终于下定决心，轻声问道："她以前是不是开过画室……"

话没说完，她深吸一口气："陈昭，我想知道你和你父母的事情，可以吗？"

陈昭终于知道她今天为什么反常了，他抬手揉了揉她的头发，将她的手握在掌心里把玩："别紧张，我早就不在意那些……"

他顿了顿，忽然想起以前他好像答应过某个哭鼻子的小姑娘，有一天会告诉她那些他曾经不想提起的事情："但你想知道，我不介意回顾一遍。"

陈昭的外婆因为生陈昭的舅舅大出血去世，彼时阮芳华才三岁，正是需要母亲关爱的时候。

而陈昭的外公一辈子只懂带兵，根本不清楚如何教育孩子，对阮芳华和陈昭的舅舅一直很严厉。

阮芳华在这样的单亲家庭中长大，一直很渴望关爱。她大三那年，在朋友的牵线下认识了高她一届家境贫寒却品学兼优的学长陈卫森。

年轻时候的陈卫森除了拥有一副好皮囊，还有一张会骗人的嘴，经常将女孩子哄得团团转。

没过多久，阮芳华就认定了陈卫森是值得她托付终身的良人。

阮芳华原本大学毕业之后准备出国读书，但和陈卫森在一起之后，她逐渐失去了对理想的追求，一心只想早点嫁给他，因此毕业证书还没拿到，她就偷偷和陈卫森领了证。

陈昭的外公知道这个消息气急了，给了阮芳华两个选择，要么立刻跟陈卫森离婚，要么和他断绝父女关系，结果因为阮芳华查出来怀孕了才作罢。

怀孕初期，陈卫森对阮芳华是极好的，可能是那个时候他需要岳父的人脉和关系，又可能他短暂地爱了一下当时满心满眼全是他的傻女人。

等孩子七个月大的时候，陈卫森已经很少回家了，阮芳华去他公司找他，却发现他在外面有女人了。

当时陈昭的外公和舅舅劝她跟陈卫森离婚，她不肯，还和陈昭的外公彻底闹翻了。

她觉得陈卫森还是爱她的，只是一时犯了错。然而这一时心软没换来陈卫森的回头，只换来了他公司步入正轨、羽翼更加丰满之后的得寸进尺。

陈昭一岁大的时候，阮芳华终于死心离了婚，在陈昭舅舅的资助下，在市中心买了一套两居室的公寓，还开了自己从前一直想开的画室。

陈昭五岁时，二十七岁的阮芳华遇到了来学画画的十九岁的蒋溯，两人一见钟情后又朝夕相处了很长一段日子，最后阮芳华在蒋溯的鼓励下，决定一起出国留学。

陈昭被丢给了外公。外公早就认识到了自己教育孩子太过苛刻的问题，再加上那时陈昭刚出了点事，所以他对陈昭格外宠爱。

但好景不长，陈昭十岁那年，陈昭的外公生病去世，阮芳华又在事业上升期无法回国，陈昭没地方可去，只能被送去了父亲那儿。

"再后来，我就跟舅舅去了云城，在那里遇到了孙浩宇他们，还有你。"

说这话的时候，陈昭不自觉地握紧了陈明月的手。

陈明月听的时候难受得要死，她的五脏六腑像是被人扯出来揉成一团后重新塞进了身体，呼吸都变得困难起来。她咬着牙不让自己有一点异样，然而脑海里全是父母都不在身边，一个人生活，一个人孤零零长大的小陈昭。

隔了片刻,她又将陈昭刚刚的话在脑海里过了一遍,才抬眸看向他,细软的嗓音因为极力隐忍着情绪开始微颤:"你是不是漏掉了一些东西?你五岁时出了什么事?还有后来为什么又跟着舅舅了?"

陈昭漫不经心地解释道:"没什么事,阮芳华一开始是带着我去画室,我们每天在那里待的时间也不长。遇到那个男人之后,她就找了个保姆带我,经常很晚回家,那个保姆嫌她给的钱少,会把气撒在我身上。"

他顿了一下:"至于后来跟着舅舅,是因为陈卫森不喜欢我。"

他跟着舅舅到云城生活之后,陈卫森很少给他打电话,一般都是陈卫森的秘书打电话问他在云城的情况和有没有需要帮忙的地方。

陈明月突然松开了陈昭的手,站了起来,低着头,看不清脸上的情绪。

陈昭蹙了蹙眉,跟着站起来。他刚弯腰俯身,陈明月先他一步伸手抱住了他。她的脸埋在他的脖颈间,声音缓慢而坚定:"我喜欢你。"

陈昭愣了一下,嘴角微勾笑了起来,幽深的双眸里全是柔软的光,语气却吊儿郎当的:"有多喜欢?"

陈明月本来想说非常喜欢,比喜欢她自己还要喜欢,结果开口的那一瞬间,两滴眼泪掉了下来。

她往后退了点,踮起脚,对着他有点干燥的唇吻了上去。

她回忆着他每次怎么亲她的,柔软的舌尖沿着他的唇细细描摹,等她脖颈仰着稍微有点累的时候,又吻过他的下巴,最后轻轻咬了一下他的喉结,咬完之后又温柔地舔舐着。

陈昭身体一僵,身体里躁意翻涌,嗓音微哑:"你想做什么?"

陈明月没说话,比起言语,她更想用行动告诉他她有多喜欢他。

好像一直以来,都是他在迁就她,以前她没安全感,不相信自己会被爱。

但陈昭没比她好到哪里去,他在一个支离破碎的家庭里长大,可他仍然坚毅正直,比她勇敢。

陈明月终于控制不住情绪,身体颤抖,眼泪大滴大滴地涌出来,声音断断续续的:"我不知道……做……什么,我只是难受……很难受……"

陈昭叹了一口气,捏着她的下巴抬起来,动作温柔地在她额头上落了一个吻后,又一点点地舔掉她眼角的泪水,喉结上下轻滚:"别哭了,有时候看你掉眼泪比杀了我还难受。"

和明月分开的那段时间,陈昭慢慢地有一点理解阮芳华了。

那个叫蒋溯的男人给了二十七岁的阮芳华抛弃过去的勇气,也给了她重生的希望。

而人要获得新生,总要付出一点代价的。

他陈昭就是那个代价。

陈昭大大小小的案子也侦破了不少,他见过很多有童年阴影的人长大后性格偏激、阴郁,有时候很小的一个导火索,就能让他们走上违法犯罪的道路,甚至弑父杀母。

问他们后悔吗,他们只会觉得对方活该,死有余辜。

所以对陈昭来说,能在最好的年纪遇到他的月亮,进而有了想要做的事,有了想守护的全世界,最后得以从过去脱身,已是非常幸运。

翌日早上,陈明月又是被热醒的。她睁开眼睛,透过屋里朦胧暗淡的光线看了好一会儿紧紧抱着她的男人,才小心翼翼地转了个身,伸手拿起旁边床头柜上的手机。

凌晨的时候,晏苏给她发了消息过来:"外面下雪了,A市今年的初雪。"

陈明月立刻回复:"虽然昨晚我没有看到雪,但我和喜欢的人在一起。"

她消息发出去隔了快十分钟才收到晏苏的回复:"你不秀恩爱是不是会死?"

陈明月笑了笑,拿着手机下了床,走到落地窗边,将刚换的白色纱幔拉开。

外面已经没有任何昨夜这座城市下过雪的痕迹了,只是天空仍旧灰蒙蒙,不出意外又是坏天气的一天。

但陈明月的心情非常好,她扭头又看了一眼陈昭,他还没醒。

她突然想到什么,打开手机相机对着男人棱角分明的侧脸研究了一会儿,手指刚按下拍摄快捷键,镜头里的人眼皮突然动了动,她连忙将手机藏到身后。

陈昭睁开眼睛,似笑非笑地朝她看过来,嗓音低沉微哑,带着一点刚醒过来的慵懒:"不拍了?"

陈明月咳嗽了一声:"什么?"

陈昭"啧"了一声,坐起来,懒洋洋地靠在床头看着她:"过来给我亲一下我就不跟你计较肖像权的事了。"

陈明月认真地考虑了几秒后,眉眼弯弯地开口:"我不过去,你也没法计较,倒是我觉得陈队长需要温习一下民法课程,重新了解一下侵犯肖像权的定义了。"

陈昭勾了勾唇,笑了起来:"行,那我过去。"

陈明月自己租的房子还有一个月到期,她给房东阿姨发了消息,说她明年不打算续租了。

本来房东阿姨还想挽留她,知道她是要搬去和男朋友住一起,立刻开始催婚和催生,还说她现在就可以退房,剩余的房租可以马上退给她。

陈明月哭笑不得,和房东阿姨商量好月底之前将房子空出来之后,立刻收到对方的退租转账。

她和陈昭圣诞节这天刚好都休息,两人上午睡了个懒觉,下午一起搬完东西,晚上出去吃饭,他们已经很久没在外面吃过饭了。

圣诞节晚上的Ａ市格外繁华,街边的树上挂满了彩灯,光芒璀璨,像是一座不眠的童话城堡。

餐厅里的人也格外多,陈明月觉得还好她和陈昭来得早,因为等她吃完出去，发现外面等座的人排了好长的队。

陈昭去地下停车场开车了，陈明月站在角落里戴着蓝牙耳机看刑法视频，忽然听到有人喊她名字。

她回头，看到江远正露着两颗白白的小虎牙，冲她灿烂地笑："明月师姐。"

陈明月愣了一下。国庆之后，江远就换了科室继续实习去了，这么多天她都没在医院碰见过他，没想到两人今天在这里偶遇了。

她将视频暂停，抬脚朝正在排队的江远走了几步，笑着说："好巧哇，你最近怎么样？"

"我挺好的，师姐应该也很好吧？"

江远说着四处看了看，没看到陈昭，便问道："师姐，你和陈昭哥一起来的吗？"

陈明月点点头："对，你是……一个人？"

"我也不是，我女朋友去排队买奶茶了。"江远笑得有些腼腆。

陈明月眉眼弯了弯，好奇地问："上个月你姐还跟我说你是单身，这么快你就有女朋友啦，她是你同学？"

江远点了点头："对，是我同班同学。"

陈明月正想继续八卦，手机声突然响了起来。她低头看了眼手机，来电显示是陈昭。

按下接听键，男人低沉而有磁性的嗓音被电流裹挟着送入耳朵："聊什么呢，笑得这么开心？"

陈明月眨了眨眼，偏头一看，陈昭的黑色卡宴S果然已经停在不远处的马路边了。

"我先走啦，下次再聊。"

她匆匆跟江远告别，快步朝车走了过去，拉开副驾驶的门。

等她系好安全带，驾驶座上的男人才敛着双眸，漫不经心地看了她一眼，然后迅速地将车开了出去。

陈明月从男人刚刚那淡漠的眼神里品出了一丝不满的意味。

她抬手扯了扯他的袖子,见他没什么反应,又用手指指腹轻轻地戳了戳他的脸。

陈昭眸色晦暗,语气意味不明:"你现在最好老实点。"

陈明月忍着笑,故作茫然地问道:"为什么?"

话音未落,她就察觉到车开始减速,而前方最近的一个信号灯由绿变红还有八十几秒。

陈明月瞬间心虚起来,立刻表明自己的态度:"我刚刚就是想八卦一下江远和他女朋友怎么在一起的。你要是不高兴,我以后都不八卦了。"

陈昭浓密的眼睫垂下,敛掉黑眸里多余的情绪,淡声道:"没不高兴。"

陈明月乖巧地点头,没有反驳他。

她知道男生对自己女朋友或多或少都有点占有欲的,她能理解。

陈明月忽然想起高二那个暑假,她看到陈昭和江晚意站在一起,那时的她才终于下定决心远离他……

她扭头看向窗外不断倒退的路灯,轻声感叹:"好快,一眨眼,十年就这么过去了。"

听到她的话,陈昭双眸微眯,唇线抿得平直。

快?

对他来说,这些年不在她身边,他都度日如年。

回家后,陈明月在书房收拾她满地的精神食粮——她大学各科的专业书、公共学科的课本,还有她平时买的学习资料。

陈昭在客厅帮她收拾其他东西,他将她的衣服都折叠整齐,按季节分类收进柜子里后,又开始收拾其他东西。

陈明月除了书比常人多一点,其他东西真不算多,用几个中号的收纳箱就装完了。

陈昭在其中一个收纳箱里看到好多个像是从同一个寺庙求来的平安符,其中有一个蓝色的开口已经松动,里面卷成圆柱形的小字条露出半截。

他随手将那个页边已经泛黄的字条抽出来展开。

"希望陈昭平安喜乐，万事胜意。2016.01.01。"

他将剩下的几个同样页边泛黄的字条一一展开。

"希望陈昭一生都能平平安安。2013.01.01。"

"保佑陈昭平平安安。2014.01.01。"

"愿他平安喜乐，身体健康，长命百岁。2015.01.01。"

……

"希望陈昭平安顺遂，永远开心。2022.01.01。"

陈昭舌尖抵了抵后牙槽，忽然低笑了一声，他的宝贝原来也不是那么没良心。

跨年夜前一天，陈明月值的是夜班，半夜一点她查了一遍房刚想去值班室眯一会儿，就看到林听二十分钟前给她发了消息，问她元旦假期有没有时间。

陈明月原本是没有时间的，不过从她工作之后，元旦假期她都会调休去一趟离 A 市不远的西灵市，今年也不例外。

她本来是想和陈昭一起去的，但陈昭元旦三天需要执勤和值班。

林听还没有睡，收到陈明月的回复，立刻说她开车带陈明月去。

林听本来也就是想找个人陪她出去散散心，去哪儿倒是无所谓的。

两人商量好之后，陈明月退掉了前几天买的车票。第二天上午下班后，她坐上林听新买的保时捷，一路睡到了西灵市。

晚上，陈明月带着林听在西灵市最有名的古镇逛了一会儿，最后买了一堆特色小吃回了酒店。

酒店是陈明月早就订好的，双人大床房。林听搂着陈明月的肩膀，打趣说她们俩终于实现了高中时代未能实现的女生宿舍夜聊梦想。

本来她只是开玩笑，结果两人关了灯，聊着聊着就凌晨了。趁两人都还没睡意，陈明月直接问了林听她和程北延目前的情况。

林听沉默了几秒，问道："我跟他早没有联系了，你不会以为我喊你出来散心是因为他吧？"

　　陈明月眨了眨眼，试图从突如其来的困意中挣脱出来，声音含混不清的："嗯。"

　　林听笑着叹气："我就是工作中遇到了两个笨蛋，有点烦，所以出来走走。"

　　她顿了顿，打了个哈欠："不说啦，我们今天下午还要开车回A市，赶紧睡吧。"

　　陈明月点点头，迷迷糊糊地闭上眼睛。意识彻底沉入梦乡之前，她又听林听问道："欸？陈昭他现在愿意过生日了吗？"

　　陈明月找回了一点精神，软声回道："应该吧，这还是我们在一起之后我第一次给他过生日。"

　　她还记得那年的一月一日，她和陈昭闹得不愉快，后来林听骂她时，她才知道原来那天是陈昭的生日。只不过他从来不愿意提起自己的生日是哪一天，更不愿意想起这个日子的存在。

　　所以陈明月一直很后悔，那天没有祝他生日快乐。

　　林听抿了抿唇："月亮，你为什么选择当医生？你看你和陈昭现在都很忙，你俩都不累吗？"

　　陈明月笑了笑："还挺累的。不过要说为什么选择当医生，是因为以前我一直觉得当医生挺好的，所以就选了这个专业。我们来这世间一趟，总得做点什么事情来证明自己存在的价值。再说了，命运送了我那么大一份礼物，我总得回报点什么。"

　　林听一时没反应过来，下意识问道："什么礼物？"

　　陈明月轻咳一声："陈昭。"

　　林听沉默了几秒，"啧"了一声："怪我自己接了满嘴的狗粮。"

　　两人接近半夜一点才睡，早上七点就起来了，因为陈明月还要去灵山寺一趟。

灵山寺全国闻名，说是求平安和姻缘很灵验。

陈明月从大一开始，每年一月一日都会过来一趟。

假期，前来旅游的人很多，寺庙的空气里弥漫着浓厚的香火气。陈明月熟门熟路地制作好平安符，找师傅开了光，又去隔壁姻缘殿里买了两条红绳。

下午四点，两人回到 A 市。

陈明月先去蛋糕店取了预订的蛋糕，然后回家将客厅布置了一番，吃了点东西洗完澡，本来就打算睡一会儿，结果醒过来的时候已经晚上八点多了，陈昭还没有回来。

陈明月打开灯，靠在床头，正想给陈昭发消息过去，传来开门的声音。

她的心猛地跳了一下，飞快地下了床，踩着拖鞋冲出了房间。

陈昭站在原地，敛着眸，笑着看她。

他穿着白色的羽绒服，身形修长挺拔，面容仍似少年，眉眼干净，肤色雪白，清俊好看得像是漫画里的人物。

陈明月的心跳得更热烈了。这么多年过去，她对他一直没有任何抵抗力，无论在什么时候，无论在什么地方见他，他都会让她心动不已。

陈昭在她靠近的时候张开手臂，微微俯身，将她竖着抱了起来。他懒洋洋地靠在玄关旁，背抵着墙。

陈明月搂着他的脖子，问道："你吃晚饭了吗？"

"没有，你不是说今天你给我煮面？"陈昭看着她。

"但我没想到你会回来这么晚。你是不是很饿了？你快放我下来，我现在就给你煮。"陈明月有点不好意思地说。

陈昭笑了声："不急，没那么饿。"

他单手托住陈明月的身体，另一只手从裤子口袋里拿出一个黑丝绒盒子递给她。

陈明月将盒子打开，里面是一条月亮形状的项链，银白色，边缘镶了一圈钻石，非常漂亮。

很少有女孩子能拒绝这种诱惑，陈明月也不例外。

不过陈昭圣诞节的时候已经送了她一副耳环和一只手镯，他平时也会买各种各样的小礼物给她，例如花、玩偶，或者蛋糕之类能哄人开心的东西。

陈明月看着项链，轻声问道："你怎么天天给我买东西呀？"

陈昭淡声回道："回来的路上看到了，觉得漂亮就买了。"

其实是想把所有好的都给她，想把这些年未能陪伴在她身边的时光全部补给她。

陈明月煮好面之后，将客厅里提前布置好的蜡烛全部点亮，把屋里的灯全部关了，然后坐到陈昭对面，看着他慢条斯理地吃着面。

等他吃完面，陈明月正想点燃蛋糕上的那根蜡烛，陈昭却伸手握住了她的手腕。他从她手里拿走了打火机，轻轻地捏了捏她的手指："直接吃吧。"

陈明月眨了眨眼："你没有愿望要许吗？"

陈昭喉结滚了滚，定定地看了她一会儿，嘴角缓缓地勾起："没什么好许的，想要的都在眼前了。"

昏黄的烛光里，陈明月从他眼睛里只看到了她自己的影子。她的鼻尖突然有点酸，再开口时声音有点沙哑："那就不许了吧，我白天替你许过了。"

她顿了顿，起身绕过茶几，在陈昭身边坐下来，将白天从寺庙里买的一条红绳系在他的手腕上，又将平安符塞在他的掌心里。

"我替你许的愿望是，长命百岁，永远幸福。"

陈昭沉默片刻，哼笑出声："好，我媳妇说了算。"

农历腊月二十八，陈明月和陈昭开始休假，两人商量好了除夕那天回云城过年，这两天先去国外探望阮芳华。

阮芳华见到两人虽然表面上没什么反应，其实心里乐开了花。

她知道这代表着陈昭彻底放下了过去，原谅了她曾经的所作所为。

只不过陈昭不太待见蒋溯。

阮芳华也理解，毕竟两个人这么多年第一次见，她也没想过陈昭能很快接受蒋溯。

倒是蒋溯，作为一个艺术家，夸人的词汇层出不穷，而且他也不夸陈昭，只一个劲儿地夸陈明月。

陈明月受不了，悄悄扯了扯陈昭的衣角。

陈昭没什么情绪地看了蒋溯一眼，蒋溯这才收住了更多讨好的话。

不过好在之后陈昭对他的脸色好转了很多，中午，四个人在一起吃了顿饺子，两个男人就拿着钓具一起出去钓鱼了。

陈明月陪阮芳华坐在院子里喝花茶。

阮芳华抿了一口茶，开口问道："你知道陈昭刚毕业那会儿做的是什么工作吗？"

陈明月怔住，过了几秒，摇了摇头。

阮芳华慢慢地说："你父亲当初也是警察吧？这工作有多危险想必你也清楚。陈昭去西南执行某项任务，好几年都没有消息的时候，我就会想，为什么我儿子要做这些，他舅舅负责保家卫国难道不够吗？

"那几年我愈加后悔和自责，如果我当初没有将他一个人丢在国内，而是将他带到国外长大，他是不是就不用经历这些，就不会一次又一次在生死线上徘徊，更不会因为遇见你而选择这个职业……"

陈明月抿了下唇："因为我……吗？"

"你知道为什么有几年联系不上他吗？因为他一毕业就去了前线，他明明最怕蛇虫鼠蚁，可他在西南边境的深山丛林中一待就是好几年，当初报复你和你母亲的嫌疑人就是他亲手抓住的。"

阮芳华说着说着，声音开始有些哽咽："你要等陈昭告诉你，可能这一辈子他都不会跟你说他到底为你做过什么。"

她顿了顿，看向陈明月的眼睛："当然，我和你说这些事情，也不是想让你愧疚，然后加倍对他好，只是我觉得你应该知道有这么一回事。"

陈明月眼眶发热，片刻后，她缓慢地点了下头。

二月中旬，陈明月收到了现任四中校长的吴克的邮件，说今年是四中八十年校庆，邀请她三月四号那天回四中，在这一届高三的誓师大会上演讲，顺便再看看母校。

那天是周六，刚好陈昭也有时间，两人便一道坐凌晨的航班回了云城。

四中还是陈明月记忆中的样子，高大的梧桐树绿意盎然，朗月湖湖水清澈。这些年它送走了一批又一批的学生，自己却一点变化也没有，仍然温和中带着教育的严肃，端庄中透着青春的张扬。

她和陈昭先去看了各自的班主任。这些年过去，两个班主任还在一个办公室，还都第一时间认出了自己的学生。

老杨问了陈明月一连串的问题，陈明月耐心地回答完之后，笑着打趣："老师，您现在还兼职查户口了吗？"

老杨也笑了，他不动声色地看了一眼不远处站着的年轻男人，轻轻叹了一口气："老师教书育人二十几年，不是每个判断都是对的，但我现在很为你高兴，至少对你的判断没有出错。"

陈明月听出了老杨话外的意思，点了点头："谢谢老师。"

誓师大会八点半开始，陈明月跟老杨寒暄之后就去了校长室，又被吴克查了一遍户口才跟着吴克一道去了主席台上坐下来。

很快轮到陈明月发言。她站起来的一瞬间突然有些恍惚，像是回到了她高三那年的誓师大会。

远处绚丽的云霞铺满了整个天空，朝阳绚烂而热烈。

陈明月眨了眨眼，平静地开口："亲爱的学弟学妹们，你们好，我是你们2012届的学姐……

"我看到网上有这么一句话。种一棵树，最好的时间是十年前，其次是现在，你们正值我觉得最好的时间，所以你们现在要做的事情就是好好努力，你们以后也一定会成为自己想成为的人。"

她说完，操场上掌声经久不息。

到了提问环节，有学生问完高三冲刺阶段的注意事项后，好奇地问了一句："学姐，你为什么选择当医生啊？是医生这个职业稳定并且赚得多吗？"

陈明月正要作答，一抬眼，发现陈昭不知何时走到了学生队伍后面，男人颀长的身形和优越的外貌让他在一众蓝白校服中格外突出。

他正一动不动地看着她，狭长的双眸中情绪翻涌，两人的视线就这么在半空中撞上。

一如十二年前，他看着她，她站在台上，整个人像是在发光。

陈明月眉眼弯了弯，目光坚定而柔和："不是，是我想成为一个正直善良的人，想成为一个能配得上我暗恋对象的人。"

话音未落，操场上的掌声更加热烈，还伴随着各种八卦。

"学姐，那你们在一起了吗？"

"学姐，你们现在还有联系吗？"

……

陈明月笑了笑："他陪我一起过来的。"

她说完，学生们开始起哄大喊，想让她的暗恋对象上台。

主席台上的吴克咳嗽了一声，严厉地看着台下："安静。"

誓师大会结束之后，学生们按照顺序退了场，主席台上的人除了陈明月，也都跟在学生后面离开了操场。

见陈昭还站在原地，陈明月飞快跑到了他面前。

她缓了一下，轻声开口："陈昭。"

陈昭："嗯？"

陈明月眼睫微颤，眼角有些泛红："我有话对你说。"

她本来想说的是谢谢。

——谢谢你总是不顾一切挡在我的面前。

——谢谢你愿意陪我走完人生的旅途。

——更谢谢你让我成为现在的自己。

十六岁时的明月，自卑敏感，如果没有那天下午突然涌进来的天光，她或许已经被黑暗淹没,被生活击溃,毫无向上的希望。

对她来说,最好的结果可能是上一所普通的学校,选一个不怎么好的专业,毕业后再做一份自己不喜欢的工作,然后一生都在后悔和遗憾中度过。

但现在,她能坦然自信、没有遗憾地站在所有人面前,她能成为自己想成为的人。

陈昭耐心地等了一会儿后,抬手理了理她额前的碎发,淡声开口:"回家说也行。"

陈明月定定地看着陈昭。

他的身形渐渐跟她十六岁那年遇见的少年重合在一起。

纵然见过很多罪恶,经历过很多不好的事情,他仍正直坦荡、细心温柔,仍会包容她每一个不完美的地方。

陈明月深吸一口气,虔诚而认真地继续说:"我爱你。"

陈昭愣了下,嘴角勾了勾,嗓音低沉温柔:"我也是。"

你问观看人类命运几万年的天空,这个世界会变得更好吗?

她说会。

在有人替你负重前行的时候,有人替你挡住黑暗的时候,有人奋不顾身爱你的时候,这个世界都在慢慢变好。

愿你我都能挣脱桎梏,再相见时,已是顶峰。

番外

陈明月和陈昭的婚礼定在九月末，一个A市炎热和潮湿褪去，天气非常舒服的日子。

林听到的时候已经来了很多人，她一眼就看到了人群里那个清瘦挺拔的身影。她平静地收回视线，走到了正在聊天的冯舒雅和江晚意身边。

她跟冯舒雅打完招呼，又打趣江晚意："大明星好久不见，你怎么越来越漂亮了，让我都移不开眼了。"

江晚意笑着回道："你也是，比高中时更有魅力了。"

冯舒雅翻了个白眼："两位校花差不多得了啊，你们旁边还有个普通人呢。"

林听搂住冯舒雅的肩膀："你可不普通，你可是我们几个里面最幸福的人。"

冯舒雅刚想反驳这话，又想到自己从小家庭美满和睦，一路走来确实没有遇到什么挫折，高中虽然成绩不好，但高考超常发挥顺利考上一所还不错的大学。大学跟孙浩宇谈了三年半恋爱，虽然偶尔会争吵，但先低头的总是孙浩宇。大学毕业他们就回云城结了婚，孙浩宇继承家业，她考进了小学当音乐老师，工作清闲，下午没课时中午就能回家陪儿子。

而陈明月和林听两人就没她这么幸运了，尤其是陈明月，一路走来不知道吃了多少苦，好在陈明月和陈昭最后还是修成了正果。

她顿了顿，想到什么，看向林听："对了，听听，我听我们家老孙说，程北延现在不仅在A大教书，还跟何舟合伙开了一家公司。创业初期太累，他俩每天忙得脚不沾地，你看，程北延都累瘦了一大圈。"

这回轮到林听翻白眼了："闭嘴吧你，他胖了还是瘦了关我什么事？"

冯舒雅说："你还想不想结婚了？我们几个可就剩你一个人了。"

"不想。"林听"啧"了声，"我为什么要结婚？而且就算我要……"

没等林听说完，江晚意就迫不及待地附和："对啊，单身多好，男人哪有事业香。"

冯舒雅忽然觉得自己这个已婚并且儿子都能打酱油了的人并不适合站在这里，她准备去化妆室找月亮，刚走了几步，就想起来月亮的另一个大明星朋友晏苏在里面。

无奈，她朝孙浩宇招了招手。

孙浩宇见老婆朝自己招手，立刻抛下两个正在讨论工作的发小迎上来。

冯舒雅等他走近，悄悄地问："你说听听和程北延还有戏吗？"

孙浩宇"啧"了声："你以为老程累死累活地办公司是为了什么？"

冯舒雅恍然大悟，笑了起来："那就好。"

婚礼就要开始了，大家很快入座。

陈昭站在台上，一身白色西装，一动不动地看着身穿婚纱缓缓走向他的陈明月。

这一刻，他好像得到了全世界。

孙浩宇小声嘀咕："阿昭眼睛是不是红了？他不会要哭了吧？"

陈明月也发现了，男人面庞坚毅，眼角却泛红，双眸里情绪翻涌，下颌却紧绷着,像是在压抑着什么。

她走到他面前,将手放在他的掌心里,与他十指相扣,安抚似的捏了捏他的大拇指。

两人一起转身,郑重宣誓。

晚上,回到婚房,陈明月想到白天的事,双手抱住陈昭的腰,脑袋埋在他的颈窝里:"你是不是忍得很辛苦?"

陈昭眯了下眼,喉结轻滚,抬起手,掌心抚着明月柔软的后脖颈,嗓音沙哑:"这么主动?"

陈明月:"什么主动……"

还没问完,她忽然感受到什么,男人的手已经拉开了她身上明黄礼服的侧边拉链。

她脸颊发烫,就要往后躲:"还没洗澡……"

陈昭扣着她的腰没让她躲开:"一起洗。"

陈明月本来想拒绝,但想到两人都结婚了,轻轻地点了下头。

然后,她就后悔了。

本来她以为在浴室折腾了两个多小时,回到床上就能安心睡觉,结果是痴人说梦。

这一夜月色很美,天快破晓时,星星仍高挂枝头。

这一年,陈明月二十八岁,她不仅嫁给了心爱的人,年底也顺利地评上了副高。

在她三十岁的时候,她和陈昭迎来了一个新的家庭成员。

或许是这个小生命太期待这个世界了,宫缩竟然比预产期早了整整一周。陈昭还在外地出差,陈明月忍着痛打了120。

陈明月到医院的时候是下午四点多,一直熬到晚上八点多才进产房。

陈昭赶回来的时候,陈明月已经和宝宝从产房出来,回到病房了。

她正盯着宝宝的脸看长得像谁,忽然看到风尘仆仆出现在门口的男人,她弯了弯嘴角。

她还没来得及说话,陈昭走过来,俯身轻轻地抱住了她。

陈明月感到他身体微微发颤,软声开口:"你不看看宝宝吗?是个男孩子,他一定跟我一样可想你了,所以迫不及待地出来见你了。"

陈昭嗓音低沉,闷闷地"嗯"了一声。

陈明月见他还是没放手,抬手摸了摸他手腕上戴着的红绳:"我以前觉得我这辈子最幸运的事情就是遇到你,但我现在不这么觉得了。"

她眨了眨眼,很认真地开口:"现在我觉得应该是一辈子跟你在一起。所以你一定要一直爱我。如果有一天你发现自己没那么爱我了……"

陈昭忽然直起身,定定地看着她,双眸幽深。

他什么也没说,但陈明月看到了他的回答——不会有那么一天。

两年后,陈昭选择从一线退了下来。这一次,他从陈明月刚有了身孕到孩子出生,都陪在她身边。

上一年级之前,陈袅袅一直觉得自己是全世界最幸福的小孩,哪怕父母忙到平时很少有时间陪她玩,但她有全宇宙最好的外婆和哥哥。

爷爷奶奶也经常会来家里看她,给她买各种各样好吃的好玩的,除此以外,她还有一堆抢着要做她干爹干妈的叔叔阿姨。

在这些有的奇怪有的不奇怪的叔叔阿姨里面,陈袅袅最喜欢的人是程北延叔叔,最不喜欢的人就是孙浩宇叔叔了。

孙浩宇叔叔长得没程北延叔叔好看就算了,还总是捉弄她,甚至在知道她长大后的梦想是嫁给全世界最温柔的程北延叔叔后,捂着肚子笑了半天,还说她应该换个梦想,程北延叔叔已经娶了林听阿姨,不能再娶她了。

陈袅袅难过了几秒后,换了个新的梦想——长大后要去魔仙堡当魔仙女王。

一年级,老师开始教写字,陈袅袅写了一学期,发现其他小朋友都会写自己名字了,只有她还在写拼音……

她很难过，当着语文老师的面哇哇大哭，问老师她是不是太笨了。老师温柔地安慰她，说不是她笨，而是她的名字太难写了，笔画太多，她还小，所以记不住。

同学们也纷纷安慰她："袅袅，你的名字笔画比我们的多太多了，我们也不会写你的名字。"

陈袅袅终于发现了问题所在。回家后，她给爷爷打电话，质问他为什么要给自己取一个这么难写的名字，他是不是不喜欢她，如果喜欢她，就立刻帮她取一个好写的名字。

陈卫森哄了她半天无果，最后答应带她去改名字。

改完名的陈了了非常喜欢自己的新名字，又变回了那个全世界最幸福的小孩。

这一年，陈明月三十八岁，是 A 市第一人民医院最年轻的科室主任，却仍坚守在一线工作岗位上。

周六凌晨三点，陈明月顺利结束一台手术，回办公室睡了不到四个小时，起来洗漱之后开始查房。

查完房，她才匆匆去食堂吃早饭，然后赶到门诊部坐诊，一直忙到十一点五十分最后一个病人看完诊才下班。

陈昭开车接她回家。到家吃了午饭，她正要上楼睡觉，陈了了拽着她的袖子，白嫩圆润的脸蛋皱巴巴的，看上去委屈极了："妈妈，你昨晚怎么没有回来？你是不是不喜欢我了？"

陈明月哭笑不得，她弯腰抱住眼前的小团子："妈妈昨晚是因为有工作才没能回来，妈妈怎么会不喜欢我们的了了小公主呢？妈妈最喜欢你和哥哥了。"

说着，她又把一旁正要悄悄回房间的陈星泽搂进了怀里。

陈了了则是瞪了一眼昨晚不肯带她去找妈妈还总是凶她的陈昭，嗓音软软糯糯的："我也最喜欢妈妈了。妈妈，我们一起看电影吧？"

陈明月笑盈盈地点头："好，听你的。"

家里有私人影院，但除了陈了了小朋友，其他人都不怎么来这里。

这里算是了了小朋友一个人的天地,她驾轻就熟地选了一部自己还没看过的动画电影。

陈明月看了没一会儿,上下眼皮直打架。她脑袋靠着陈昭肩膀,闻着他身上淡淡的木质香,不知不觉地就睡了过去。

陈了了看到高兴处大声笑了起来,没到两秒就被旁边的哥哥捂住了嘴。

陈了了不满地看了眼陈星泽,用眼神谴责他这一行为。

陈星泽只好压低声音解释:"妈妈靠着爸爸睡着了,你别吵。"

陈星泽看了一眼爸爸,男人素来冷硬的脸此刻格外温柔。

陈了了跟着看了一眼后就继续投入电影中了,不知道过了多久,她忽然想到什么,小心翼翼地凑到陈昭身边,小声开口:"爸爸,我能问你一个问题吗?"

陈昭放低声音:"什么?"

陈了了眨了眨眼睛,语气里充满了好奇:"你从什么时候开始喜欢妈妈的呀?"

陈昭还没来得及回答,漫天席卷而来的青春记忆就淹没了他的思绪。

时间也被拉回了高中时那个平常的下午。

少女小小一只缩在昏暗的器材室一角,像是被全世界抛弃了,哭得狼狈又可怜,眼睛却格外柔软明亮。

视线对上的一刹那,十八岁的少年在她的眼里看到了心怦然跳动的自己。

偏爱
月亮